Betina Alexandra
Lavender

VOM ERLÖSCHEN DES LICHTS

novum premium

Dieses Buch ist auch als
e-book
erhältlich.

www.novumverlag.com

Bibliografische Information
der Deutschen Nationalbibliothek:

Die Deutsche Nationalbibliothek
verzeichnet diese Publikation in
der Deutschen Nationalbibliografie.
Detaillierte bibliografische Daten
sind im Internet über
http://www.d-nb.de abrufbar.

Gedruckt in der Europäischen Union
auf umweltfreundlichem, chlor- und
säurefrei gebleichtem Papier.

© 2024 novum Verlag

ISBN 978-3-99130-465-4
Lektorat: Falk-M. Elbers
Umschlagfotos: Yuri Arcurs,
Passigatti I Dreamstime.com
Umschlaggestaltung, Layout & Satz:
novum Verlag

www.novumverlag.com

Druckprodukt mit finanziellem
Klimabeitrag
ClimatePartner.com/16547-2311-1001

„*Jeder Idiot kann eine Krise meistern.*
Es ist der Alltag, der uns zermürbt."
Anton Tschechow

**Für Steve und Mathias,
in Liebe**

1.

CHRIS

Schlagartig, aber trotzdem wie unter Wasser wachte er auf.

Er hatte schlecht geträumt, aber er erinnerte sich nicht.

Langsam kamen die Gedanken, alles, was ihm so zugesetzt hatte. Der monatliche Grillabend beim Schwiegervater. Die Tradition seines Versagens.

„Ach, da ist ja der Schwiegersohn. Unser Unternehmer! Na, was macht denn mein Geld, das ich in deinen Laden investiert habe? Gibt's das noch?? Gibt's den Laden noch?? Haha. Wollen wir bald mal gucken, was du so gemacht hast. Haha."

Joviales Schulterklopfen, Lachen, das Fleisch kommt, lang mal richtig zu.

Er hatte sich später zugedröhnt, er konnte das nicht mehr aushalten. Seine Gedanken nebulierten – gab es das Wort, im Nebel sein, nebulieren? – nein, wahrscheinlich nicht.

Er lag in seinem Bett, in seinem Haus. Er hatte eine Firma mit 25 Mitarbeitern und war im Begriff, eine zweite zu kaufen. *Ich bin erfolgreich, es geht mir gut.* Aber er spürte, dass er zerbrach. An seinem Leben zerbrach.

Oha, Chris. Melodramatisch wie immer, was?

Er versuchte, sich selbst zur Ordnung zu rufen. Aber er war durchlässig geworden, fragil. Er hinterfragte, analysierte, die Freude war weg, der Elan, die Begeisterung. *Ich bin ein Thomas Buddenbrook*, schoss es ihm durch den Kopf.

Er hatte schon immer zum Grübeln geneigt, zu Melancholie, doch erst jetzt gelang es ihm immer seltener, Traurigkeit abzuwehren, er hatte oft Tränen in den Augen, er wurde immer … *verdammt noch mal, melodramatischer*!

Aufstehen. In die Küche gehen. Mimi guten Morgen sagen. Brötchen holen für das Sonntagfrühstück. Das Haus putzen. Der Schwager und die Schwägerin kommen zum Kaffee. Abends kommen Mi-

mis Kolleginnen und er macht Pizza. Ins Bett gehen. Die neue Woche beginnt.

Er wusste nicht, warum Mimi und er seit Jahren getrennt schliefen. War das so in Ehen?

Er wusste nicht, warum es seine Aufgabe war, jeden Sonntag das Haus zu putzen, denn Mimi hatte nur eine halbe Stelle bei der Versicherung. Er wusste auch nicht, warum alles so geregelt war, warum es nie Zeit gab, warum er nie Zeit hatte für sich selbst. Aber er verbot sich, darüber nachzudenken.

Einfach weitermachen, den Tag hinter sich bringen.

Doch ließ sich die Sehnsucht nach Liebe weder vertreiben noch verschwand sie. Mitten in der Nacht wachte er auf und diesmal erinnerte er sich sofort an seinen Traum. Es war eine Begebenheit vor vielen Jahren gewesen, und er war sich nicht mehr sicher, welchen Anteil er erlebt und welchen geträumt hatte.

„Haha, Junge. Ich hatte meiner Tochter ja gleich den Rat gegeben: Lass dich schwängern, der Hans aus dem Dorf heiratet dich dann sowieso – die Eltern wollen keine Schande – und dann gehst du in die Versicherung und hast deine Ruhe. Du brauchst deine Beine nicht mehr breit zu machen, der Hans sorgt für dich und du hast dein eigenes Geld. Jaaa, da staunst du, was? Das war der Plan und so ist es gekommen!"

Es war 2:00 Uhr nachts, er konnte es sich nicht leisten, eine Sekunde über den Dreck nachzudenken. Er musste schlafen. Drei Pillen und er schlief ein. Mehr schlecht als recht.

Montagmorgen, 6:30 Uhr. Er stand auf. Mimi machte sich schon auf den Weg zur Arbeit (*morgens ist da keiner und dann nervt mich auch niemand*).

Er machte sich einen Espresso und checkte seinen Terminkalender. Oh nein. Es war ja Montag. Das wöchentliche *Fly-through-the-Week*-Meeting war schon für 11:00 Uhr angesetzt. Seine dümmste Idee überhaupt. 25 Leute, die jeden Montag ihre langweiligen, dämlichen Wochenpläne mit allen TEILEN mussten, ewiges Geschwafel, Diskussionen um nichts, alles verlorene Zeit.

Tja, auch zu spät. Es war seine Idee gewesen und er musste das nun durchziehen.

Aber zumindest gab es momentan einen echten Kill, eine super Sache. Marketing-Pitch war nächste Woche, der potenzielle Kunde ein weltweit tätiges Unternehmen in der Kosmetikbranche mit deutschem Sitz in Düsseldorf. *Wenn das geht, Alter, dann bin ich frei.*

Jetzt hatte er seinen Kick und konnte in den Tag starten.

Er fuhr die kurzen 5 km zu seinem Unternehmen in guter Stimmung, freute sich auf den Tag, genoss die Aussicht, bald einen absolut geilen Auftrag einzuholen, dachte an seine neue Firma ... Er war entspannter und glücklicher als am gesamten Wochenende.

Das Unternehmen war in einem ehemaligen Kasernenhof untergebracht. Es war ein sanierter, wunderschöner Altbau mit einer beindruckenden Eingangslobby, zehn Meter hoch, Industriecharme mit Eisenträgern und Sandstein. Viele kleine Start-ups hatten sich hier angesiedelt, die fußläufige Nähe zur Hochschule tat ihr Übriges, es war ein absoluter Hotspot mit Atmosphäre und Potenzial.

Er fuhr mit dem Fahrstuhl in die oberste Etage und betrat seine Firma: Die erste Ansprechpartnerin für jeden war Gisela, die Assistentin. Sie residierte in der kleinen Rezeption des Unternehmens.

Sofort überkam ihn eine Welle des Widerwillens. Er sah sie, wie sie dort saß. Ungeschminkt, die Haare noch nass von der Dusche (immerhin duschte sie), das ungebügelte Shirt hing an ihr herunter und vermochte nicht zu verhüllen, dass sie keinen BH trug, und gab in unvorteilhafter Weise ihre hängenden Oberarme frei. *Sagten die Engländer nicht Bingo Wings dazu?*

Warum, dachte er, *warum? Warum konnte sie sich nicht gemäß ihrer Stelle kleiden? Warum pflegte sie sich nicht? Ah, es war so mühsam ...*

„Morgen Chris, schönes Wochenende gehabt? Du siehst irgendwie müde aus. Also ich war auf einem Bauchtanz-Festival, bin da aufgetreten und stell dir vor ..." *NEIN. DAS STELLE ICH MIR NICHT VOR.*

„Guten Morgen Gisela. Hast du schon alles für unseren Termin um 8:00 Uhr vorbereitet? Dann komm doch gleich vorbei, mein Tag ist voll heute."

Nach einer anstrengenden Sitzung mit Gisela war er bereits erschöpft. Was hatte sie in den vergangenen fünf Jahren eigentlich getan? Was hatte sie gelernt? Er hatte sie vor Jahren bereits freistellen wollen, doch Lona – seine Management-Kollegin, wie sie sich selbst nannte – hatte dagegen gestimmt. Gisela jedenfalls hatte in keiner Weise verstanden, was er von ihr wollte, und dementsprechend musste er den Job jetzt selber machen.

Wer war der Nächste? Ach ja, Theo. Das war Lonas Mann. Er war Steuerberater, einer von den Guten, und unterstützte ihn bei Steuerfachfragen. Und da war er schon. Hmm. Er sah schlecht aus. Also er sah eigentlich immer schlecht aus, weil er überaus unansehnlich war, aber heute hatte er einen Bluterguss im Gesicht, er hinkte und wirkte zerbrechlich.

„Hallo Theo, wie ist die Lage?" „Hi Chris, hatte einen kleinen Sportunfall am Wochenende, siehst du ja. Nix Ernstes, geht schon. Wollen wir anfangen?"

Nach diesem Meeting fühlte er sich wesentlich besser – wie immer, wenn er wusste, dass er sich verlassen konnte, weil sein Gegenüber professionell und zuverlässig war.

Jetzt schnell zur Toilette, einen Kaffee holen und dann Lona.

Er kam zurück in sein Büro und da saß sie schon. Er musterte ihre blonde Dauerwelle, ihr mit Make-up zugekleistertes Akne-Gesicht und seufzte innerlich. *Da muss sich noch etwas tun vor der Präsentation.*

„Guten Morgen, Lona, wie geht's dir, wie war dein Wochenende?"

„Joa, schön, wir haben ganz doll versucht, Nummer 2 in Angriff zu nehmen", sie zwinkerte ihm zu. *Ach ja, also wollten sie ein zweites Baby und hatten das ganze Wochenende gefickt. Allein die Vorstellung ... no way und überhaupt ... eklig.*

Und warum erzählte sie ihm das?

„Aber der Theo hats ja wieder übertrieben mit dem Alk und ist die Treppe runtergefallen ..."

Theo? Aber Theo trinkt doch nicht. Das war seltsam, aber er wollte es nicht kommentieren, denn er spürte, dass er weder die Kraft noch die Energie besaß um sich den Problemen anderer Leute zu widmen.

„Lass uns mal über die Präsi nächste Woche reden, denn das ist echt megawichtig für uns. Wenn wir den Pitch landen, sind wir in der Liga. Das muss klappen. Hast du deinen Teil vorbereitet?"

„Ja, ich zeig sie dir."

Nach fünf Minuten hatte er bereits abgeschaltet. Es war so banal. Einfach nichts. Altbacken und uninspiriert.

Chris dachte – oder eher schrie er innerlich:

Ich betreibe ein Marketing-Unternehmen und ich bin gut. Ich kann Leute begeistern – weil ich begeistert bin. Ich liebe Werbung, ich erzähle gerne Geschichten, ich mag es, mit Menschen zu arbeiten. Jedes Jahr sitze ich wie ein Bloodhound vor dem Screen und freue mich auf die mega britischen Weihnachtsvideos. Ich schaue mir die Werbung der ganzen Welt an, ich bin wie ein Schwamm, sauge alles auf und versuche es zu verarbeiten. Ich will klasse sein, verrückt, genial und … ich will der Beste sein.

Ich will gewinnen, verdammt nochmal, ich will Geschichten erzählen. Ich will, dass die Leute den Moment vergessen und anfangen zu träumen.

Irgendwann erwachte er aus seiner Trance, weil Lona ihn ansah und auf etwas zu warten schien.

„Wie findest du es, Chris?", fragte sie mit ihrer Kleinmädchen-Stimme, sie schien zu zittern.

Öde, altbacken, banal …

„Ja, es ist ein erster Schritt, Lona. Du kannst dich noch verbessern, aber du gehst in die richtige Richtung. Das gefällt mir! Allerdings müssen wir uns nun ein bisschen beeilen, denn am Freitag ist Abgabeschluss. Und wir müssen die Präsi ja auch noch halten, also üben. Wie ist dein Zeitplan?"

„Äh ja, Chris. Also, also ich kann die … also ich kann das nicht. Das stresst mich viel zu viel, das kann ich nicht. Du musst die Präsentation halten."

„Aber Lona, es geht um einen Anteil von 40 % auf deiner Seite, den Rest übernehme ich sowieso. Das schaffst du doch, da bin ich sicher!"

„Nein Chris, das schaffe ich echt nicht, ich hab so viel Angst, das krieg ich nicht hin ..."

Oh nein, jetzt fängt sie wieder an zu weinen und ich weiß genau, dass ich die Präsi schreiben, vortragen, leben muss.

Einen Moment war er so wütend, sie widerte ihn an mit ihren Löckchen, ihrer Unkenntnis, ihrer *Mittelmäßigkeit.*

„Keine Sorge, Lona, das kriegen wir hin. Ich unterstütze dich, wir schaffen das. Aber jetzt müssen wir zu unserem Meeting, das Team wartet schon. Vielleicht machst du dich noch ein wenig frisch, ich gehe schon mal vor."

Auf den wenigen Metern zum Besprechungszimmer versuchte er sich zu beruhigen, Gleichmut herzustellen. Es war anstrengend. Er öffnete die Tür.

Im Raum herrschte buntes Treiben, alles scherzte und lachte, die Atmosphäre war freundlich, friedlich und entspannt, der Firmenhund Biscuit saß zu Füßen des eitlen Julian und leckte ihm ergeben die Hände, jeder hatte den obligatorischen Cappuccino vor sich auf dem Tisch. Ein perfekter Arbeitsmorgen im New-Work-Environment.

„Hallo und einen schönen guten Morgen an euch alle, ich freue mich, dass ihr da seid, Biscuit eingeschlossen. Heute werden wir unser Fly-through-the-Week-Meeting spontan umorganisieren, denn wir haben noch einiges für unsere Challenge in der kommenden Woche zu tun. Wie ihr wisst, haben wir die Unternehmensvertreter am nächsten Montag im Haus und wir müssen eine wirklich tolle Show liefern. Ein unschlagbares Konzept, ein begeisterndes Storytelling, eine Vision, einen Stern, einen Diamanten – ein Meisterwerk.

Ich hatte euch vor einigen Wochen gebeten, euch Gedanken zum Thema zu machen, und ich möchte das heutige Meeting nutzen, um eure Ideen und Vorschläge nur zu diesem Thema zu erfahren und ein tolles Konzept zu erarbeiten. Lasst uns beginnen. Wer mag?"

Im Augenwinkel sah Chris Lona in den Raum schleichen, sie sah schrecklich aus und wirkte vollkommen passiv.

Chris sah in die Runde, niemand wirkte inspiriert oder wollte gar sprechen:

Der eitle Julian glättete sein kurzes blondes Haar und streichelte den Hund, Karl-Egon als Bedenkenträger sah vor sich auf den Boden, die Leute aus der IT waren sowieso erbärmlich, der Messie Kai biss nervös an seinen Nägeln, Gisela kratzte sich ausgiebig am Kopf, jemand rülpste.

„Ich freue mich wirklich auf eure Ideen, also traut euch. Fangt an, es geht los. Jetzt und hier. Das ist eine riesige Chance für uns, legen wir los!"

„Ja, also, Chris. So einfach ist das nicht. Wir haben keine Erfahrung mit solchen großen Projekten. Wir haben gar nicht den Background. Nicht genug Leute, nicht genug Zeit. Mein Team ist jetzt schon vollkommen überlastet, und der Workload nimmt immer noch zu. Ich weiß nicht, wie wir das stemmen sollen!" Das war einer der Teamleiter.

Der Bedenkenträger stimmte zu: „Ich habe gerade eine Familie gegründet und mir wurde die Work-Life-Balance versprochen!" „Ich sehe das genauso, ich …"

„Na, und wir wollen ja nicht immer Lippenstift auf der Arbeit tragen. Oder Leute?" Der eitle Julian war sich für keinen schlechten Scherz zu schade.

„Ich glaube, es ist viel zu viel Aufwand und …"

Chris versank.

Ich hatte einmal die Idee von einem perfekten Unternehmen, das fair, engagiert, begeistert und begeisternd ist. Ich habe mir Gedanken gemacht über Werte, Mindset, Kultur und Freiheit des Denkens und Handelns. Ich war der absoluten Überzeugung, dass es möglich sein muss, Menschen zu entwickeln, ihre Talente zu fördern, sie individuell in einen Rhythmus einzustimmen, der ihrer würdig ist. Ich hatte gedacht, dass Menschen idealistisch sind, dass sie sich begeistern. Dass sie beitragen möchten. Dass sie wachsen wollen. Dass sie Freude an der Arbeit haben. Dass sie sie lieben. Tja Chris, war wohl nichts.

Die höhnische Stimme wieder. Er schloss die Augen, versuchte sich zu zentrieren.

„Hallo Team, wir haben jetzt lange diskutiert, aber leider keine wirkliche Idee entwickelt. Das ist schade. Ich werde deshalb meine eigene Präsentation weiterführen und hoffe, dass wir Erfolg haben werden."

Ja, da haste recht, kannste sowieso besser, kein Thema, mach das mal lieber so, is schon okay ...

Die Sitzung löste sich auf, er ging ins Büro, setzte sich an seinen Schreibtisch, alles war wie immer, alles war gut. Er versuchte, das bittere, saure Gefühl in seinem Magen zu ignorieren und das nächste Meeting zu starten.

Lona, schon wieder.

„Hallo Chris. Wir müssen jetzt mal über die Geschäftsreise reden, es geht ja bald schon los. Was hast du geplant?"

Oh nein, diese Reise nach München und übermorgen müssen wir schon los. Er hatte eigentlich alleine fahren wollen, doch sie hatte sich aufgedrängt als „Finanzvorstand". Eigentlich mochte er den Kunden in München, doch er hatte überhaupt keine Lust, die ganze Zeit mit Lona zu verbringen.

„Schön Lona, dann lass uns mal planen. Aber vielleicht können wir das beim Mittagessen tun, denn ich habe richtig Hunger. Du auch?"

„Ja, auf jeden Fall."

„Dann mal los."

Sie aßen stets im nahe gelegenen Baumarkt-Restaurant. Es gab ein Tagesessen mit Getränk. Praktisch, billig, schnell.

Er holte sich sein Schnitzel mit Pommes, sie Eier mit Frankfurter Grüner Soße. Sie setzten sich auf die billigen Stühle und begannen zu essen. Auf Lonas Pickel rechts vom Mund landete eine Soßeninsel. Er wollte es nicht sehen und schaufelte das Essen in sich hinein. Dann klingelte sein Telefon.

„Marie, Marie, bist du es wirklich?" Er strahlte.

„Ja, mein liebster Chris, ich bin es. Wie geht es dir, Chrissie?"

Sie war die Einzige, die ihn jemals Chrissie genannt hatte. Er hatte so lange nichts von ihr gehört, er hatte sie vermisst, er war vollkommen durcheinander jetzt.

„Es geht mir okay, Marie. Wie geht es dir? Was machst du, warum rufst du an?"

„Oh, ich bin auf dem Weg nach Deutschland und ich dachte, wir sehen uns. Ich bin morgen da. Hast du Zeit? Ich würde dich so gerne sehen."

Zeit. Er hatte keine Zeit. Er musste die Präsentation vorbereiten, die Geschäftsreise, die Verträge …

„Natürlich habe ich Zeit. Wann treffen wir uns?"

„Oh Chrissie, super, ich melde mich. Aber ich denke, wir können um 18:00 Uhr bei unserem Lieblingsitaliener sein. Ist das okay?"

„Das ist so toll und ich freue mir ein Loch in den Bauch. Bis morgen, Marie."

Es war ihm nicht entgangen, wie Lonas Gesicht versteinerte.

Sie sprach nicht, wirkte abwesend und … seltsam.

Chris entschloss sich, sie nicht zu beachten.

Er freute sich auf Marie.

2.

MARIE

Ich war eine Weile nicht in Deutschland gewesen und hatte es nicht vermisst. Im Gegenteil war mir das Land fremd geworden und erschien mir mehr und mehr als Zumutung.

Querdenker, Reichsbürger, ein peinliches Stück Vergangenheit im CDU-Vorsitz, eine lächerliche Regierung.

Ich musste einige Dinge klären und danach war ich wieder weg.

Aber ich freute mich auf Chris.

Wir hatten beide Marketing an der Uni studiert und er war mir aufgefallen, weil er so aufrichtig freundlich und angenehm wirkte. Aber er war auch brillant, wahnsinnig kreativ und so lustig. Wir hatten Nächte durchgefeiert, hart gearbeitet, gelacht, Freunde gewonnen, diskutiert und Ideen entwickelt – gemeinsam waren wir wirklich gut.

Wir wurden beste Freunde.

Nach dem Studium drängte ich ihn, mit mir zusammen nach London zu gehen, denn ich hatte dort eine unglaublich gute Stelle erhalten und gekämpft, dass er mitkommen konnte.

Aber natürlich war zu diesem Zeitpunkt schon seine Tochter geboren und er war mit Mimi verheiratet.

Ich mochte Mimi nicht. Nein, das ist eine Untertreibung: Ich kann sie nicht ausstehen.

Dröge, voller Dünkel, passivaggressiv und unsagbar langweilig verdarb sie mit ihrer nörgelnden Stimme und ihrer Provinz-Attitüde das Programm. Sie war so *vorhersehbar*. Eine Zumutung, genau wie diese Lona-Person. (Und ja, ich bin öfter nicht fair.)

Während ich meine Erinnerungen Revue passieren ließ, bestellte ich mir ein Glas Wein und plötzlich sah ich ihn.

Ich duckte mich weg weil ich mein Gesicht unter Kontrolle bringen musste (was mir nur selten gelingt).

Er sah so müde aus, so traurig und erschöpft. So *alt*.

Chris war immer ein schöner Mann gewesen, ich meine klassisch schön. Er trägt sein braunes Haar lang, er hat strahlende blaue Augen, ein angenehmes Gesicht, ein gewinnendes Lächeln.

Doch hier stand jemand, der zugleich aufgedunsen und hager wirkte, dessen Augen ihren Glanz verloren hatten und der sichtlich nicht mit sich im Reinen war.

Ich bin nicht traurig. Ich freue mich.

Lächelnd stand ich auf und ging auf ihn zu: „Chris, wie geht es dir? Schön dich zu sehen!"

Wir umarmten uns und für einen Moment sah ich seine Augen blitzen, er lachte mich an: „Meine Güte Marie, du siehst toll aus! Ich freue mich sehr, dass wir uns sehen. Wie lange ist es her?" „Ein Jahr, vielleicht etwas mehr, aber jedenfalls lange."

Als wir am Tisch saßen, war es schnell wie früher. Chris war mein bester Freund, mein Bruder im Geiste und genauso fühlte es sich an.

„Was machst du in deinem Lieblingsland, Marie? Hast du vor, zurückzukommen? Du weißt, bei mir gibt es immer einen Platz für dich."

„Sehr witzig, Chrissie. Nein, ich bin nur für ein paar Tage hier, hab Bürokratisches zu erledigen, brauche einen neuen Pass, einen neuen Führerschein und so Zeug. Da dieses Land digital vollkommen auf der Höhe ist, muss man das alles natürlich in Persona beantragen; nur dafür bin ich hier und, klar, um dich endlich mal wieder zu sehen." „Was macht dein Job? Bist du noch bei der Wahnsinnsagentur?" „Ja, ich bin noch da, aber ich überlege mir gerade, ein Jahr eine Auszeit zu nehmen, eine Art Sabbatical. Ich habe ziemlich viel Geld zur Seite legen können und ich habe einfach Lust zu reisen, nachzudenken, vielleicht ein anderes Leben zu erträumen. Mal sehen." „Und was sagt Oliver dazu?" „Er ist begeistert, er will auch kürzer treten und versucht, die meiste Zeit dabei zu sein. Weißt du, die Pandemie hat uns sehr verändert bzw. ist vieles an die Oberfläche gekommen, was wahrscheinlich schon eine Weile in uns geschlummert hatte. Ich jedenfalls habe weniger und weniger Lust auf ein Dasein im Büro, wenig Lust auf Stress, Termine und das ganze Zeug. Ich weiß, wir sind privilegiert, aber wir haben das Gefühl, das jetzt durchziehen zu wollen. Mal schauen, was kommt." „Klar, ihr seid privilegiert, aber ihr habt hart dafür gearbeitet. Ich beneide euch." Chris wirkte in Gedanken weit weg und ich glaubte, Wehmut in seinen Augen zu erkennen. „Jetzt lass uns erstmal bestellen und dann erzählst du, was bei dir los ist, ja? Ich gehe davon aus, du nimmst wie immer die Pizza mit Spiegelei, du Perversling, oder?" „Du hast es erraten, Frau Kollegin. Aber wir teilen eine Vorspeise, wie immer? Und wir nehmen eine Flasche Primitivo, das muss heute sein. Du bist herzlich eingeladen."

Bis das Essen kam, plauderten wir belanglos und gemütlich. Es tat gut, den Abend sich langsam entwickeln zu lassen, in Erinnerungen zu schwelgen und zu lachen. Zwischen zwei Bissen Pasta fragte ich ihn nach seiner Firma; sofort huschte ein Schatten über sein Gesicht. „Ach, ich will eigentlich gar nicht darüber reden, es ist ja doch immer der gleiche Mist und ich bin maximal genervt von allem ..." Aber natürlich redete er doch und es war wie ein Déjà-vu für mich, ich hatte alles das bereits hunderte Male so oder so ähnlich gehört. Die Leute saßen in ihrer fetten Komfortzone, weigerten sich, Verantwortung zu übernehmen, lamentierten stundenlang vor sich hin, waren faul, entscheidungsunfähig und stets ängstlich auf ihren Vorteil bedacht.

„Gähn, Chris, gähn. Das kann doch nicht wahr sein nach all den Jahren! Es hat sich nichts geändert, wie ist das möglich?!"

Natürlich fühlte er sich angegriffen und war verletzt, doch die Wahrheit kannte er selbst und nahm sie mit in jeden Abend und jedes Wochenende: Er war vieles, er hatte tolle Eigenschaften, aber eines konnte er nicht: Konsequent sein und Härte zeigen. Er war kein *Leader.*

„Ach Marie, lassen wir das, ich möchte uns nicht den Abend verderben. Ich will es heute einfach schön haben, bitte."

„Du hast es gleich schön, Chrissie. Aber meinst du nicht, ich sollte nochmal das disruptive Element spielen?" Ich grinste in Erinnerung an meine Auftritte in seinem Unternehmen. Während der Jahre hatte ich immer mal wieder Präsentationen vor seinen Mitarbeitern gehalten, Workshops mit ihnen unternommen, Einzelgespräche geführt und sie fast um den Verstand gebracht. Es hatte mir viel Spaß gemacht, aber leider nichts gebracht, weil Chris danach monatelang damit beschäftigt war, die kopflosen Hühner wieder einigermaßen in den Griff zu kriegen. Gezeigt hatte es jedoch eines: Kaum einer hatte das Potenzial, so zu arbeiten, wie Chris es sich vorstellte und es im Marketing auch üblich war (wobei ich in London ein ganz anderes Stressniveau kannte, das war hiermit nicht zu vergleichen). Chris lachte lauthals: „Weißt du noch, wie die Männer sich angestellt haben, wie sie rumgezickt haben? Und nicht mehr mit dir sprechen wollten? Wie die ITler sich in ihrem Büro eingeschlossen haben, damit du sie bloß nicht holen kommst? Och, und ich hatte Krankschreibungen noch und nöcher ..." „Lona sah wochenlang aus wie ein Streuselkuchen und sie hat mir eine vollgeschissene Babywindel ins Büro gelegt", kicherte ich. „Und Gisela saß jeden Morgen heulend beim Streuselkuchen und sie haben sich mit Schokolade vollgestopft und Rachepläne geschmiedet. Macht Gisela eigentlich immer noch Häppchen für die Kunden, wenn sie keine Lust hat zu arbeiten?" „Ja, und leider hat sie in Lona ihre Unterstützung gefunden. Erinnerst du dich noch an den Messie, der seinen Müll im Büro gehortet hat, bis alles voller Schimmelpilze war und es stank wie die Pest?! Ah, der Mensch war so eklig." „Oh je, ich weiß es bis heute, und dieser schauderhafte Sales-Typ, der ..." Chris unterbrach mich. „Ja, und dann haben sie sich im Internet verleumdet, auf dieser Scheißplattform und ich ..." „Ach Chris, ist schon gut, es ist lange her. Wie wir in Marketing-Psychologie gelernt haben: Das System unternimmt alles, um sich selbst zu erhalten."

Tatsächlich hatten wir eine positive Stimmung in das Unternehmen bringen wollen, Professionalität, Begeisterung und Mut. Heute klangen wir zynisch, doch damals waren wir voller Euphorie gestartet – und krachend gescheitert.

Scheinbar war es auch jetzt nicht ein bisschen anders. „Sind eigentlich alle noch da, Herr Geschäftsführer?" „Nein, nicht alle. Die Besten habe ich verloren: Phil ist gegangen, Anthony auch und Christian. Tja, und der Rest sitzt immer noch da." Er schwieg bedrückt.

Oh schade, von allen hatte ich Phil am meisten gemocht. Er war ein genialer Entwickler, mit Ecken und Kanten; ebenso störrisch wie liebenswert und so kreativ wie ängstlich. Ein toller Typ und seltsamerweise einer der wenigen Menschen, mit denen Chris nicht ausgekommen war. Anthony und Christian – ja, die waren jung, sie hatten nur eine Übergangslösung gesucht.

„Aber jetzt echt, Chrissie, sind die aus der IT noch da, ist der Streuselkuchen tatsächlich noch da, der Bedenkenträger, der eitle Julian und die dicke Gisela? Das kannst du mir nicht erzählen. Sag, dass das nicht wahr ist!" Chris sah so traurig aus, dass ich nicht mehr in ihn dringen wollte. „Ja, sie sind alle noch da." Doch ich konnte nicht aufhören. „Chrissie, Mann oder Maus? Was bist du eigentlich?"

Wir hatten in der Vergangenheit öfter derartige Gespräche geführt und unsere Freundschaft war beinahe daran zerbrochen. Aber ich verstand es einfach nicht, verstand nicht, warum er sein Talent verschleuderte, sich klein machte, seine Vision nicht nur nicht lebte, sondern verriet.

„Aaahh, bitte Marie, lass es. Ich halte das nicht aus, nicht heute Abend." „Okay Chris, ich lasse es, aber nur, wenn du mir etwas Positives über deine Firma sagst. Du hast drei Sekunden."

„Ich habe einen Pitch am nächsten Montag mit dem größten Kosmetikunternehmen Europas."

Das war richtig gut, das war genial. Touché.

„Oh Mann, Bruder, wie geil ist das denn! Haben wir noch Wein? Oh komm, wir bestellen eine Flasche. Lass uns anstoßen, lass uns feiern und danach gehen wir tanzen. Erzähl mir deine Strategie!"

Ich war in meinem Element, ich war begeistert. Endlich, endlich hatte er diese Chance, *die* Möglichkeit. Alles konnte sich verändern. Und ich wusste, dass er den Pitch gewinnen würde.

Chris sah mich lange an: „Ich habe noch keine Strategie. Ich fühle mich manchmal so leer, so müde und getrieben. Ich wollte das mit Lona ausbauen, aber ihre Ideen sind unter aller Würde. Ja, jetzt sagst du wieder, du hast das immer gewusst.

Und du hast Recht, aber das hilft mir nicht. Marie, ich arbeite 18 Stunden pro Tag, ohne etwas Nennenswertes zustande zu bringen. Ich bin müde, so müde. Ich habe nicht einmal einen Gedankenblitz so wie früher. Ich lebe und arbeite vor mich hin, weißt du. Erinnerst du dich an Thomas Buddenbrook? Als er zerbrach, weil er seine Ideenwelt, sein spirituelles Selbst verloren hatte? So fühle ich mich jetzt."

Das hatte ich kommen sehen, so arrogant es klingt. Es lag an Chris' Wesen, an seinem Anspruch, alles diskutieren zu wollen, jedem gerecht zu werden und für alles *gemeinsam* eine Lösung zu finden. Ich erinnerte mich an den Vollpfosten von Projektmanager – wie hieß er gleich, Udo oder Jens, egal –, den er mit endlosen Gesprächen dazu bringen wollte, endlich seinen Job zu machen. Er *schulte* ihn sogar in Projektmanagement. Der Typ war hoffnungslos und hatte einfach kein Hirn. Ein furchtbares Großmaul obendrein. Das Ganze zog sich zwei Jahre hin, kostete Unsummen und ergab keinerlei betriebswirtschaftlichen Sinn. Mit Engelszungen redete ich auf Chris ein, schließlich brach ich eine Zeitlang den Kontakt zu ihm ab, weil es mich furchtbar aufregte. Schließlich entließ er ihn, denn die meisten seiner Kunden wollten einfach nicht mehr mit der Pfeife arbeiten. Aber er entließ ihn erst *dann*.

Das Problem war, dass es immer wieder diese Situationen, diese Vollpfosten gab und er unbelehrbar an seinem Grundsatz festhielt, man könne alles durch *Reden* in die richtigen Bahnen lenken, und dass er das Wort *Konsequenz* aus seinem Wortschatz gestrichen hatte.

Kennen Sie das Summerhill-Konzept von Alexander Neill? Auf den ersten Blick interessant, idealistisch und visionär. Auf den zweiten Blick unrealisierbar. Diese Firma *war* Summerhill:

Jeder konnte tun und lassen, was er für richtig hielt. Jeder sollte sich in seine Richtung *entwickeln* können und in seiner Madenzone träge dümpeln. Bloß keine Veränderung! Wenn ein Projekt Unsummen an Geldern verschlang – ja, das war dann ärgerlich, aber eine Konsequenz gab es nicht. Wenn jemand im Homeoffice verschwand, ohne brauchbare Resultate zu liefern, musste man *reden*. Aber eine Konsequenz gab es nicht. Wenn jemand sich nicht weiterbilden wollte, musste er nicht. Laissez-faire par excellence.

So verplemperte Chris seine Zeit mit *Reden*, erledigte die Arbeiten, die sein Team als nicht notwendig erachtete und war schlussendlich so erschöpft, dass ihm die Kreativität verloren gegangen war.

Ich hing meinen Gedanken nach und sah, dass Chris eine weitere Flasche Wein bestellt hatte. Plötzlich hatte ich eine Idee: „Und wenn ich dir helfe? Wenn wir die Präsentation zusammen konzipieren und am Montag gemeinsam halten? Wir könnten etwas Tolles auf die Beine stellen, was denkst du?!"

Chris sah mich vollkommen verwundert an: „Das würdest du tun? Nach allem, was du in meiner Firma erlebt hast? Und du wolltest doch bald wieder abreisen …" „Chrissie, ich tue das für dich und ich würde es dir nicht anbieten, wenn ich es nicht ernst meine. Abreisen kann ich auch am Dienstag noch, Oliver ist sowieso auf Geschäftsreise in den Staaten und ich habe nächste Woche noch frei. Allerdings verlange ich ein kleines Honorar."

„Mein Gott, du meinst es wirklich ernst. Du weißt gar nicht, was mir das bedeutet. Ich bin absolut glücklich und mache mir jetzt überhaupt keine Sorgen mehr. Ich weiß, dass wir das hinkriegen. Ja, und wir halten die Präsi gemeinsam. Aber darfst du das denn? Ich meine, du hast ja deinen Job, hast du da keine Klausel? Ach ja, und was möchtest du als Honorar?" Plötzlich war er wieder unsicher.

„Mach dir keine Sorgen, ich kümmere mich um alles. Wirklich kein Problem und mein Honorar ist klar: Leberwurstbrot, eine Dose Bratwurst und ein schöner kalter Riesling. Vielleicht noch ein wenig Camembert, was denkst du?" Lachend sprang er auf, zog mich vom Stuhl und wirbelte mich durch die Luft. „Du Verrückte, das ist das Tollste, was ich je erlebt habe. Lass uns den Wein trinken und dann gehen wir tanzen!"

Und das taten wir.

3.

CHRIS

Er erwachte mit einem dicken Brummschädel, aber so gut gelaunt wie schon lange nicht mehr. Der Abend war lang, lustig, herrlich und verrückt gewesen, er fühlte sich lebendig, voller Energie und Tatendrang. Sie würden es schaffen, er wusste es einfach. Marie war topp, sie war nicht nur professionell und diszipliniert, sondern auch äußerst kreativ und fantasievoll. Außerdem hatte sie in den vergangenen Jahren Erfahrungen sammeln dürfen, an die er nicht im Traum denken konnte.

Lächelnd stand er unter der Dusche. Jetzt noch die Geschäftsreise mit Lona hinter sich bringen und am Samstag würden sie dann gemeinsam spinnen, Ideen entwickeln, zaubern. Sollte er einen schönen Meeting-Raum im Hotel mieten? Das wäre doch besser als das Büro. Ja, das war eine gute Idee. Und er würde ein Catering bestellen mit Leberwurst und allem, was sie sich gewünscht hatte. So was ganz Feines. Vielleicht auch noch einen Champagner. *Super Idee, Chris,* grinste er und freute sich schon jetzt auf dem Weg zur Arbeit.

„Guten Morgen, Gisela. Wie geht es dir an diesem schönen Morgen?" Schwungvoll öffnete er die Tür. Gisela saß mit verwuscheltem, halb trockenen Haar an ihrem Schreibtisch und sah ihn misstrauisch an. „Oh, du bist aber gut gelaunt heute. Hast einen schönen Abend gehabt ...?", fragte sie gedehnt. Es musste sich längst herumgesprochen haben, dass er Marie getroffen hatte, und Gisela hatte – wie die meisten anderen hier – ihre speziellen Erinnerungen. „Ja, ich hatte einen tollen Abend und ich möchte dich bitten, für Samstag ab 10:00 Uhr im Chateau zu reservieren. Wir brauchen einen Meeting-Raum mit Ausstattung. Als Catering bestellst du Champagner, Leberwurst, ..." Sie sah ihn mit offenem Mund an und schien nicht zu verstehen. Schon wieder fühlte er sich entsetzlich gereizt. „Was ist denn? Soll ich es dir aufschreiben?! Also ich will: ...“

Er holte sich einen Kaffee und setzte sich in sein Büro – noch konservierte er seine Freude und begann zu überlegen, wie der Pitch aussehen konnte. Es klopfte an der Tür.

„Ja bitte?“ Er erwartete niemanden, es war noch früh. „Hallo Chris, kann ich reinkommen?“ *Ich weiß nicht, ob du das kannst*, dachte er gereizt. Lona schon wieder. Er seufzte innerlich. Kurz sagte er: „Ja, was gibt es?“ Sie setzte sich an seinen Besprechungstisch, was bedeutete, dass sie so schnell nicht wieder aufstehen würde.

„Hattest du einen tollen Abend mit deiner besten Freundin? Gisela hat gesagt, du brauchst einen Raum für Samstag im Hotel mit Champagner und Catering. Wofür ist das?“ Sie schnaufte vernehmlich. „Ich hatte einen wunderschönen Abend, danke. Marie hat mir angeboten, bei der Präsi zu helfen, und wir werden sie am Montag gemeinsam halten. Am Samstag sind wir im Hotel und bereiten alles vor.“ Er spürte eine solche Wut in sich. Warum musste er sich rechtfertigen? Warum floss die Freude aus ihm heraus, wenn er seine Firma betrat?

Fassungslos sah sie ihn an: „Du willst *unsere* Präsentation mit dieser Frau halten? Mit der Frau, die uns alle auf dem Gewissen hatte? Mit *der*?“ Schon füllten sich ihre Augen mit Tränen und die Unterlippe begann zu zittern.

Oh Mann, verdammt, jetzt nicht schon wieder. Ich kann das nicht mehr, ich kotze gleich.

„Lona, du hattest die Möglichkeit, diese Präsentation zu gestalten und mit mir gemeinsam zu halten. Das wolltest du nicht. Stattdessen hilft mir Marie freiwillig und ohne ein Honorar zu verlangen. Sie hilft dieser Firma und somit auch dir, einfach so. Deshalb sollte ich ihr wenigstens einen schönen Rahmen am Samstag schaffen, denkst du nicht auch? Sie macht seit vielen Jahren einen super Job, sie ist erste Liga, etwas Besseres kann hier gar nicht passieren.“

Nun begann sie lauthals zu weinen, die Tränen verschmierten das Make-up, der Rotz tropfte ihr aus der Nase. Es war äußerst unschön.

„Duuuu willst ja gar nicht, dass ich das mache, du willst immer nur deine geliebte Marie, du bist sowieso gegen mich, du biiist … du willst immer nur alles perfekt … und sie ist perfekt, keiner kommt an sie heran, ich habe nie eine Chance gehabt gegen diese Sau und jetzt klaut sie mir meinen Auftritt … ooohhh …" Chris musterte sie kühl. „Du hast Recht, Lona. Du wirst nie an sie herankommen. Niemals."

Lona heulte laut auf, rannte aus dem Raum und schlug die Tür hinter sich zu. Er hörte sie theatralisch schluchzen und wusste, dass jeder andere sie ebenfalls hörte.

Wie unerträglich wurde der Tag nun wieder? Er musste sich auf seine Arbeit konzentrieren, die Unterlagen für die Geschäftsreise suchen und dann mit Lona diese zwei Tage überstehen. Er hatte es so satt, so furchtbar satt.

Es klopfte an der Tür. Er wand sich innerlich. „Ja, bitte?"

Die beiden Teamleiter. „Hast du eine Minute?"

Ja, außer dass aus der Minute mindestens eine halbe Stunde wird und ich keine Zeit habe. „Ja, was gibt's denn?"

„Wir wollten mit dir sprechen, weil wir uns Sorgen machen. Lona ist weinend den Gang heruntergelaufen und hat sich in der Toilette eingeschlossen. Die anderen Frauen sind jetzt bei ihr. Sie ist völlig verstört. Gisela hat berichtet, dass Marie wieder hier ist und mit dir arbeitet. Wir machen uns große Sorgen, dass sie nochmal ein solches Chaos anrichtet wie beim letzten Mal. Was du machst, ist echt nicht gut. Alle sehen das so. Und es ist überhaupt nicht okay, wie du mit Lona umgehst. Jetzt kannst du mal was dazu sagen!"

Jetzt kann ich also etwas dazu sagen. Aha. Dass die Leute unfähig sind, dass Lona ihre Chance hatte, dass ich alles immer selbst regeln muss, dass das hier ein verdammter provinzieller Spielplatz ist, dass ich mit meinem gesamten persönlichen Besitz für diese Firma hafte, dass ich mich seit Jahren nur noch quäle, dass ich den Pitch brauche, das Business brauche, denn ansonsten gehe ich unter, und dass meine beste Freundin mir hilft, einfach so, wenn niemand anderes in diesem Scheißladen in der Lage ist zu helfen oder überhaupt helfen will …

„Ich denke darüber nach. Danke für euer Feedback, aber jetzt muss ich mich um die Geschäftsreise kümmern. Bis später."

Verblüfft verließen die Teamleiter den Raum, sie hatten noch nie erlebt, dass Chris sie wegschickte. Sie sahen einander an und wussten, ja, es ist wieder diese Marie und alles wurde schwierig. Es wurde *anders*.

Chris stützte den Kopf in die Arme und schloss für einen Moment die Augen. *Bleib ruhig, konzentriere dich, sei bei dir selbst. Denk an Samstag, denk an dein Gefühl gestern Abend. Es wird wieder besser, es wird immer besser.*

Er musste wohl einen Augenblick weggedöst sein, denn als er die Augen öffnete, war eine Stunde vergangen. Eine Stunde ohne Störung, voller Ruhe und Frieden – jetzt fühlte er sich schon viel besser.

Es war Mittagszeit und heute wurde gekocht: Alle zwei Wochen kochten jeweils zwei Teammitglieder für alle anderen und man traf sich zu einer ausgedehnten Mittagspause. *Wenigstens muss ich nicht mit Lona in den Baumarkt.*

Er ging Richtung Küche und überlegte, dass er nach der Pause gleich die verhasste Geschäftsreise starten sollte.

Als er die Küche betrat, versanken alle in Schweigen. Lona hatte sich am Tisch drapiert und die Schafe drängten sich um sie herum, streichelten ihre Arme, ihr Gesicht, klopften ihr aufmunternd auf den Rücken. Sie wirkte theatralisch mit ihren roten verquollenen Augen und der verschmierten Schminke. Chris wandte sich ab und ging zum Herd: „Na, was gibt es heute Feines? Ich freu mich schon." Der eitle Julian musterte ihn kalt: „Hast du es nicht gelesen? Und wir dachten, du kommst nicht zum Essen."

„Ach Leute." Jetzt sprach Lona. „Es ist alles in Ordnung. Chris und ich hatten ein Missverständnis und wir fahren ja jetzt nach München und lösen das. Danke für eure Unterstützung, alles wird gut."

„Lona, wir stehen zu dir. Wir unterstützen dich. Immer!"

Das war der Teamleiter, eigentlich ein vernünftiger Mann.

Warum urteilen Leute, ohne die Fakten zu kennen? Warum muss ich mich andauernd erklären? Was passiert hier eigentlich?

Er verließ die Küche. Ging zurück zu seinem Schreibtisch. Befahl sich zu arbeiten. Versank im Tun.

Um 15:00 Uhr holte er Lona in ihrem Büro ab und sie gingen zum Auto. Er war müde, hatte nichts gegessen, Adrenalin im Körper. Sie fuhren los.

Um 20:30 Uhr waren sie endlich in München. Er hatte sich während der Fahrt ausgeklinkt, wollte an etwas anderes denken, wollte sie nicht neben sich wissen. Nun waren sie angekommen. Selbstverständlich hatte sie ein lächerliches Hotel ausgewählt. Selbstverständlich hatten sie zwei Zimmer nebeneinander.

Er war hungrig. „Ich gehe noch was essen, bis morgen." „Nein Chris, ich komme natürlich mit, ich freue mich."

Ich Idiot, oh no, jetzt kommt die Alte noch mit, ach Scheiße ...

Er überstand das Essen irgendwie, trank zu viel, hatte kaum noch eine Erinnerung an den Rückweg zum Hotel. Er wusste nur noch, dass sie ihm ständig zugezwinkert hatte. Sei's drum.

Im Zimmer duschte er ausgiebig und öffnete eine Reiseflasche Whisky (auf Geschäftsreisen hatte er stets eine Bottle bei sich. So glitt er angenehm in den Schlaf). Er trank einen Schluck, einen zweiten und fühlte sich zum ersten Mal heute irgendwie gut und langsam konnte er sogar ein wenig entspannen.

Vielleicht sollte er Mimi noch anrufen? Er entschied sich dagegen und trank noch einen Schluck. In diesem Moment pochte es an der Tür. Er fuhr verwirrt auf. Es pochte wieder. Wer sollte das sein? Es war spät, mindestens 23:00 Uhr. Es pochte erneut.

Stöhnend setzte er sich auf und spürte sofort, dass er ziemlich betrunken war. Er stolperte zur Tür und öffnete sie:

„Hallo Chris, was für ein toller Abend!"

Er blinzelte, sah doppelt und verschwommen, aber es war tatsächlich Lona, die im Morgenmantel vor ihm stand und eine Flasche Sekt und zwei Gläser schwenkte.

„Darf ich reinkommen, lieber Chris, denn ich möchte noch unser Missverständnis aus dem Weg räumen", lächelte sie und hatte sich bereits an ihm vorbeigedrängt.

Er blinzelte, war wirklich betrunken.

„Wwwaass wiillst du hiier, Lona?", lallte er und musste sich vorsichtshalber auf das Sofa legen. Es war ihm schwindelig.

Sie öffnete die Flasche und goss beiden ein großes Glas ein. „Och, ich möchte einfach, dass wir wieder so wie früher sind! Wir waren immer so gut miteinander, du hast mich immer unterstützt und ich dich auch und darauf trinken wir jetzt. Prost."

Es ist mir schlecht, ich will nicht trinken, ich will das alles nicht, oh Mann, was wird das ...

Halb sitzend, halb liegend trank er sein Glas aus und rang mit seiner Übelkeit, doch plötzlich ... sah er verschwommen ... etwas Orangefarbenes ...

Er versuchte, seine Augen zu fokussieren, und dann ... das war ... das ... er schnappte nach Luft, eine Ekelwelle überrollte ihn ... er japste ...

„Halloooo schöner Mann, hier bin ich ... und hier sind wir ... endlich in einem Zimmer, voller Lust ... und wir haben Zeit ..."

Schlagartig sah er. Schlagartig verstand er.

Lona stand in Dessous vor ihm. Die Farbe war Orange. Das Oberteil war billig genäht und riss bereits, der String gab ihren wabbeligen Bauch frei und ... er stöhnte ... einen Busch, der noch nie getrimmt worden war. Ein Bart von rotem Schamhaar, der bis zu den fetten weißen Oberschenkeln quoll, die wie Maden in den Strümpfen saßen, der Arsch voller Dellen und Beulen.

Bewegungslos lag er auf dem Sofa, einer Ohnmacht nahe.

Und dann setzte sie sich auf ihn. Ihre Pussy landete auf seinem Mund. „Oh komm leck mich machs mir das wollten wir doch schon immer das wolltest du immer wie du mich angestarrt hast du warst so geil jeder in der firma hat gesagt du willst mich und nimmst nur rücksicht wegen allem und jetzt tun wirs also los komm"

Und sie drückte ihm ihre Vagina in den Mund. Er schmeckte, was er nicht schmecken wollte und ... hustend, keuchend erbrach er sich auf ihre Fotze, auf sich selbst, auf ihre Titten. Dann sprang er auf, rannte ins Bad, kniete vor der Schüssel und erbrach sich minutenlang.

In Embryohaltung lag er schließlich auf dem Boden. Der Boden hielt ihn nicht. Er musste aufstehen, es gelang nicht.

Mühsam kroch er auf allen Vieren ins Zimmer. Sie war weg. Wenigstens das.

Er robbte zum Bett. Er wollte nicht nachdenken, nicht jetzt. Zwei Tabletten noch und ein kleiner Whisky. Er fiel in eine Art Ohnmacht.

Als er erwachte, war es noch dunkel. Das Zimmer roch nach Alkohol und Erbrochenem. Er tastete nach seinem Telefon und sah, dass Lona ihn 48-mal angerufen hatte. Er stöhnte, der Schmerz war unerträglich. Scham überrollte ihn, Ekel und immer wieder Abscheu.

Wie war es dazu gekommen? Wie hatte ihm das passieren können? Der Geschmack in seinem Mund … er würgte, rannte zur Toilette, doch es war nichts als Galle.

Ich muss duschen, muss klarkommen, alles überdenken. Ich muss jetzt aufstehen und bald habe ich ja noch die Termine. Herrgott, wie soll ich jemals wieder mit dieser Frau arbeiten? Was soll ich nur tun? Ich schäme mich, es ist alles so widerlich, ich widere mich an. Aber jetzt muss ich mich erstmal waschen, der Geschmack muss weg, aaahh.

Nach langer Zeit kam er aus der Dusche, sein Körper war rot vom heißen Wasser, er hatte sich fünfmal gründlich die Zähne geputzt und fühlte sich ein bisschen besser. Das Meeting war um 10:00 Uhr, also hatte er noch zwei Stunden Zeit.

Ich gehe nicht zum Frühstück. Ich kann sowieso nichts essen und ich will sie nicht sehen. Der Tag wird schlimm genug. Es ist mir so schlecht.

Einen Augenblick überlegte er, Marie anzurufen, aber was sollte das bringen? Und außerdem konnte er seine Schande nicht auch noch teilen. Keinem Mann passierte so etwas. Was würde sein Schwiegervater sagen? Was würde irgendjemand sagen? Wieder überrollte ihn die Scham in einer großen Welle.

Plötzlich wurde ihm schwindelig, er hatte große Mühe, Luft zu holen. Sein Herz raste, er hatte Todesangst. Zitternd legte er sich auf den Boden, doch es wurde nicht besser. *Soll ich die Rezeption anrufen? Soll ich den Notruf wählen? Sterbe ich jetzt?*

Er begann zu weinen, sein Körper gehorchte ihm nicht mehr, er wälzte sich schluchzend und zitternd auf dem Boden, bekam kaum Luft und hatte nur dieses erdrückende Gefühl von Angst und Ekel in sich. Es wurde dunkel.

Ein lautes Klopfen weckte ihn. „Chris, Chris, wo bist du denn?? Wir haben gleich den Termin!! Mach die Tür auf!!" Lona wirkte hysterisch und anmaßend, befehlend. Er bewegte sich zu seinem Handy und schrieb ihr eine WhatsApp: *wenn du nicht aufhörst zu schreien rufe ich die polizei und außerdem kommt marie*

Er hörte, dass die Nachricht bei ihr ankam, und dann trat sie mehrmals gegen die Tür. Holz splitterte. Seine Angst presste ihn zu Boden, er konnte sich nicht bewegen, legte die Arme über seinen Kopf, sein Gesicht, um sich zu schützen, erwartete das Schlimmste, hyperventilierte, pinkelte sich in die Hose ... und dann war Stille. Es war still.

Nach langer Zeit nahm er sein Telefon. Er wusste jetzt, dass er Hilfe brauchte, und es gab nur einen Menschen, dem er sich anvertrauen konnte.

„Hi Chrissie, mein Lieber. Wie geht's dir, was macht München?" Marie klang strahlend und er hasste sich dafür, ihr den Tag zu verderben. „Marie, kannst du bitte kommen. Ich kann nicht mehr, es geht mir nicht so gut ..." Er flüsterte nur.

„Chris, was ist? Was ist passiert? Sag es ganz langsam. Bitte." Sie sprach ruhig mit ihm.

„Marie, ich weiß nicht, Lona wollte Sex mit mir, sie hat sich auf mich gesetzt, ich war so betrunken und seitdem geht es mir furchtbar schlecht, ich habe solche Angst und immer diesen Geschmack im Mund und den Ekel." Er begann zu weinen. „Ich hatte solche Angst, ich dachte, ich sterbe."

„Chris, du hast eine Panikattacke. Das ist schrecklich, aber es geht vorbei. Ich bin jetzt in Stuttgart und ich kann in 30 Minuten am Bahnhof sein. Danach nehme ich den Zug nach München und rufe dich an. Ich habe dich sehr lieb, mein Schatz, und ich bin gleich bei dir. Du hast eine Panikattacke, es wird nichts Schlimmeres passieren. Bitte leg dich ins Bett und ich bin gleich bei dir. Ich rufe dich aus dem Zug an. Vertraue mir und denk an die alten Wörter. Wenn ich ankomme, können wir uns battlen, ja? Und schick mir noch den Link für dein Hotel. Ich bin gleich da, versprochen!"

Die alten Wörter. Er liebte dieses Spiel, das sie vor vielen Jahren erfunden hatten ... Sie suchten sich vergessene Wörter und bauten sie ein in komplizierte Dialoge, Diskussionen und der jeweils andere musste mit einem weiteren vergessenen Wort argumentieren.

Er stand auf, wacklig, aber es war möglich, und ging noch einmal ins Bad, wo er wieder duschte und sich die Zähne putzte. Dann stolperte er ins Bett. Marie hatte eine Nachricht geschickt, sie würde in drei Stunden bei ihm sein. Das war gut. So gut.

Er legte sich flach auf den Rücken und versuchte, an die vergessenen Wörter zu denken.

4.

MARIE

Als ich losfuhr, war ich komplett alarmiert – so unzusammenhängend redend und offensichtlich in Panik hatte ich Chris nie erlebt.

Ich dachte an Oliver und vermisste ihn sehr. Wenn er jetzt bei mir sein könnte, würden wir über alles reden, er würde mich erden, mich beruhigen. *Bald rufe ich ihn an, wenn seine Konferenz vorbei ist und er hoffentlich vor dem Dinner eine Pause hat …*

Was war nur passiert? Fantasierte Chris? Es konnte doch unmöglich sein, dass die Akne-Lona sich auf ihn gesetzt hatte … was, das war ja schon lächerlich. Hatte er Drogen genommen? War seine betriebliche Situation so anstrengend, dass er am Rande eines Zusammenbruchs stand?

Grübelnd verging mir die Zeit wie im Flug und ich fand mich plötzlich in München wieder.

Am Hauptbahnhof nahm ich mir ein Taxi zum Hotel und rümpfte erst einmal die Nase … wie schäbig. Warum buchten sie immer diese grässlichen Absteigen? Das war nicht nur stillos, es war kleinlich und peinlich.

Ich ging in die Rezeption und dort – als hätte sie auf mich gewartet – baute Lona sich vor mir auf. „Aaaah, da kommt ja die Heldin, die Retterin von Chris. Wie toll von dir, bist immer da, wenn man dich braucht."

Ich sah sie an, sah ihr hasserfülltes, dummes kleines Gesicht und sagte ruhig: „Hallo Lona. Ich warne dich jetzt offen: Du hast letzte Nacht einen schweren Fehler begangen und ich werde schauen, wie ich dich in die Verantwortung nehme. Du wirst Chris ab jetzt fern bleiben, alles Weitere erfährst du von mir. Weiterhin werde ich Chris heute nach Hause fahren, du nimmst den Zug. Und jetzt verpiss dich." Lona bewegte sich nicht, sie zitterte vor Wut, schwitzte und biss sich die Lippen blutig.

„Meine Herren an der Rezeption, die Sie so interessiert unserer kleinen Konversation gefolgt sind: Diese Dame hat heute Morgen versucht, die Tür von Zimmer 321 einzutreten. Etwaige Schäden berechnen Sie bitte ihr, die Adresse haben Sie."

Nun kam Leben in Lona: Die Furcht vor Enttarnung ließ sie fliehen.

Ich nahm die Treppe zu Zimmer 321 und klopfte.

Chris öffnete zögernd die Tür und dann stand er einfach da, zitternd. „Hallo edler Freund, ist dir noch blümerant zumute?" Er verstand sofort: „Es ist mir nicht kommod, doch bitte tritt ein."

Still gingen wir ins Zimmer, still setzten wir uns. Es verging eine lange Zeit und dann begann er zu sprechen, schilderte die Ereignisse, erzählte von seiner Scham, seinem Ekel, seiner Angst und immer wieder von seinem Ekel, der Abscheu.

„Jetzt musstest du meinetwegen ein solches Brimborium veranstalten. Ich bitte um Abbitte. Ich bin kein Achtgroschenjunge, wie du hoffentlich weißt."

Er hatte wirklich an die alten Wörter gedacht.

„Mein Augenstern, die indignierte Jungfer ist abgereist und so sollten wir den Humbug beenden und uns ebenfalls auf den Weg machen. Aber vorher müsste ich noch die Notdurft hier verrichten."

Im Auto sprachen wir wenig, hingen unseren Gedanken nach.

Ich fand es sehr schwer zu verstehen, dass Lona so weit gegangen war, dass sie Gewalt ausübte.

„Chris, vielleicht brauchst du Hilfe. Das war ein sexueller Übergriff, du kannst es auch Vergewaltigung nennen." *Und psychisch vergewaltigt dich Lona seit Jahren,* doch das sprach ich nicht aus.

„Marie, ich kann nicht darüber reden, verstehst du nicht? Ich habe dir heute alles gesagt und das war es. Ich werde nicht zu irgendjemand gehen, ich werde das Thema jetzt vergessen, ja? Einfach vergessen." Er war laut geworden.

„Chris, das führt zu nichts. Ich verstehe dich, aber das hat keinen Sinn. Und wie willst du weiterhin mit Lona umgehen? Wie mit ihr arbeiten?"

Chris stöhnte, rang die Hände in Verzweiflung – doch eine Antwort, die hatte er nicht.

„Ich habe noch eine einzige Frage, Chrissie, und dann lasse ich dich für heute in Ruhe: Hast du irgendwann, irgendwo oder durch irgendwen schon einmal gehört, dass Lona brutal sein könnte?"

„Oh Quatsch, Mann, Marie, du steigerst dich da rein ..."

Plötzlich gab es eine Pause und ich sah, wie er blass wurde. „Oh, jetzt fällt mir was ein. Glaubst du, das hatte ich völlig vergessen, ich bin momentan nur fokussiert auf das Geschäft. Ja, das war echt schräg: Kürzlich hatte Lona Mimi gebeten, dass wir einen Abend zu ihnen nach Hause kommen, weil sie Probleme mit Theo hätte. Ich wollte nicht, absolut nicht, das geht mich nichts an, ich fand es peinlich, aber Mimi bestand darauf. Naja, wir saßen mit einem Glas Wein in der Küche und Lona weinte die ganze Zeit. Theo säuft, sagte sie, er kümmert sich nicht um die Familie, arbeitet nur, und wenn er nach Hause kommt, ist er betrunken. Ich war sehr überrascht, denn ich hatte Theo nie trinken sehen. Plötzlich jedoch kam er die Treppe herunter und sah furchteinflößend aus: Ein dunkler Bluterguss bedeckte sein Gesicht, die Oberlippe war aufgeplatzt, Blutkrusten hatten sich gebildet und er konnte sich nur ganz langsam bewegen. Entsetzen packte mich, ich sagte so was wie *Hallo Theo, ist alles okay, du siehst nicht so gesund aus ...* Ja, und dann kam es: *Lona schlägt mich*, sagte er. Ich war, ich weiß nicht, völlig verwirrt ..."

„Was hast du dann, was habt ihr dann gesagt?"

„Nichts, wir waren total entsetzt und Lona hat gemeint, er hat einen Burnout wegen der Arbeit und muss jetzt ins Bett, und hat ihn dann nach oben gebracht. Wir sind bald gegangen. Ich meine, was willst du da sagen, was tun? Wir waren überfordert."

„Hast du Theo danach nochmal gesehen?"

„Ja, er hat ein paar Termine abgesagt, aber dann haben wir wie immer miteinander gearbeitet."

„Hast du ihn nicht auf den Abend angesprochen?"

„Ich wollte eigentlich, aber Mimi hat gesagt, dass uns das nichts angeht und wir unsere Freundschaft nicht gefährden sollen."

Ach, wenn ich noch rauchen würde, wäre es jetzt an der Zeit für eine Kippe. Was für eine unerträgliche Feigheit und Ignoranz.

Das war eben die Kehrseite der Chris-Medaille: Privat nicht auffallen. Sich wegducken. Sein Erschrecken vor: *Und wenn jemand erkennt, dass mein Leben nur eine Fassade ist?!*

Die Situation, die er beschrieben hatte, war schrecklich. Und ich dachte, wenn es wirklich wahr war, was der arme Teufel berichtet hatte – wie schlimm musste sein Leben sein, wie traurig, wie verzweifelt war er? Und was war mit dieser Lona los? Ich erinnerte mich nicht genau, aber war ihre Mutter nicht in der Psychiatrie gewesen?

Ich fuhr, dachte und schwieg.

Kurz vor Koblenz sagte Chris: „Vielleicht fährst du mich nicht nach Hause. Naja, du weißt ja und heute ist der Schwiegervater da …"

So. Ich war von Stuttgart nach München gefahren, hatte das Treffen mit meinem Sohn abgesagt, war den ganzen Weg von München zurück gefahren – und nun das.

„Ich fahre dich nach Hause, Flasche, und ich komme mit rein." Chris wand sich.

Vor dem ordentlichen kleinen Häuschen mit dem millimetergenau gemähten Rasen im Vorgarten in einem angesagten Neubauviertel angekommen, wandte ich mich Chris zu: „Hast du nicht *einmal* über diesen Satz von Theo nachgedacht? Hast du nicht *einmal* versucht, die Wahrheit zu ergründen?"

„Marie, es ist genug für heute, ich kann nicht mehr. Fahr heim, mach was du willst, aber lass mich heute, bitte …"

Wir stiegen aus.

Die Haustür öffnete sich und heraus trat einer der vielen bornierten und gewieften Vertreter der alten Bundesrepublik mit ihren schönfärberisch rassistischen Männerreden in Männerzirkeln – eitles Geschwätz zumeist, kurios archaische Inhalte …: Chris' Schwiegervater, über den ich mich in guten Momenten mokieren, in schlechten zu Tode ärgern konnte.

„Ach, da ist ja der Herr Unternehmer. Früh zurück und sieht scheiße aus. Hast du's wieder übertrieben, Junge? So wird das nix mit meiner Einlage. Ach, und wen haben wir denn mitge-

bracht? Die Marie! Lange nicht gesehen, bist alt geworden ..."
„Guten Abend, Herr Oberstaatsanwalt. Wie geht es Ihnen und Ihrer werten Gattin? Sind Sie noch immer im Amt?" „Staatsanwalt reicht. Im wohlverdienten Ruhestand, das dürfte bekannt sein. Aber was machst du hier?" Er wirkte verärgert, wusste nicht, auf die ironische Ansprache zu reagieren.

„Chris, du wolltest doch erst morgen kommen", meldete sich Mimi vorwurfsvoll aus dem Hintergrund.

Ich schob Chris und mich an dem Alten vorbei bis ins Esszimmer. Beamten-Charme mit billigen Kunstdrucken an den Wänden. Kaum Bücher. Natürlich nicht. Ein gedeckter Esszimmertisch mit Kaffee und Kuchen. Biedermeier-Idylle.

„Chris ist krank und ich habe ihn nach Hause gefahren. Er sollte jetzt wirklich ins Bett gehen."

„Du sagst uns nicht, was wir zu tun haben, Marie. Und wo ist eigentlich Lona?" Mimi war wieder einmal vorhersehbar beleidigt.

„Keine Ahnung, dear Mimi. Vermutlich irgendwo im Zug auf dem Weg nach Hause." Ich grinste, als ich Mimis und Schwiegervaters Gesichtsausdruck sah: Dafür hatte sich der Abstecher gelohnt.

„Was, ihr habt Lona einfach dagelassen? Seid ihr verrückt? Das geht doch gar nicht, ich ..."

Klagend streckte sie ihrem Vater die Hände entgegen. Chris sah wirklich schrecklich aus und ich dachte, ich sollte mich nun auf den Weg machen.

„Chris, geh einfach ins Bett, wir sehen uns." „Junge Frau, du gehst jetzt mal besser, du bist hier nicht erwünscht!"

„Vielen Dank, Herr Oberpostdirektor, das wäre mir beinahe entgangen ..."

Aus den Augenwinkeln sah ich, dass Chris ein wenig grinste. Immerhin.

Nachdenklich fuhr ich zurück in mein Hotel, telefonierte mit Oliver, war rastlos und hatte viel schlechte Energie im Körper.

Zu diesem Zeitpunkt arbeitete ich häufig auch als Dozentin für Marketing-Psychologie an verschiedenen Instituten. Tatsächlich hatte ich eigentlich Psychologie studieren wollen, war jedoch beim Marketing hängen geblieben – die Passion für Psychologie hatte ich mir jedoch bewahrt.

Und ich wusste, dass etwas nicht stimmte. Ich kannte Theo. Er war einer der langweiligsten Menschen *on earth*, aber er war loyal, überaus korrekt und ehrlich. Er war ein super Steuerberater. Hatte er nicht unlängst eine Kanzlei eröffnet? Selbst an der Weihnachtsfeier hatte ich ihn nie trinken sehen, noch nicht ein Glas Sekt. Und er sollte die Treppe heruntergefallen sein, weil er so voll war? Außerdem liebte er seine kleine Tochter. Waren die Eltern nicht auch an der Erziehung beteiligt, weil Lona Vollzeit arbeitete?

Die Gedanken ließen mir keine Ruhe und ich beschloss, am nächsten Tag mit einigen Nachforschungen zu beginnen, ich hatte sowieso momentan viel Zeit. Und dieses sonderbare Gefühl ließ mich nicht los.

5.

CHRIS

Als Marie fuhr, ging ich sofort zu Bett. Ich war schwach und erschöpft, versuchte zu schlafen, doch das wollte nicht gelingen. Ich hatte so sehr Durst, doch ich fühlte mich zu schlapp, um in die Küche zu gehen.

Ich hatte gedacht, Mimi würde nach mir sehen, aber nein. Der Geschmack. Der Geruch. Mir wurde schon wieder übel und ich übergab mich auf das leere Kissen neben mir.

Irgendwann musste ich wohl eingeschlafen sein, denn mein Handy weckte mich. Schon 7:00 Uhr.

Immer noch fühlte ich mich schwach, ich war so müde, so kaputt ... noch ein bisschen schlafen ...

Um 19:00 Uhr wachte ich auf, ich hatte tatsächlich den ganzen Tag verschlafen! Trotzdem fühlte ich mich noch nicht gut.

Ich sah auf mein Telefon und hatte über 130 ungelesene E-Mails, 28 Telefonate in Abwesenheit, zahllose WhatsApps ...

Vorsichtig setzte ich mich auf und ging hinunter in die Küche. Mimi saß im Wohnzimmer vor dem Fernseher: „Naaa, stehst du auch endlich mal auf?! Hast ja gar nicht gearbeitet heute!" Sie starrte auf ihre Serie. „Es geht mir immer noch nicht gut und ich dachte, du könntest mir einen Tee machen ..." Ich merkte selbst, wie jämmerlich ich klang. „Was, *jetzt*?!! Ich gucke doch gerade meine Serie!"

„Ja, ja, geht schon, ich mach's selbst." Ich schlurfte zurück in die Küche, nahm zwei Tabletten, bereitete mir einen Tee vor mit ein klein wenig Whisky darin und schleppte mich wieder die Treppe hoch.

Als ich im Schlafzimmer ankam, wurde mir klar, dass ich das Bett reinigen musste und unbedingt duschen sollte. Aber ich fühlte mich so schwach. Schließlich nahm der Ekel überhand und ich tat, was getan werden musste. Etwas später lag ich dann erschöpft, aber einigermaßen sauber und zufrieden wieder im Bett, der Tee belebte mich. Nun konnte ich mich der Nachrichtenflut widmen ...

63 E-Mails sowie 21 Telefonate kamen aus der Firma, die meisten mit demselben Hintergrund: Ich war nicht da, was sollten sie tun, Lona war auch nicht da, es gab Dinge zu klären, Gisela konnte keine Auskunft geben ... ach, Gisela: *„Hallo Chris, am Montag kommen ja die Leute von der Firma, was machen wir denn mit Catering? Soll ich Häppchen machen? Dann gehe ich morgen einkaufen, rechne ich von der Zeit ab, sind ja Überstunden. Sag mal Bescheid."* Ich war entsetzt, sie hatten kein Catering bestellt, es war Freitagabend, das war der Job von Lona, sie wusste seit vier Wochen, dass es am Montag so weit sein würde. Oh, ich hasse es, ich hasse alles so sehr ...

Jetzt der Teamleiter, ein Mann, mit dem ich den Betrieb quasi aufgebaut hatte, ein alter Hase

mit Entscheidungskompetenz und Verfügungsgewalt: *„Chris, ich kann dich seit Stunden nicht erreichen und niemand weiß, wo du bist. Lona ist auch nicht da. Ich weiß gar nicht, was hier läuft. Wir brauchen deine Genehmigung für Samstagsarbeit morgen, mein Team schafft sonst die Deadline am Dienstag nicht. Also, wir müssten alle morgen kommen, jeder fängt natürlich individuell an und wir arbeiten so etwa 6 Stunden pro Mann. Wir dachten auch, dass Gisela kommen kann und uns etwas zum Mittagessen kocht, ich habe sie gefragt, es ist okay für sie. Jetzt warte ich nur noch auf eine Nachricht von dir."*

Alles, was ich danach las, war im Tenor ähnlich und auch die Themen glichen sich.

Fucking Shit, was für ein Dreck. Montag nicht vorbereitet, morgen gehen Unsummen für Überstunden verloren (deren Erfolg in den Sternen stand), niemand da, auf den ich mich verlassen kann, niemand da, der sinnvolle Entscheidungen trifft. Weil ich so müde war, machte ich es kurz und schickte allen, die gefragt hatten, eine Okay-Mail. Doch dann fiel mir auf, dass Marie sich gar nicht gemeldet hatte ... Wir wollten uns doch morgen treffen, oder nicht ... Was war denn nur? Morgen war meine große Hoffnung und ich freute mich schon ...Wahrscheinlich war es das Thema mit Theo. Ich kannte Marie gut und wusste, dass sie lange grübelte und ihre eigenen Schlüsse zog. Und dass sie alles versuchen würde, um irgendeine Wahrheit herauszufinden. Ach, ich war so müde, ich wollte einfach nur schlafen und alles sollte kommen, wie es kommen sollte.

Als ich fast wegdämmerte, zeigte mein Telefon eine WhatsApp an: *Ich hoffe, es geht dir besser. Wir sehen uns morgen um 10:00 Uhr im Hotel, habe schon einige Ideen. Gute Nacht, Marie.*

Oh, das war aber schön, das war herrlich – ich glaube, ich strahlte. Toll. Dann würde ich gleich schlafen und morgen in die Firma gehen, kurz bevor die Leute kamen, und ein paar Dinge mitnehmen, die wir brauchten. Das war so toll, jetzt freute ich mich auf den Tag und konnte bestimmt gleich einschlafen.

7:00 Uhr, der Wecker klingelte und ich wachte einigermaßen überrascht auf: Ich hatte so gut geschlafen, fühlte mich erfrischt und unbesiegbar. Das würde unser Tag, heute würden wir Geschichte schreiben! Ich kicherte ob dieser Übertreibung und ging voller Elan in die noch leere Küche. Mit einem Espresso in der Hand und strahlender Laune war ich unter der Dusche, kleidete mich an und machte mich auf den Weg in die Firma (keine Mimi zu sehen).

Wie wunderschön diese frühen Maitage sein konnten: Die Luft war frisch und trotzdem schon weich, das Hellgrün der Bäume, der Duft der Pflanzen, der Natur versetzten mich in eine friedliche und doch euphorische Stimmung. Ich sah ein kleines Eichhörnchen in einer ausladenden Linde, sah Störche in der Luft, Maikäfer brummten, Bienen summten, Vögel zwitscherten (*oh Chris, du Scheißklischee*). Ja. Und trotzdem genoss ich es sehr.

Als ich 15 Minuten später auf den Firmenparkplatz fuhr, erschrak ich. Warum war Lonas Wagen da? Sie gehörte weder zum Arbeitsteam, noch hatte sie heute irgendeine andere Aufgabe zu erfüllen. Schlagartig schlug meine Stimmung um und ich fragte mich, was nun wohl passieren würde und wie ich reagieren könnte.

Gedanken- und sorgenvoll öffnete ich die Tür und machte mich auf den Weg zum Lift, als mir plötzlich ein eigenartiger

Geruch auffiel, es war eine Mischung aus … Eisen, Fäkalien, etwas Undefinierbarem …

Und dann sah ich es, dann sah ich sie.

Sie lag im Foyer mit merkwürdig verdrehten Extremitäten, die Augen pupillenlos, die Zunge hing aus dem Mund und in ihrem Schädel klaffte ein großes Loch. Blut, Gehirnmasse, Kot waren um sie herum verteilt, stammten vermutlich von ihr, aber das Seltsamste war, dass sie eine Glatze hatte. Sie hatte eine Glatze! Die vielen Dauerwellenlöckchen hingen zu einer Art Puppe gebunden an der Treppe und das war, das war alles so grauenhaft, so ekelhaft, ich erbrach mich wieder und wieder auf den Boden und wählte irgendwann mit zitternden Händen den Notruf. Dann: Dunkelheit.

6.

GEORG

Hach, wie er die Samstage genoss, besonders den zweiten Samstag des Monats, denn dann machte Trude einen Motto-Brunch. Und heute war das Motto England. Oh, er liebte das full English und beeilte sich jetzt besonders im Bad, er hörte sie schon in der Küche werkeln.

„Guten Morgen, meine wunderbare Trude, mein Schatz", sagte er und küsste sie zärtlich auf den Mund. Seit 47 Jahren waren sie nun verheiratet und er freute sich noch immer an jedem Morgen, sie in seine Arme zu ziehen.

„Guten Morgen, mein geliebter Schorsch. Ich bin gleich fertig, setz dich doch schonmal hin, Vorfreude ist die schönste Freude."

Sie hatte auf der Terrasse gedeckt, alles sah wunderschön aus, der Garten gab sein Bestes.

Wie gut ich es doch habe. Seit 49 Jahren sind wir nun zusammen, sie ist meine eine Liebe und meine beste Freundin. Alles haben wir gemeinsam geschafft und nächstes Jahr gehe ich dann in Rente, naja, oder übernächstes …

Er warf einen Blick in die Zeitung – lohnte sich nicht – und harrte der Dinge, die dann auch kamen: scones with jam and cream, baked beans, sausages, cheddar cheese, scrambled eggs with bacon, crumpets … und dazu ein Gläschen Sekt für jeden, Kaffee und orange juice.

„Du hast dich heute wieder selbst übertroffen, mein Reh", strahlte er mit der Champagnerflöte in der Hand. Sie lächelte und setzte sich auf seinen Schoß. „Ich bin so froh, dass du endlich in Teilzeit bist und wir das hier haben. Salut!"

Sie begannen zu speisen, Georg fraß leider nach Art einer Wildsau mit weit offenem Maul, das Futter fiel des Öfteren heraus (vermutlich war das der Grund für Trudes schlanke, wenn nicht gar zarte Figur). Aber sie liebten einander und hatten 49 Jahre Zeit gehabt zu ändern oder zu akzeptieren, vielleicht auch zu resignieren.

Trude stand schon auf und wuselte in der Küche, doch Georg hatte noch ein bisschen Lust auf dieses oder jenes …

Ach, toll, ich kann zwar noch ein bisschen arbeiten, aber ich hab auch Trude und unser Leben. Er nahm sich noch ein Glas Sekt.

„Schorsch, dein Diensthandy klingelt in deiner Tasche, glaube ich." Trude kam auf die Terrasse. „Was, nee, jetzt, Mann. Ich geh dran." Ächzend stand er auf, manchmal spürte er seine 70 Lenze doch.

„Hallo Schorsch, hier ist der Paul. Du musst wohl kommen, tut mir leid. Wir haben einen Mord im Wolkenkuckucksheim. Komische Sache."

Wo? Ach da, in diesem komischen Start-up-Ding, das alle hier Wolkenkuckucksheim nannten. Gab wohl einen Grund.

„Was'n für'n Mord? Samstagsmorgens?!"

„Ja, da liegt eine weibliche Leiche mit zerschmettertem Kopf, scheint vier bis fünf Meter runtergestürzt zu sein. Hat 'ne Glatze und die Haare sind zu 'ner komischen Puppe gebunden und hängen an der Treppe und der Chef von der liegt kotzend vor ihr und ist wohl ohnmächtig geworden und …"

„Hä, was schwätzt du denn, ich versteh kein Wort, hä …?"

„Schorsch, du musst echt kommen, wir wissen nicht, was wir tun sollen …"

„Spurensicherung aktivieren, alles absperren, Notruf absetzen, bin in zehn Minuten da."

„Danke Chef."

„Trudilein, es geht mal wieder los. Ich muss weg, irgendein komischer Mord. Ich melde mich, ich denke an dich, mein Liebling."

Trude schloss die Augen und hoffte, dass die Arbeit bald einmal vorüber sein würde, aber sie wusste auch, dass ihr Schorsch diese Arbeit über alles liebte. So, wie er sie liebte und sie ihn.

7.

MARIE

Samstagmorgen war ich pünktlich um 10:00 Uhr am Hotel, ich freute mich sehr auf unseren Austausch, es war wie ein kleiner Kreativurlaub in einer besonderen Location. Ich hatte viele Ideen gesammelt und eigentlich schon fast die gesamte Kampagne fertiggestellt – wenn sie Chris denn gefiel. Ich wartete eine Weile vor dem Hotel und wunderte mich, dass er noch nicht da war. Tatsächlich war das Wetter jedoch so wunderschön, der Frühling ein festes Versprechen, dass ich überlegte, eine kleine Runde zu spazieren. Wenn Chris kam, konnte er mich immer noch abholen.

Ich genoss den Wald, die kleinen grünen Blättchen, das Rauschen der Bäche. Die Buschwindröschen öffneten gerade ihre Blüten und man sah bereits die ersten Sumpfdotterblumen. Es war herrlich und ich verlor mich traumselig in der Pracht ...

Gegen 11:30 Uhr begann ich mir dann aber doch Sorgen zu machen. Chris war zwar oft zu spät, aber er meldete sich stets.

Ich versuchte es mehrfach auf dem Handy, erfolglos. Dann beschloss ich, zum Hotel zurückzugehen. Dort gab es wohl gerade eine große Tagung und ich traf niemanden an.

Sollte er seine Pläne geändert haben? Aber das hätte er mir irgendwie mitgeteilt. War er noch immer krank? Auch dann hätte er mindestens eine Nachricht geschickt. Seltsam, wirklich merkwürdig. Hatte er nicht noch kurz in die Firma gewollt und war da aufgehalten worden? Sollte ich vielleicht dahin fahren?

Es war inzwischen 12:30 Uhr ... *Ach, ich versuche es nochmal auf dem Handy, ansonsten fahre ich in die Firma.*

In dem Moment klingelte das Telefon. Wie aus weiter Ferne hörte ich: „Marie, ich bin im Krankenhaus, ich bin eben erst aufgewacht. Lona ist tot, ich habe sie gefunden." „ So, jetzt ist es genug, Sie müssen sich schonen. Hallo, hier spricht Oberschwester Margaret vom Krankenhaus der Barmherzigen Brüder. Ihr Mann wurde vorhin mit einem schweren Schock, Dehydration und Folgen aufgrund extensiven Beruhigungsmittelkonsums eingeliefert. Die Besuchszeit ist von 14:00 bis 15:00 Uhr. Es wäre keine schlechte Idee, wenn Sie ihm einen Schlafanzug für die Nacht und Badutensilien bringen können. Zimmer 580 in der Inneren. Auf Wiederhören." Die resolute Stimmte duldete keinen Widerspruch. Seufzend und zutiefst erschrocken setzte ich mich auf die nächste Bank. Lona tot? Was? Ich konnte das alles nicht verstehen, war schockiert, konfus, aus meiner Ordnung gestoßen. Wenn ein kleines Steinchen aus dem Mosaik deines Lebens entfernt wird, kann das Chaos und den tiefen Fall in die Unterwelt nach sich ziehen …

Warum hatte die Schwester mich eigentlich als Ehefrau angesprochen? Was war mit Mimi? War sie informiert?

Banale Gedanken wechselten sich mit Katastrophenszenarien ab. Ich musste jetzt funktionieren.

Also los. In die Stadt fahren. Nachtwäsche kaufen und Badutensilien auch. Und dann ins Krankenhaus.

8.

GEORG

Als ich am Tatort ankam, war natürlich alles ein einziges Chaos.

Das Gebäude war zwar abgesperrt, doch drängten sich die Leute wie bescheuert nach vorne, zum Eingang.

Diese Sensationsgeilheit, einfach nur zum Kotzen.

Heulen und Zähneklappern. Da stand eine dicke Alte mit einem Gruftie neben sich und beide flennten …

So. Sirene aufs Dach und durch.

Meine Jungs hatten zumindest den Eingangsbereich gut abgesperrt und auch die Spurensicherung war schon da. Ich stellte mein Auto ab und lief in das Gebäude. Das war aber jetzt echt zum Spucken.

„Was'n hier los, stinkt bestialisch."

Naja, es sah auch furchtbar aus.

Die Frau lag ausgebreitet auf dem Boden, zerschmetterter Kopf, Gehirn und Scheiße um sie verteilt. Glatze.

Wobei es eine interessante Beobachtung war, dass die Menge der Scheiße die Menge des Gehirns – zumindest in diesem Fall – um das Doppelte übertraf.

Und dann noch die komische Puppe an der Treppe. Geflochten aus Haar.

Mahlzeit.

Wenigstens waren die Sanitäter jetzt bei dem Typ, der alles vollgekotzt hatte und wohl ihr Chef war.

„So, Paul, was haste rausgefunden so weit"?

„Chef. Das ist alles total komisch hier. Siehste, die Frau wurde umgebracht und auf der Etage haben mindestens sechs Personen gearbeitet. Und die sagen, sie haben nix gemerkt."

„Ich geh gleich mal hoch. Wann ist die Spurensicherung fertig? Dann sollen die hier mal aufräumen. Schick mal 'ne Putzkolonne, das ist ja echt widerlich."

Langsam erklomm ich die Treppe, mein Rücken war auch nicht mehr so ganz fit. Ich musste an Horst Schlämmer denken *(„Isch hab Rücken!")* und grinste in mich hinein.

Endlich oben. Keuchend musterte ich ein Häufchen elender Gestalten, das sich an der Eingangstür des Büros zusammendrängte.

„Kripo, Morddezernat. Mein Name ist Schorsch. Schorsch Leonhardt. Mit wem hab ich die Ehre?"

Einer, anscheinend der Anführer, löste sich aus der Gruppe: „Hallo, ich bin der Teamleiter und ich heiße Michael. Das hier ist ein Teil meines Teams, wir haben heute hier gearbeitet."

„Michael und ...?"

„Wie und? Die anderen, oder wie?"

„Nein, Michael und was ist der werte Nachname?"

„Ach so, Schäfer. Sie können aber Michael zu mir sagen oder Michi. Das machen alle."

„Will ich aber nicht. Herr Schäfer." Innerlich verdrehte ich die Augen, *das war wieder so ein Fall ...*

Seufzend wandte ich mich an den Menschen: „So, jetzt gehen wir mal rein und dann reden wir kurz, aber nur kurz, und dann gehen se heim und morgen um 9:00 Uhr ist hier Vernehmung. Sie können ihre jeweiligen Schlüssel mitnehmen, Spurensicherung kommt gleich und alles andere bleibt hier."

„Waaas, morgen ist doch Sonntag?" Der glatte blonde Schönling wirkte erschüttert. *Wahrscheinlich eine Tunte, heißa.* „Ja, deshalb treffen wir uns ja auch um neun und nicht um acht."

„Jaaa, aber wir waren doch heute schon daaa ..." Das kam von einer Halbglatze, Typ Staatsdiener. „Karl-Egon, Julian, lassen wir das und tun alles, was der Kommissar sagt. Immerhin ist Lona heute gestorben."

Guter Mann, Schäfer, du hast es auch nicht leicht. Was für Flachmänner.

„Herr Schäfer, bevor die Spurensicherung gleich kommt – können Sie mir bitte kurz die Firmenräume zeigen? Nur so als Übersicht und zum Nachdenken?"

„Natürlich, und ich glaube, da sind auch schon Ihre Kollegen."

Die Fahrstuhltür öffnete sich und plötzlich sah ich die beiden flennenden Weiber von vorhin – was wollten die denn hier? Die Dicke stürzte sich sofort in die Arme von der Tunte, aber den Gruftie wollte scheinbar keiner anfassen, die sah auch nicht wirklich appetitlich aus.

Ich hätte platzen können vor Wut. „Was zum Teufel machen Sie hier??? Der Lift ist gesperrt, hier wurde ein Mord begangen, keiner darf von außen in dieses Scheißbüro, Sie haben sich allen Anordnungen widersetzt ...!!!" Ich fühlte, wie mehrere Adern in meinem Kopf pulsierten und ein leichter Schwindel mich überkam. *Mach langsam, Schorsch. Denk an Trude. Beruhige dich.*

„Also, Herr Kommissar, das sind Gisela und Trine. Sie arbeiten hier als Sekretärin und Hilfskraft. Ich weiß nicht, warum ..."

„Egal, raus jetzt hier, alle. Die Spurensicherung ist da, Sie wissen, was Sie zu tun haben. Wir sehen uns morgen."

„Soll ich Ihnen nicht vielleicht doch noch die Büros ..."
„Nein!", donnerte ich, es war genug. Vielleicht wurde ich wirklich alt, aber jetzt hatte ich einfach keine Geduld mehr. Ich stellte sicher, dass zwei Beamte die Gruppe nach unten brachten, und wandte mich dann Paul zu. „Was konntest du bislang herausfinden?" „Wirklich interessant ist, dass es wohl einen Streit zwischen dem Chef und dem Opfer gegeben haben muss, denn die sind zusammen nach München zum Geschäftstermin gefahren, aber getrennt zurückgekommen. Den Termin haben sie auch nicht wahrgenommen und am Freitag waren beide nicht im Büro." „Wie sind die denn jeweils nach Hause gekommen?" „Ja, also der Chef hat sich von einer Bekannten fahren lassen und das Opfer war mit der Bahn unterwegs." „Das is ja jetzt echt ein Ding. Soso. Und welche Infos gibt's zum Opfer?" „Name Lona Buk, geborene Müller, Alter 41, verheiratet, Mutter einer kleinen Tochter von fünf. War in der Geschäftsführung der Firma. Wohnt hier in der Nähe, Mann ist Steuerberater mit eigener Kanzlei, arbeitet auch regelmäßig für das Unternehmen, wurde neulich aktenkundig wegen Alkohol am Steuer."

„Eine Tochter von fünf? Heilige Scheiße, das ist ja furchtbar." So sehr ich meinen Beruf liebte, jetzt kam das Etwas, das ich immer hassen würde: Wir mussten die Familie informieren.

„Aha, so. Dann müssen wir uns wohl auf den Weg machen. Du kommst doch mit, Alter?" „Ja, klar. Soll ich fahren?" „Wär nicht schlecht."

Im Auto Schweigen. Ich dachte an meine kleine Lisa, die nun 40 Jahre alt wäre. Dachte an den Moment, als die Kollegen von der Verkehrsstreife an der Tür geklingelt hatten, von dem namenlosen Schmerz, von dem Gefühl, dein Kind verloren zu haben, etwas, auf das dich niemand jemals vorbereiten kann. Sie war erst 24 und wurde an einem Zebrastreifen überfahren. Der Typ war voller Drogen. Trude und ich hatten einander immer wieder aufgerichtet, hatten gekämpft, verloren, die Fassungslosigkeit, der tiefe Schmerz blieben. Jeden Morgen dachte ich an sie und bei Tragödien wie dieser wurde ich innerlich ganz klein und wollte mich am liebsten in die Arme von Trude flüchten. Aber was half es.

Wir waren da.

Vor einem sehr hübschen Haus in einer großbürgerlichen Gegend von Koblenz sah ich einen kleinen Mann, der ein Mädchen zärtlich aus ihrem Kindersitz hob, verschiedene Taschen ins Haus brachte und die ganze Zeit mit dem Kind sang. Das musste der Ehemann sein. Mir wurde flau zumute und ich schloss kurz die Augen. „Chef, sollen wir gehen?" Paul sah mich prüfend an. Jeder, der mich kannte, wusste von meiner Geschichte und konnte im Allgemeinen auch ganz gut einschätzen, warum ich oft so ein großes Maul hatte.

„Ja, lass uns gehen."

Es ist ein absolutes Drecksgefühl wenn man weiß, dass man in den nächsten Minuten dazu beiträgt, Leben zu zerstören.

Ich war voller Demut. Klingelte. Das kleine Mädchen kam zur Tür und öffnete. „Hallo, wer bist du denn? Ich bin der Schorsch." „Oh, ich heiße Lulu und ich komme gerade mit meinem Papi aus dem Schwimmbad. Opi und Omi waren auch da, weil heute war Kindergartenfest im Schwimmbad und wir haben ..." „Lulu, mit wem sprichst du denn, mein Schatz?" Da kam der Ehemann und erbleichte (das geschah natürlich immer, wenn jemand unsere Uniformen sah).

„Guten Tag, Herr Buk. Meine Name ist Leonhardt von der Kripo Koblenz und das ist mein Kollege Berndt. Wir müssen mit Ihnen sprechen und es wäre wohl sinnvoll, wenn die junge Dame hier nicht dabei ist." „Was ist … was ist denn?" „Bitte, Herr Buk. Kann Lulu jetzt einen Moment woanders hingehen?" „Äh, ja, zu meinen Eltern bestimmt, die sind eben erst weggefahren, ich ruf sie an." Zitternd nahm er sein Handy aus der Tasche: „Hallo Mama, hier ist Theo. Die Kripo steht vor der Tür, ich weiß nicht warum, aber sie wollen mir was sagen. Aber ohne Lulu. Könnt ihr vielleicht zurückkommen?"

„Sie sind in fünf Minuten da. Kommen Sie doch bitte herein."

Wir betraten ein geschmackvoll eingerichtetes Haus; man sah die große Terrasse hinter den Küchentüren und alles wirkte idyllisch, friedlich, *bürgerlich*.

Als die Eltern eintrafen, wandten wir uns ab. Dies war vermutlich der letzte Moment eines einigermaßen normalen Lebens, an den sie sich in den kommenden Jahren erinnern sollten.

„Meine Herren, setzen wir uns." Wir nahmen auf der Terrasse Platz, der kleine Mann uns gegenüber wirkte wie ein zerrupfter Hänfling.

„Herr Buk, ich komme gleich zur Sache: Es tut mir leid, aber Ihre Frau Lona wurde heute Morgen ermordet aufgefunden. Ein Irrtum ist ausgeschlossen. Es handelt sich um Ihre Frau, sie wurde in ihrer Firma tot aufgefunden. Wir möchten Ihnen ersparen, sie identifizieren zu müssen, sie wurde ja von allen erkannt. Wenn Sie sie allerdings noch einmal sehen möchten, verstehen wir das, aber wir würden es nicht empfehlen."

Es schüttelte den armen, kleinen Kerl, aber er war immerhin klug genug, seine Frau in diesem Zustand nicht sehen zu wollen.

Natürlich war die Situation schrecklich. Unbeschreiblich. Ich wollte das nicht erleben, schaltete auf Autopilot und wir ließen die Familie allein.

„Was'n verdammter Scheißjob das ist, Paul." „Ich weiß, Chef. Zum Kotzen."

Und dann fuhren wir nach Hause.

Wenn Leute mich fragen, wie man nach so einem Erlebnis sein Leben weiterführen kann, sage ich immer: Autopilot. Schalt dich ab. Denk nicht nach. Versuch, was Schönes zu machen. Küss den Menschen, den du liebst. Aber vor allem: Denk nicht nach.

Wenige Kilometer entfernt zelebrierten drei Frauen in der Tradition der Agooji-Kriegerinnen ein Gin-Voodoo: Schlanke Arme flogen in die Luft, sie sangen, geschmeidige Körper wiegten sich, sie tranken, hielten einander und schrien ihren Triumph in die Nachtluft.

TAG 1 DANACH

Schorsch wachte erholt mit einigermaßen friedlichen Gedanken auf – er hatte kaum geträumt und gestern war ein schöner Abend gewesen – trotz allem.

Als er schockiert und kaputt zu Hause angekommen war, nahm Trude ihn fest in die Arme und sie standen eine lange Zeit eng umschlungen da. „Was wünschst du dir für heute, mein Schorsch?", fragte sie ihn dann und er wollte einfach nur aufs Sofa, etwas zum Essen, ein bisschen reden, vielleicht einen Film gucken … nichts Besonderes, außer die scheußlichen Bilder wegzukriegen.

„Wie findest du es, wenn ich uns eine Pizza backe, wir trinken ein Bier und gucken einen Minions-Film?"

Oh Mann. Das war einfach wunderbar. Das war genau sein Abend. Mit Pizza und den Minions konnte er viele Schlachten schlagen.

Er duschte und machte es sich auf dem Sofa bequem. Hach, und dann brachte Trude ihm ein Bier, er lehnte sich zurück und versuchte sich ein bisschen zu entspannen.

Manchmal waren seine Erlebnisse schrecklich und er konnte nicht darüber sprechen. Er musste sie verarbeiten, verdrängen, irgendwie. Trude wusste das und er verließ sich in diesen Momenten vollkommen auf sie.

Sie aßen, tranken, schauten sich seine Lieblings-Minions-Filme an, kuschelten ein bisschen im Bett und schliefen dann ein.

Er räkelte sich genüsslich in den wenigen Minuten, die ihm noch blieben. Heute würde er sich um 7:30 Uhr mit Paul treffen, er wollte die Erkenntnisse der Spurensicherung abwarten, sie würden eine Strategie entwickeln und dann würde er mit den Vernehmungen beginnen.

Wie seltsam das war: Sechs Personen auf einer Etage, ein Mord wird verübt und keiner will etwas bemerkt haben?!

In der Küche trank er nur einen Espresso, Trude hatte ihm schon sein Stullenpäckchen zurechtgemacht. „Was würde ich ohne dich tun, mein Liebling! Was machst du denn heute am Sonntag so allein? Ich hoffe, es dauert nicht lange." „Ach, ich treffe mich heute zum Mittagessen mit Anne und dann gehen wir ein bisschen spazieren." Anne war ihre beste Freundin seit Jahr und Tag und er freute sich, dass sie einen schönen Tag vor sich hatte. „Ganz viel Spaß, Liebling, und trinkt einen Wein auf mich." Trude küsste ihn, „Und du, pass auf dich auf und melde dich, wenn du weißt, wann du nach Hause kommst."

Der Tag im Krankenhaus begann früh: Um 5:30 Uhr klopfte es an seine Zimmertür und schnell waren zwei Schwestern da, um das Bett zu machen, die Werte zu überprüfen und sein Frühstück zu bringen. „Visite ist um 8:00 Uhr. Frau Doktor Mare wird nach Ihnen sehen."

Er flüchtete sich langsam, zitternd, mit der Infusionsnadel im Arm, ins Bad. Duschen wäre jetzt schön. Unendlich schwerfällig bewegte er sich, ließ keinen Gedanken zu, versuchte, das Nötige zu erledigen, kleidete sich an.

Erfrischt setzte er sich nach gefühlten Ewigkeiten auf sein Bett, aß ein bisschen Brot, trank vom Saft, vom Kaffee. Schließlich döste er wieder ein. Er war so müde, so entsetzlich müde ...

Plötzlich spürte er ein Klopfen, ein Schütteln an seinem Arm. „Guten Morgen, Herr Sommer, wie geht es Ihnen?" Er öffnete die Augen – das musste diese Ärztin sein. Widerwillig versuchte er wach zu werden. Er hätte so gerne noch ein wenig geschlafen ...

„Es geht mir okay, irgendwie, danke."

„Gut, Herr Sommer. Ich bin Doktor Alexandra Mare und ich bin für Sie verantwortlich. Ich möchte Ihnen erst einmal sagen, wie wir Sie gefunden haben, welche Tests wir gemacht haben, und dann können wir uns ein wenig unterhalten. Ist das für Sie in Ordnung?"

Natürlich war es das, er wusste kaum, wer er war, was hier ablief ...

„Herr Sommer, wir haben Sie gestern ohnmächtig am Tatort aufgefunden und Sie wurden mit einem Rettungsfahrzeug hierhin gebracht. Wir haben Sie untersucht. Sie waren stark dehydriert, Ihr Blutdruck war niedrig aufgrund einer großen Menge an Beruhigungsmitteln in Ihrem Körper. Während der Nacht haben wir Ihnen eine Infusion verabreicht, um Ihr Flüssigkeitsniveau im Körper zu steigern, und wir haben Ihnen auch Psychopharmaka verabreicht, damit Sie in eine Form der Besinnungslosigkeit gleiten und kein Trauma aufbauen. Wie geht es Ihnen jetzt?"

„Ich weiß es nicht, ich fühle mich seltsam."

„Das kann durchaus eine Nebenwirkung der Psychopharmaka sein. Aber ich habe noch einige Fragen an Sie. Sind Sie bereit für ein kurzes Gespräch?"

„Ja, durchaus. Ich bin sehr müde, aber ich kann gerne mit Ihnen reden."

„Also, Herr Sommer, in Ihrem Körper waren sehr viele Beruhigungsmittel, waren wirkliche Drogen. Darf ich fragen, woher das alles kam?"

„Wissen Sie, ich hatte eine verdammte Scheißzeit. Total viel Stress, keine Zeit zum Entspannen oder so. Ja, das wars. Und dann nimmt man halt mal was, wenn man nicht schläft, oder?" So langsam regte sich ein Widerstand in ihm, warum wollte diese Frau das alles wissen? Das war schließlich seine Privatangelegenheit.

„Herr Sommer, ich verstehe Sie, doch ich rate Ihnen, den Konsum der Beruhigungsmittel zu minimieren. Weiterhin wurden Sie gestern Zeuge eines schrecklichen Gewaltverbrechens. In unserer Einrichtung haben Sie die Möglichkeit, mit einer psychologisch qualifizierten Kraft zu sprechen. Wie gesagt, wir möchten nicht, dass Sie ein Trauma verfestigen." Die Ärztin musterte ihn mit einem nachdenklichen Blick ihrer dunklen Augen, doch er musste weg, er musste einfach weg von hier.

„Ich muss weg, Frau Doktor, meine Frau weiß nicht, wo ich bin, ich muss massenhaft Dinge klären, ich habe am Montag den Termin meines Lebens in meiner Firma." „Herr Sommer, in Ihrer Firma wird ermittelt. Ich gehe stark davon aus, dass das Gebäude abgeriegelt ist. Sie sollten diesen Termin lieber verschieben." Chris keuchte, Schweiß brach aus. „Ich kann diesen verdammten Termin nicht verschieben, das ist meine letzte Hoffnung." „Herr Sommer, beruhigen Sie sich, ich kann Sie in diesem Zustand nicht gehen lassen."

Doch Chris hatte bereits die Tür geöffnet und rannte den Gang entlang Richtung Ausgang. Panisch. Gestresst. Jetzt erstmal nach Hause, frische Kleider, Lage checken, Kontakt zur Polizei aufnehmen und vor allem Mimis Gequengel aushalten.

Als der Kommissar im Wolkenkuckucksheim ankam, war die Polizei schon da, Paul hatte alles angeordnet und es wurde emsig gearbeitet. „Moin Paul, super gemacht. Sind die Leute von der Firma da?" „Moin Chef. Nee, da ist niemand. Also, ich hab keinen gesehen." Schorsch lief rot an – was sollte das denn?! Wo waren die Typen? Es war nun Punkt 9:00 Uhr und jetzt sollten die Vernehmungen beginnen. Verdrießlich machte er sich auf den Weg zur Treppe, der Fahrstuhl war ja noch gesperrt. Als er schwer atmend oben angekommen war, musste er feststellen, dass die Bürotür verschlossen war. Fluchend setzte er sich auf die Treppe und ... ja, man könnte ... vielleicht schonmal in die Stullenbox schauen, mal sehen, was es gab ... In Windeseile hatte er seine köstlichen Stullen in sich gestopft und rülpste behaglich in aller Pracht.

Plötzlich öffnete sich die Tür hinter ihm und hinaus trat das kleine traurige Beamtenmännlein von gestern. *Häh, wie war der reingekommen?* „Hallo Schorsch. Wir sind alle schon drin. Wo warst du denn?" *Oooohh, dieses Scheißduzen, diese ungewollte Verbrüderung.* Er spürte, dass er lila anlief.

„Guten Tag, Herr ... Ich warte jetzt seit geraumer Zeit darauf, dass mir jemand die Tür öffnet. Wir sind ja seit 9:00 Uhr verabredet."

„Ja, aber warum hast du dann nicht geklingelt? Wir kommen immer über die hintere Treppe hoch. Wusstest du das nicht?", fragte das Männlein sanft. Wütend sah Schorsch die winzige Klingel, die unter dem Unternehmensschild angebracht war.

„Ich dachte, Sie haben Ihre Türen immer offen. Und wo ist die Treppe bitte? Egal, gehen wir jetzt und Sie zeigen mir, wo ich den Schäfer-Mensch finde." „Oh, der ist noch nicht hier, er fühlt sich heute schwach und kommt ein bisschen später."

Der Kommissar schluckte und versuchte, *einfach die Fresse zu halten.*

Das Männchen brachte ihn in das *Chefbüro* und murmelte, gleich würde auch *der Chef* erscheinen.

Na klasse. Schorsch sah sich um im Büro, lieblos ausgestattet war es, paar Bücher, sterbende Pflanzen, dicke Luft, ein runder Tisch, ein Schreibtisch, das wars. *Ist ja glatt wie bei mir.*

Es klopfte. „Jo, herein."

Da war schon wieder diese Frau, diese Trautesheim-Tante, wie hieß die noch gleich?

„Guten Morgen, Herr Kommissar. Wie geht es Ihnen? Uns allen geht's ja unfassbar schlecht, aber ich wollte nicht, dass Sie hier auch so darben. Deshalb habe ich Ihnen und dem Chef ein kleines Frühstückstablett zusammengestellt. Chris kommt gleich, lassen Sie es sich schon mal schmecken."

Was? Die Frau hatte sich ja richtig Mühe gegeben. Das sah klasse aus: Räucherlachs, verschiedene Würste, Käse, leckeres Brot … Schorsch begeisterte sich für ein zweites Frühstück, doch dann ging die Tür auf.

Ah ja, er erkannte den kotzenden Typ von gestern. Der sah sich das schöne Frühstück an, als würde er gleich daran ersticken. *Ja klar, der sieht so einen Tod nicht besonders oft.*

„Guten Morgen, Herr Sommer. Ich bin der Schorsch Leonhardt von der Kripo, Mordkommission. Entschuldigen Sie, dass ich in Ihrem Büro sitze, aber Ihre Leute haben mich hierhin gebracht. Vielleicht können wir ein bisschen essen und erzählen?"

Chris schluckte: „Guten Morgen Herr Kommissar. Ich bitte um Verzeihung, aber mir ist gerade nicht nach Essen zumute. Aber Sie können sich auch gerne in die Küche setzen und Ihr Frühstück genießen, ich warte hier auf Sie." Schorsch freute sich. „Wenn Ihnen das nix ausmacht, gerne. Wir fangen dann in 15 Minuten an." „Gut, dann bringe ich Sie mal in die Küche." „Dann könnense mir auch gleich mal die Firma zeigen, oder? Damit ich nen Überblick kriege." Chris wirkte gequält, stimmte jedoch zu.

Als Chris den Kommissar in der Küche absetzte, sagte der: „Schicke Räumlichkeiten habense hier, alles so hell und freundlich!" *Außer deinem Büro*, aber das dachte er nur.

Die Küche war geschmackvoll und großzügig eingerichtet: Ein langer Esstisch, viele Pflanzen, eine Designer-Kaffeemaschine, Regale mit Gewürzen, moderne Grafik an den Wänden – *das ist ja beinahe so schön wie Trudes Küche*, ging es Schorsch durch den Kopf.

Weil das Essen schon fein angerichtet vor ihm auf dem Tisch stand, setzte er sich erst einmal und haute beherzt rein. *Soso, das war also der Ort für einen spektakulären Mord, für eine unfassbar brutale Tat.* Schmatzend sah Schorsch sich um. *Das ist ja kaum zu glauben.*

Gelegentlich tauchten Männchen mit Ziegenbärten oder ungepflegte Frauen in der Küche auf und wandten sich erschrocken ab, wenn sie ihn sahen. Aber bedrohlich wirkte hier sicherlich niemand. Als das zweite Frühstück leider tatsächlich vertilgt war, machte er sich auf den Weg zurück zum Chefbüro.

„Hallo Herr Sommer, sindse bereit? Können wir loslegen?"

„Ja, wir können gerne sofort beginnen, Herr Leonhardt. Aber gleich zu Beginn hätte ich noch eine Frage: Wir hatten hier eigentlich für morgen eine sehr wichtige Veranstaltung geplant. Ein Pitch für die größte Kosmetikfirma Europas und ja, wie soll ich sagen, das ist wirklich sehr wichtig für mein Unternehmen. Extrem wichtig. Ich weiß, der Zeitpunkt ist nun schrecklich, aber ich versuche diesen Pitch seit Jahren zu bekommen und ich kann, will jetzt nicht absagen. Ich weiß nicht, haben Ihre Leute alles untersucht, können wir das morgen machen?" Chris sah den Kommissar hoffnungsvoll an.

Oh Mann, der Typ hat Nerven. Will morgen schon wieder voll ins Geschäft einsteigen und die Trümmer der Geschäftspartnerin wurden gerade erst beseitigt. Das hat ja auch was mit Anstand zu tun ... Der Kommissar dachte nach.

„Das is ja jetzt alles knochenhart für Sie, das verstehe ich schon. Sie kommen gerade erst aus der Klinik, oder?"

Chris nickte zögernd, „Ja, ich war kurz zuhause, um die Kleider zu wechseln, aber dann bin ich sofort hierhin gefahren."

„Das musste ja ein Schock sein für Ihre Frau, war Sie bei Ihnen im Krankenhaus?" „Nein, ich habe meine Frau nicht gesehen, sie war auch nicht im Krankenhaus."

Wie merkwürdig das war, man müsste doch annehmen, dass die Frau vor Sorge verging ...

„Habense Ihre Frau heute gar nicht gesehen?" „Nein, als ich nach Hause kam, war niemand da, aber sie ist vielleicht zu Theo, also Herrn Buk, gefahren. Schließlich war Lona ihre beste Freundin."

Ach, interessant. Die beste Freundin des Opfers. Muss ich auch mal befragen.

„Tja, Herr Sommer, Sie können morgen Ihre Veranstaltung durchziehen." – *Was warn eigentlich son Pitsch?* – „Wir sollten bis heute Nachmittag hier alles untersucht haben."

„Oh, vielen ganz herzlichen Dank, Herr Kommissar. Dann kann ich heute noch alles veranlassen." Chris war in Gedanken: Er musste Marie informieren, so viel war noch zu tun und er wollte jetzt nicht über das grauenhafte Verbrechen nachdenken. Der Kommissar unterbrach seine Gedanken: „Also, Herr Sommer, sagense mir doch bitte mal, warum Frau Wilson Sie aus München zurückgefahren hat, warumse sie überhaupt nach München bestellt haben, denn das ist ja unbestritten. Und warum habense das Opfer zurückgelassen? Wir werdn natürlich auch noch im Hotel recherchieren. Aber wennses einfach haben wollen, sagenses jetzt mal."

Der Kommissar schaute Chris an, sah, dass er hyperventilierte, zuckte, extrem *unvorbereitet* schien. *Nee, du bist kein Täter, du bist höchstens ein Opfer*, ging es dem Kommissar durch den Kopf.

Dennoch.

„Ich, also, ich hatte eine Art Krise, ja so kann man das sagen. Und Marie ist meine beste Freundin und deshalb habe ich sie gebeten, mich zu fahren, also nach Hause zu bringen. Ja."

Ach Junge, das ist doch nur die halbe Miete, ich weiß es einfach ...

„Also eine Krise, ja. Aber warum habense denn das Opfer in München zurückgelassen? Was war der Grund? Wissense, wir spielen hier nicht *Rate mal mit Rosenthal* – Sie hatten eine Krise, ließen Frau Buk zurück und zwei Tage später wird sie bestialisch ermordet. In Ihrer Firma. Könnense jetzt mal ne Erklärung liefern?" Der Kommissar geriet langsam in Form.

„Ich weiß, das sieht alles schrecklich aus, aber bitte glauben Sie mir: Ich hatte eine schlimme Krise, eine Art Panik und ich wusste mir nicht anders zu helfen, als Marie zu bitten. Das ist wirklich alles, was ich dazu sagen kann."

„Okay. Das ist nun natürlich eine schwierige Frage, aber wennse nix dagegen haben: Was fürne Krise warn das? Ist die jetzt immer noch da? Oder konntense die hinter sich lassen?"

Chris wand sich, er wirkte sichtlich betroffen, wusste nicht, was zu sagen war.

Schorsch zeigte Gnade, es war für heute genug.

Er wusste, dass seine Art des Verhörs häufig unterschätzt, belächelt wurde, doch er wusste auch, dass er erfolgreich war, dass seine Quote stimmte.

„Könnense mir jetzt sagen, wo ich die Leute befragen kann?"

Erleichtert sprang Chris auf und führte den Kommissar in ein modernes Besprechungszimmer, in dem ihn viele Augen ansahen.

„Hallo Leute. Nach diesem schrecklichen Tag gestern ist nun Herr Leonhardt hier bei uns, um das furchtbare Verbrechen an Lona zu klären. Bitte seid bereit, ihm alle Fragen zu beantworten. Wir werden am Montag – wenn alle da sind – ein Meeting abhalten und eine Gedenkveranstaltung planen. Danke. Herr Leonhardt wird euch im Meetingraum 2 einzeln befragen, die Liste liegt hier aus. Julian, du bist der Erste, bitte melde dich in zehn Minuten bei Herrn Leonhardt."

Schorsch stapfte nachdenklich zu dem ihm zugewiesenen Raum und fand keine Ruhe. Irgendetwas beschäftigte ihn, es musste nur noch an die Oberfläche kommen …

Oh, auch hier wartete ein kleiner Gaumenschmaus sowie Kaffee, Saft und Wasser auf ihn. Und ein kleines Dessert.

Behaglich und äußerst zufrieden nahm er Platz, machte es sich gemütlich und wartete auf den ersten Kunden.

„Hallo."

Die Tunte also. Aha. Und hatte einen Köter dabei. *Das gibt es doch nicht.* Der Kommissar stöhnte und verdrehte die Augen.

„Jaaa, hallo nochmal, ich bin der Julian und ich hab zur Verstärkung meine liebe Biscuit mitgebracht, haha!"

„So. Ja. Schön. Bringense mal den Hund raus oder möchte der auch aussagen? Das ist ein hundefreies Büro. So."

„Äh, wie? Wie meinen Sie das?"

„Ganz einfach: Hund raus, Zeuge rein. Und zwar sofort."

Nach einem langen Tag voller Verhöre, Gespräche mit seinen Kollegen und stetiger Reflexion machte sich Schorsch gegen 18:00 Uhr auf den Heimweg. Er war erschöpft.

Was für Leute. Was für ein Laden. Jeder kann offenbar tun, wozu ihm beliebt. Und wie unsagbar langweilig diese Leute sind. Eine Werbeagentur habe ich mir aber anders vorgestellt. Wie muffig und spießig das alles ist. Wie überfordert die Leute wirken ... Und dann sitzen die zu sechst da und keiner merkt, dass eine Frau ermordet wird ... alle mit diesen lächerlichen großen Kopfhörern auf den Ohren. Entsetzlich. Und dann wollten die immer über Kommunikation schwafeln ... hättense mal lieber mit dem Opfer kommuniziert.

Indes hatte Chris die Zeit genutzt, um mit Marie einen Termin für den Nachmittag zu finden: Vielleicht schafften sie die Präsentation doch noch. Er hatte gerade Gisela instruiert, das Catering noch heute zu organisieren, als es an seiner Tür klopfte. „Hallo Chris." Die Teamleiter. Zum wiederholten Mal – und jetzt auch noch am Sonntag.

„Hallo, was gibt's?" „Also Chris, wir wissen überhaupt nicht mehr, was mit dir los ist. Lona wurde hier quasi abgeschlachtet und du hast nichts Besseres im Kopf, als morgen den Pitch zu machen??!! Das geht gar nicht, das ist ja krank. Wir jedenfalls machen nicht mit. Wir streiken. Keiner von unseren Teams wird morgen erscheinen. Du kannst die Veranstaltung mit deiner Busenfreundin durchführen, wir sind nicht dabei und das ist unser letztes Wort." Salbungsvoll in ihrer gemeinsamen Betroffenheit sahen sie Chris an.

„Männer, ich verstehe euch, ich verstehe euch wirklich, aber bitte glaubt mir: Wir brauchen diesen Auftrag, wir brauchen ihn dringend. Ich würde das nicht tun, wenn es nicht wirklich superwichtig wäre. Bitte lasst mich jetzt nicht im Stich, ich brauche euch. Bitte."

Die Teamleiter betrachteten ihn neugierig, so verzweifelt hatte er noch nie gewirkt.

Jedoch besteht Moral – insbesondere bei Kleingeistern – häufig aus Dünkel:

„Chris, es tut uns leid, aber wir machen da nicht mit. Unser Mitgefühl gilt der Familie Buk und morgen werden wir hier eine Gedenkveranstaltung auf die Beine stellen. Die Teams sind informiert, Gisela kümmert sich um die Organisation." Und dann verließen sie das Büro würdevoll und mit dem erfreulichen Gedanken, das Richtige getan zu haben.

Chris saß lange da, den Kopf in den Händen, voller widerstreitender Gedanken. Irgendwann griff er matt zum Telefon, wenigstens sollte er Marie absagen: „Hi Marie, du brauchst nicht zu kommen. Der Pitch ist geplatzt, das Team weigert sich." „Chrissie, lass uns reden. Wir können uns auf einen Kaffee treffen, oder? Ich bin gerade in der Stadt unterwegs. Magst du?" „Ja, zu gerne. Aber ich will lieber einen doppelten Whisky oder sowas in der Art. Wollen wir in die Bar am Rhein gehen?" „Gerne, ich bin in zehn Minuten da."

Als Marie eintrat, war Chris schon da. Von weitem sah sie seine Erschöpfung, seinen Ekel und Widerwillen. Er wirkte krank, war bleich und eingefallen.

„Hallo mein Lieber, wie ist die Lage?" „Hallo Marie. Naja. Ernst *und* hoffnungslos." „Komm, lass uns was trinken. Hast du eigentlich heute schonmal etwas gegessen?" „Nein, ich habe immer noch diesen Ekel im Körper, lieber ein Glas Rotwein für mich."

Nun saßen sie am Tisch, hatten beide ein Glas Wein vor sich, es fiel schwer zu sprechen. Irgendwann unterbrach Marie das Schweigen. „So wie ich dich verstanden habe, ist das

Meeting morgen abgesagt, richtig? Hast du die Leute in Düsseldorf schon informiert?"

Chris sah Marie lange an, schien sie beinahe nicht zu erkennen. „Nein, das habe ich nicht. Ich will auch nicht. Weißt du Marie, ich habe fast zwei Jahre lang gekämpft, um diese Chance zu bekommen. Ich kann mir gar nicht vorstellen, das jetzt absagen zu müssen." Müde senkte er seinen Kopf. „Ich weiß genau, wie das jetzt klingt: Lona wurde ermordet, alles ist in Aufruhr und ich denke nur an meinen lächerlichen Pitch. Aber glaub mir, so lächerlich ist das nicht. Ich brauch das verdammte Geschäft, ich sitze ziemlich in der Scheiße, hab den ganzen Investorenmist im Rücken ... Und klar, natürlich bin ich total durcheinander, ich stehe komplett neben mir, die Bilder lassen mich nicht los ... alles ein mieses Gefühl und ich weiß nicht einmal, was ich tun soll oder kann oder was auch immer." Mit zitternden Händen nahm er seinen Rotwein. „Weißt du, ich habe es noch nicht einmal geschafft, Theo anzurufen. Der Ärmste muss am Ende sein, aber ich weiß nicht, was ich ihm sagen soll, ich bin wie gelähmt." Er schluckte. „Was sagt Mimi denn dazu, vielleicht kann sie sich erst einmal bei Theo melden?" „Ehrlich, Marie. Ich habe Mimi seit gestern Morgen nicht gesehen, als ich mich auf den Weg zu unserem Treffen gemacht habe. Sie war heute nicht zuhause, als ich aus dem Krankenhaus kam, und sie hat sich auch nicht bei mir gemeldet."

Was? Diese Ehe ist ja wohl noch erbärmlicher, als ich es mir jemals gedacht habe, schoss es Marie durch den Kopf.

„Okay, mon cher. Jetzt müssen wir aber trotzdem irgendeinen Weg finden. Was willst du tun? Was kann ich tun, um dich zu unterstützen?" Marie fühlte sich nervös, es wurde so viel geredet und wenig passierte. „Hast du die Handynummer von deinem Kontakt morgen? Dann ruf ihn an und sag ab. Du hast keine Chance morgen, Chris. Wenn dein Team, deine gesamte Firma sich von dir abwendet, kannst du nichts tun. Sag ab."

Chris wand sich. „Marie, ich weiß, dass du recht hast, aber ich halte das kaum aus." Er seufzte. „Und was soll ich sagen? Welchen Grund nennen?" „Ich würde die Wahrheit sagen, Chris. Dass es einen Mord gab und momentan ermittelt wird." „Gott, Marie, dann bekomme ich nie mehr einen Fuß in die Tür, das war's dann." „Chris, ich gehe davon aus, dass der Fall sowieso in irgendwelchen Medien auftaucht. Der Mord war einfach zu grausam, als dass sich niemand dafür interessieren würde. Also kannst du auch gleich mit offenen Karten spielen."

Nun wirkte Chris noch erschütterter. „Du glaubst, das geht in die Medien? Scheiße nein, dann kann ich endgültig einpacken."

Langsam spürte Marie einen elementaren Unwillen in sich aufsteigen: *Die Welt dreht sich nicht um deinen kleinen Laden. Jemand wurde ermordet, ein Kind zur Halbwaise gemacht, wir alle tun, was wir können, um dir zu helfen ...* Sie trank ihren Wein leer und sagte: „Wir sollten jetzt gehen, Mimi wartet sicher schon und du musst noch deinen Kontakt informieren. Wir sehen uns morgen, ja?" „Ja okay, ich trinke noch meinen Wein und gehe dann auch. Bis morgen, Marie." Ein Missklang hatte sich eingeschlichen.

Als Chris etwas später die Haustür aufschloss, hörte er leise Musik aus dem Wohnzimmer und war erstaunt. Langsam ging er herein und sah Mimi mit einem Glas Wein auf dem Sofa sitzen. Das war ungewöhnlich. „Hallo Mimi, wie geht es dir?", fragte er leise. Sie wandte sich um und er sah, dass sie lange geweint haben musste. „Chris, endlich. Setzt du dich zu mir?" Sobald er bei ihr war, vergrub sie ihren Kopf an seinen Schultern, schluchzend klammerte sie sich an ihn und er hielt sie. *Wie selten wir solche Momente erleben.*

„Du warst im Krankenhaus, oder? Geht es dir jetzt besser?" „Es geht, Mimi. Und bei dir?" „Ich war bei Theo, es war schrecklich. Er ist vollkommen neben der Spur. Gott sei Dank ist Lulu bei den Eltern. Ich hoffe nur, er fängt nicht gleich wieder an zu saufen. Die arme, arme Lona. Was ist da nur passiert? Was für eine schreckliche Angelegenheit und die Leute reden und haben Theorien. Morgen will sich mein Papa einschalten. Als ehemaliger Staatsanwalt sollte er ..."

Mimi plapperte und der kleine, süße Moment der Intimität war schon wieder vergangen.

„Gut Mimi, ich muss noch ein bisschen arbeiten und dann gehe ich ins Bett. Bin noch nicht so richtig fit." Halb hoffte er, dass sie sagen würde *ich komme auch gleich*, aber dann wandte er sich resigniert ab.

TAG 2 DANACH

Marie hatte ihre morgendliche Laufrunde hinter sich und setzte sich schweißbedeckt mit einem Kaffee an die Rheinpromenade. Eigentlich ein schöner Tag. Der Fluss glitzerte im Sonnenlicht, sie trank und dachte an Oliver. Wie sehr sie ihn vermisste. Plötzlich klingelte ihr Telefon, eine Nummer aus Koblenz. „Marie Wilson hier, guten Morgen." „Moin, hier ist die Kripo Koblenz, Morddezernat und ich bin der Schorsch Leonhardt. Leitender Kommissar. Es geht um den Fall Lona Buk. Wir ermitteln gerade und ich bräucht Sie für eine Aussage wenns geht. Am besten heute." „Oh, ja, natürlich. Wann möchten Sie mich treffen und wo?" Marie war überrascht – warum sollte *sie* aussagen? „Könnense gleich zur Polizei kommen? Das wär super. Zentrale in der Löhrstraße." Der Mann rülpste verhalten. „Jetzt gleich? Ich war gerade joggen und habe mich noch nicht umgezogen. Geht das auch noch in ein bis zwei Stunden?" Marie war genervt, Überfallkommandos am Morgen schätzte sie nicht. „Nee, jetzt wär echt gut. Stört mich nicht, wennse nicht geduscht sind. Ich seh Schlimmeres." Der Kommissar klang heiter. „Oh, okay, dann komme ich gleich vorbei, brauche wohl 15 Minuten." „Toll, Ihren Perso habense jetzt wohl nicht, aber das können wir später noch nachholen. Wir sehen uns bestimmt öfter. Bis gleich und sagense am Empfang, dass Sie einen Termin mit mir haben."

Wie ungemein doof das jetzt ist, ich will nach Hause, will zu Oliver und jetzt muss ich auch noch aussagen in einer Katastrophe, die mich nichts, rein gar nichts angeht, und alles nur wegen dieser Kackfirma.

Sie machte sich wutentbrannt auf den Weg, achtete auf nichts, bis sie eine meterlange Schlange vor sich sah. Eine Schlange vor dem Gebäude der Tafel. Warum das denn? Am Sonntag? Sie sah Mütter mit ihren Kindern, alte Menschen, auch sehr junge Leute, Menschen aus vielen unterschiedlichen Nationen – und immer wieder Kinder. Vorsichtig sprach sie eines der Kinder an. „Hallo, was machst du denn hier? Magst du mir das sagen?" Der kleine Junge wirkte verwirrt. „Na, ich komm jeden Morgen hierhin für unser Essen. Und dann bring ich's nach Hause, weil Mama arbeiten muss." „Oh, das ist wirklich ganz toll von dir. " Marie fühlte sich verwirrt und am liebsten wollte sie sich abwenden, so sehr traf sie das Elend, die Armut in *diesem Land*. „Ich komme jeden Morgen hierhin, das ist schon okay." Der kleine Junge errötete. *Oh nein, das darf nicht wahr sein*. Marie kämpfte mit den Tränen. Wenigstens hatte sie einen 50-Euro-Schein für Notfälle in ihrer Laufhose. „Möchtest du mir sagen, wie du heißt?" „Ich heiß Martin", sagte der Kleine mit gesenktem Blick. „Okay Martin, möchtest du vielleicht diese 50 Euro nehmen und deiner Mama bringen? Das würde mich sehr freuen." Scheu sah der Junge Marie an, dann gab er ihr feierlich die Hand. „Das mache ich. Danke. Und wie heißt du?" „Ich heiße Marie." Sie strich ihm über den Kopf und ging weiter. Konfus. Entsetzt. Wie war das möglich? Menschen standen in Deutschland jeden Morgen für Essen an?!

Einige Meter weiter erblickte sie plötzlich eine große, dicke, sehr stark geschminkte Frau, die sich drohend vor einem schmalen Mann aufbaute, der asiatischer Herkunft zu sein schien. „Hier gibt's nix für dich, das ist nur für Deutsche. Hau ab!" Der Mann sah die Frau überrascht an. „Entschuldigen Sie bitte, es muss sich um einen Irrtum handeln. Ich bin Professor Nan Ping und ich arbeite an der hiesigen Universität. Ich wollte lediglich …" „Verarsch die Dame nich, Kleiner, und verpiss dich. Das is nix für Schlitzaugen wie dich, du verstehn?!" ein bereits angetrunkener Mittvierziger ging drohend auf den Mann zu, er hatte sichtlich Spaß an der Situation, die Umstehenden murmelten unverhohlen Beifall. „Ach, Herr Professor, hier sind Sie ja, ich hatte Sie schon gesucht. Kommen Sie, wir haben ja gleich unseren Termin." Marie verbeugte sich und fasste den verblüfft wirkenden Mann sachte am Arm und dirigierte ihn in die entgegengesetzte Richtung. Beide schwiegen, dann sprach er ganz leise: „Ich danke Ihnen für das, was Sie gerade für mich getan haben. Ich war eben etwas besorgt in der Situation. Ich war dorthin gegangen, weil ich nicht glauben konnte, dass Menschen hier in Deutschland für Essen anstehen müssen, und wollte mich mit eigenen Augen davon überzeugen. Jedoch wollte ich niemanden beschämen." „Ich schäme mich für das Verhalten meiner Landsleute und bitte Sie um Verzeihung. Ich versuche gerade selbst zu verstehen, was mit diesem Land passiert ist." „Urteilen Sie nicht zu hart und lassen Sie uns stets bedenken, dass Not Menschen boshaft machen kann. Nochmals vielen Dank, und wenn ich eines Tages etwas für Sie tun kann, hier ist meine Karte, Madame ...?" „Marie, Marie Wilson, sorry, ich habe mich nicht einmal vorgestellt." „Ich wünsche Ihnen alles Gute, Madame Wilson." Er verneigte sich und verschwand hinter der nächsten Kreuzung.

Marie fühlte Tränen in sich aufsteigen. In ihren Gedanken waren in erster Linie die Kinder, die ein Schattendasein führten, das geprägt war von alltäglicher Not und Hilflosigkeit und vermutlich auch permanenten Verbalattacken von Erwachsenen, die als Inkarnation absoluter Verdummung die gequirlte Kacke der AfD lustvoll wiederkäuten: Die German Supremacy stellte sich morgens bei der Tafel an, diskriminierte Menschen, die anders aussahen als sie selbst (also nicht rotgesichtig, fett und ungepflegt), ließ es sich Mittags beim Fernsehen gutgehen und hetzte dann gutgelaunt bei Facebook und WhatsApp gegen Klimakleber, selbstverständlich Ausländer, Juden und all das Gesocks.

In den Nachrichten hatte Marie gesehen, dass die AfD inzwischen mehr Zustimmung hatte als die SPD, dass ganze Teile des Landes in tumber Deutschtümelei zu versinken schienen. Und dass es einen Vorsitzenden der sogenannten Christlichen Union gab, der nun endlich komplett die Maske fallen ließ und in die Hetzpropaganda einstimmte. Die hässliche Fratze des rechten „Nationalismus" war wieder da und tummelte sich ungehemmt und ungebremst in weiten Teilen Deutschlands. Nicht nur in den bildungsfernen Schichten.

Sie hatte selbst erlebt, wie Freunde, Bekannte sich während der Coronapandemie gedanklich in eine seltsame Richtung bewegten und schließlich häufig in furchterregende geistige Sphären abglitten.

Die Glaubwürdigkeit der Politik war zum Problem geworden; in ihrer Wahlheimat England wütete der Brexit, ganz großes Kino des Boys' Club rund um Boris Johnson. Das alte Europa schaffte sich ab, so einfach war das.

Grimmig blieb sie stehen. Hier war das Revier, hier musste sie sich nun den ganz Mist wegen dieser Lona anhören. *Das ist nicht nett, ich weiß, die arme kleine Lulu und der arme Theo*, ermahnte sie sich.

Sie ging hinein, meldete sich an und wurde zu einem Büro gebracht, wo sie ein älterer Herr mit beachtlichem Leibesumfang begrüßte. „Tach, ich bin der Schorsch Leonhardt. Schön, dassse so schnell kommen konnten. Kaffee?" „Nein danke, ich hatte eben einen." Verstohlen sah sie sich um: schäbiges Mobiliar, ein abgewetztes Sofa, mehrere armselige Pflanzen, dem Tod durch Verdursten nahe.

„So, Sie wundern sich bestimmt, warumse hier sind. Das hat mit den Zeugenaussagen der Mitarbeiter von diesem Unternehmen zu tun und weil ich einfach mal klären will, wiese die ganze Situation sehen. Ist das okay?" „Ja, klar, aber was meinen Sie mit Zeugenaussagen der Mitarbeiter?" „Dazu kommen wir gleich noch, ich erklärs dann. Vielleicht können wir erstmal den Personalienkram hinter uns bringen und dann frag ich Sie einfach paar Dinge."

Nachdem sie den *Personalienkram* hinter sich gebracht hatten, bat sie der Kommissar aufs Sofa. „Also, beschreibense mir doch mal Ihr Verhältnis zum Opfer und dann kommen wir ins Gespräch."

Marie überlegte. Sollte sie wirklich ehrlich sagen, was sie dachte? Nach kurzem Nachdenken entschied sie sich für eine vorsichtige Ehrlichkeit. Beschönigen jedoch würde sie nicht.

„Ich habe Lona nie gemocht und ich denke, das beruhte auf Gegenseitigkeit. Sie war die Art Frau, die immer hilflos spielte und anfing zu heulen, wenn sie nicht ihren Willen bekam. Ich kann damit nichts anfangen. Weil ich außerdem auch glaube, dass sie es faustdick hinter den Ohren hatte. Fachlich war sie eher unterdurchschnittlich unterwegs. Sie ließ andere ihre Arbeit machen, trat nach unten und heuchelte nach oben. Aber ich denke, sie vergötterte Chris, er war wohl ihre große Liebe. Wenn ich sie als Mensch beschreiben sollte, würde ich sagen: klein und gemein. Klein im Sinne ihres Geistes und gemein im Sinne von scheinheilig und hinterhältig. Und dazu war sie entsetzlich launisch."

Oha, die teilt ja richtig aus. Das konnte spannend werden und Schorsch rieb sich innerlich die Hände.

„Würden Sie sagen, dass Frau Buk bei den Mitarbeitern anerkannt war? Sie war ja auch Mitglied der Geschäftsleitung."

„Anerkannt? Das weiß ich nicht. Sehen Sie, diese Firma will in erster Linie eines sein: harmonisch, wertschätzend, offen, integrativ und so weiter. Das volle Start-up-Programm halt. Weil da niemand offen in eine Konfrontation gehen würde, ich glaube sogar nicht gehen *kann,* weiß ich auch nicht, ob Lona anerkannt war. Die Schafe ziehen halt immer ihre Köpfe ein und folgen dem Leithammel. Hauptsache, die Wertschätzung jedes Einzelnen stimmt." Marie verdrehte die Augen.

Naja, der Kommissar war auch für Wertschätzung, doch er glaubte zu wissen, was sie meinte. Man musste Wertschätzung nicht wie eine Monstranz vor sich hertragen.

„Was glaubense, wie hat Frau Buk die Unternehmensphilosophie geprägt?"

Marie sah ihn lächelnd an, diese Frage hatte sie nicht erwartet. „ Gar nicht, Herr Kommissar. Sie war viel zu einfach gestrickt für derlei. Vor einigen Jahren haben Chris und ich uns zusammengesetzt und haben innerhalb eines Jahres eine Unternehmensphilosophie und -politik erdacht und später auch umgesetzt. Lona wäre dazu gar nicht in der Lage gewesen."

Das war interessant, das hatte er nicht gewusst. „Warense erfolgreich mit Ihren Ideen?"

„Nein, überhaupt nicht. Wir sind komplett gescheitert und ich wurde digital geteert und gefedert."

„Warum glaubense war das?"

„Mit Verlaub, Herr Kommissar, ich möchte nicht arrogant wirken, aber ich denke, dass die Leute unprofessionell und faul sind. Sie bewegen sich seit mindestens 15 Jahren in einer Komfortzone, sind absolut provinziell und nicht bereit, sich zu verändern. Das geht in keiner Branche, aber in der Werbung ist es tödlich. Was uns vorschwebte, war ein Paradigmenwechsel. Das ist natürlich aus Sicht der Betroffenen brutal: Wenn jemand von außen kommt und versucht, ein bestehendes, angeblich funktionierendes System zu verändern, ist der Widerstand immens. Das ist Küchentischpsychologie. Ich hatte es erwartet, aber es war uns beiden nicht klar, wie vehement die Leute vorgehen würden und wie stark Boshaftigkeit und Verachtung waren. Ich habe in jener Zeit viel gelernt."

Donnerlittchen, das ist ja mal was, die hat Mut. Der Kommissar räusperte sich: „Sie haben also eine Weile in der Firma mitgearbeitet an diesem Para...zeug. Was isn das? Und was ist dann passiert?" „Ein Paradigmenwechsel ist quasi das Aufgeben aller Glaubenssätze und der Wechsel zu einer neuen Systemform. Tja, es gab ja nie einen offenen Widerstand oder Diskussionen, wie immer läuft das bei Kleingeistern eher subtil ab und somit wurde ich online verleumdet – das meinte ich eben mit geteert und gefedert. Natürlich war das alles anonym, die Stimmung im Unternehmen wurde immer schlechter, die Investoren immer nervöser und der Druck auf Chris war extrem hoch. Ich hatte dann keine Lust mehr auf den Quatsch und klinkte mich aus – das war ja sowieso nur als kleiner Ausflug aufs Land gedacht gewesen. Ich ging zurück in mein Leben, Chris und ich sind weiter in Kontakt und das war es dann, bis ich mich letzte Woche bei ihm meldete, weil ich für ein paar Tage in Deutschland bin." „Wie lange kennen Sie sich schon?" Der Kommissar wirkte neugierig. „Wir haben zusammen studiert, also inzwischen sind es mehr als 25 Jahre." „Das ist eine lange Zeit ... JA?!" Es klopfte an der Tür. „Was isn jetzt? Ich bin grad in ner Befragung!!" raunzte Schorsch den jungen Mann an, der auch sogleich errötete. „Entschuldigen Sie bitte, Herr Kommissar, aber da hat eine Frau Kleebusch-Trauteneck schon viermal angerufen, weil sie wissen will, wann Sie heute in die Firma kommen, wann die Vernehmungen sind und ob sie nochmal Schnittchen machen soll." Marie konnte sich kaum das Lachen verbeißen, das war natürlich Gisela. Herrlich. Wieder die Schnittchen.

„Sagen Sie der Frau Trautesheim, ich komme in einer Stunde. Jetzt is aber mal gut." Der junge Mann schloss vorsichtig die Tür. „Das ist Gisela, die Assistentin. Sie haben sie wahrscheinlich schon kennengelernt: Sie ist spezialisiert auf Schnittchen." Marie grinste ihn an. Plötzlich kicherte der Kommissar: „Heißt die wirklich GISELA??? Aaaahh, kennense *Gisela* von Horst Schlämmer?" „Na klar!" Und schon stimmten beide den Refrain an: *Gisela, Gisela, Gisela, du machst mich verrückt. Gisela, Gisela, Gisela, du wildes Stück ...* Keuchend wischten sie sich die Lachtränen aus den Augen, summten gemeinsam noch ein bisschen, bis der Kommissar das Ende der heutigen Vernehmung verkündete. Marie hatte jedoch noch einen Einwand. „Sie hatten eingangs gesagt, dass Sie mich vernehmen aufgrund von Äußerungen der Mitarbeiter. Welche Äußerungen sind denn das gewesen?" „Ach ja. Das. Alle, die ich am Sonntag gesprochen habe, waren ja am Arbeiten, als der Mord geschah. Komischerweise hat keiner irgendwas gehört oder gemerkt. Aber alle habense unabhängig voneinander gesagt, dass – seitdem Sie wieder da sind – alles anders ist. Dass der Chef mehrfach Streit mit dem Opfer hatte, dass er insgesamt seltsam ist, dass er eine Geschäftsreise frühzeitig abgebrochen hat und freitags niemand aus der sogenannten Chefetage im Büro war. Die Leute waren misstrauisch, ja, das warense."

„Aber was soll ich damit zu tun haben? Ich war noch nicht einmal im Büro. Ich habe mich lediglich mit Chris zum Essen verabredet und wollte ihm am Samstag mit einer Präsentation helfen, wozu es dann ja nicht mehr kam." „Ja, und Sie haben ihn in München abgeholt, aber darüber reden wir nächstes Mal." Marie wurde blass, was dem Kommissar nicht entging. „Woher wissen Sie das denn?" „Von Trautesheim. Das Opfer hat sie angerufen und heulend berichtet, dass Sie sie zurückgelassen haben. Was ja schon ein bisschen verwunderlich ist, oder?" Schorsch sah ihr direkt in die Augen und sie wechselte wieder die Farbe: „Ja, das sieht erstmal komisch aus, das weiß ich. Aber ich kann dazu wirklich nichts sagen. Wenn Ihnen das einer erklären kann, dann ist das Chris, mir steht das nicht zu. Aber Sie können mir glauben, dass das ein Freundschaftsdienst war für jemand in einer Notlage."

Hmmm, eigentlich gefiel ihm diese Frau, aber das jetzt hier war … zu untersuchen. Er würde die Wahrheit herausfinden und bedankte sich erst einmal bei ihr. „Wir sehn uns bald wieder und dann reden wir noch ein bisschen. Ich fahr mal zu den Schnittchen." Grinsend ging der Kommissar zum Ausgang, den Gisela-Song auf den Lippen.

Als er gerade ins Auto stieg, klingelte sein Telefon. „Hallo Paul, was gibt's? Bin aufm Weg." „Hallo Chef, hier bricht gerade der Wahnsinn aus. Presse. Von Bild bis NTV sind alle da. Hab ich jetzt abgeriegelt, aber wunder dich nicht, es ist ein Tollhaus. Die haben schon diese komische Kleebusch-Trauteneck interviewt, die läuft gerade zu Hochform auf. Alles außer Kontrolle jedenfalls." „Weiter abriegeln. Bin gleich da. Ist der Chef in der Firma?" „Ich glaub schon. Bis gleich."

Schorsch donnerte durch die Straßen. *Was für ein blöder Mist, das fehlte gerade noch. Spätestens morgen würde alles voll sein von irren Beschuldigungen, Theorien und Idiotien.*

Ach nee, so langsam geht's doch auf die Rente zu, alter Sack, sprach sich Schorsch Mut zu.

Als er sich endlich durch die Absperrungen und die vielen Menschen gekämpft hatte, stieg er schnaufend aus dem Auto, Paul wartete schon. „Moin, sofort Dienstbesprechung und Planung des heutigen Tages. Ist das MoKo-Team vollzählig, hast du alle erreicht?" „Ja, Chef." „Gut gemacht, dann mal los."

In dem ihnen zugewiesenen Meetingraum versammelten sich die zwölf Beamten der Mordkommission: Erfahrene Ermittler waren dabei, Spurensicherung, IT-Spezialisten, ein Gentechniker. Und natürlich Schorsch, der sie gleich begrüßte. „Guten Morgen Leute, super, dass ihr da seid. Wir planen eine solche Sitzung jetzt täglich, bei Bedarf auch zweimal pro Tag. Ihr kennt das ja. Wegen der schrecklichen Sache hier, also dem brutalen Verbrechen, müssen wir uns ganz besonders ins Zeug legen. Was habt ihr also bis jetzt herausgefunden?"

Schorsch war jetzt der brillante Koordinator und Ermittler, den sie alle seit Jahrzehnten kannten und schätzten, dem sie vertrauten. Sie berichteten ihm das Wenige, was sie bisher mit Sicherheit sagen konnten, und waren frustriert über die dünne Erkenntnislage. „Das ist doch wirklich kaum zu glauben. Es gibt nix, keine einzige Spur, kein Haar, keinen Stofffetzen oder so was?" Schorsch war nachdenklich. „Das würde aber bedeuten, dass der/die Mörder absolute Profis sind. Aber warum bringen absolute Profis eine junge Frau in der deutschen Provinz um?" Kopfschüttelnd sah er seine Leute an. „Es muss sich um mehrere Täter handeln. Alles kann sich unseren Ermittlungen nach nur in einem Zeitraum von 7:30 Uhr bis maximal 8:30 Uhr abgespielt haben. Die Täter haben dem Opfer den Kopf rasiert, dann zertrümmert, sie zur Galerie getragen und ins Foyer gestürzt. Um 8:50 Uhr ging dann der Notruf von Herrn Sommer ein, er war derjenige, der sie fand. Das geht ganz klar aus unserer Spurensicherung hervor. Wir wissen auch, dass das Opfer in ihrem Büro war, ihr Schreibtisch war voller Hinweise, sogar ihre Jacke lag da noch. Die Täter müssen sie dort überrascht haben. Was wir allerdings nicht wissen, ist, *warum* sie da war. Sie gehörte ganz klar nicht zu dem Arbeitsteam, das am Samstag dort eingeplant war." Der Beamte der MoKo räusperte sich. „Und naja, es kann tatsächlich sein, dass die Leute in den Büros nichts gehört haben. Die Räume der Geschäftsleitung liegen auf der linken Seite des Eingangs, die Räume der übrigen Mitarbeiter weit weg rechts. Und scheinbar wusste niemand von ihrer Anwesenheit."

„Ich dank euch erstmal für eure Arbeit, macht jetzt weiter wie geplant. Außerdem: Ich brauche heute drei Zeugentermine. Einmal mit dem Ehemann, einmal mit der Frau von dem Chef hier und dann nochmal mit dieser Marie. Und bitte überprüft bis dahin alle Daten und Alibis von denen. Danke. Und was war jetzt eigentlich mit der Presse und der Trautesheim-Tante?" Paul grinste. „Ach, die hat Lunte gerochen und hat sich der *Bild* angeboten wie eine alte Nutte ..." Alle lachten und dann klopfte es an der Tür. „Meine Herren, hier kommen Ihre morgendlichen Schnittchen ..." Strahlend trat Gisela

ein in Begleitung des Gruftis und sie lieferten ein fulminan-
tes Frühstückstablett ab. *Herrje, wenn man vom Teufel spricht …*
und ich muss dem Chris-Jungen sagen, dass sie das lassen sollen,
kostet ja ein Vermögen.

„Vielen Dank, Frau Kleebusch-Trauteneck. Wir freuen uns
schon", sagten die Männer im Chor. „Gerne Männer, ihr müsst
doch so viel leisten, dann müsst ihr auch gut essen."

Dieses penetrante Duzen. Was war denn das für eine Art und
Weise? Der Kommissar wand sich innerlich.

Nachdem die Häppchen verdrückt waren, begab Schorsch
sich zum Chefbüro und klopfte. „Herein."

Chris saß am Schreibtisch und wirkte abwesend. „Hallo Herr
Sommer, ich wollte Sie kurz auf dem Laufenden halten: Die MoKo
hat ihre Arbeit aufgenommen und heute Nachmittag vernehme
ich den Ehemann, Ihre Frau und Frau Wilson. Die Spurensicherung hat so weit abgeschlossen und jetzt werden Ihre restlichen
Mitarbeiter von meinen Leuten vernommen. Die Presse habben-
se ja sicher gesehen, vielleicht solltense Frau Dings, äh, Trautesheim ein bisschen einfangen. Die gibt wohl gerne Interviews. So,
das wars jetzt erstmal. Wolltense nicht heute son Pitsch machen,
oder wie?" „Danke, Herr Leonhardt für die Ausführungen. Nein,
den Pitch haben wir abgesagt. Frau … also Gisela lässt sich sowieso nichts von mir sagen, es ist also egal. Aber warum müssen Sie meine Frau befragen?" „Weilse die beste Freundin vom
Opfer war. Vielleicht weiß die was, vielleicht bringts uns weiter."
Chris sah ihn an, er war noch stiller geworden. „Wie Sie meinen."
„Gut, dann möchte ich gerne auch mit Ihnen nochmal reden.
Habense morgen um 11:00 Uhr Zeit?" „Natürlich, bis morgen
also." Chris wirkte matt. „Ach so, Herr Sommer. Machense uns
kein Frühstück mehr. Ich mein, wir wissen das zu schätzen und
das ist uns auch noch nie passiert, aber das wird doch zu teuer
auf die Dauer?!" „Auch das entscheidet Gisela im Allgemeinen
allein. Oder früher mit Lona."

Du liebe Güte. Was war der Mann für ein Schwächling. Läp-
pisch. Bäh.

Schorsch beschloss, die Angelegenheit selbst in die Hand zu
nehmen. Als er zu Trautesheims Büro kam, war da allerdings

niemand und er begab sich weiter Richtung Küche: Da erschien der Lärmpegel richtig hoch. Er hörte laute, erregte Stimmen und öffnete ruckartig die Tür. Was er sah, war nicht zu erwarten gewesen: Scheinbar hatte sich die gesamte Firma hier während der Arbeitszeit versammelt. Es gab wieder einmal Schnittchen, aber auch Bier wurde freudig herumgereicht, sogar eine Weinflasche stand auf dem Tisch. Der Köter war auch dabei. „Äh, oh, hallo Schorsch. Wunder dich nicht, wir planen gerade die Gedenkveranstaltung für Lona morgen. Magst du reinkommen? Hier gibt's auch ein Bier für dich, setz dich doch." Irgendein Typ, den er noch nie gesehen hatte, streckte ihm ein Bier entgegen. *Was fürn falscher Film ist das denn? Und wieder während der Arbeitszeit?*

„Ich möchte eigentlich mit Frau Kleebusch-Dings sprechen. Wenns geht sofort." „Ach Schorsch, so musst du doch nicht sein, ich bin die Gisela." Die Assistentin wogte um die Ecke. „Na, was gibt's denn?" „Gehen wir doch einfach in Ihr Büro. Jetzt." Der Kommissar bekam schlechte Laune.

„So, Frau Kleebusch-Trauteneck, ich wollte mal mit Ihnen unter vier Augen reden, ja?" Schorsch schnaufte vernehmlich und Gisela wandte sich ihm freundlich zu: „Ja, Schorsch, das ist ja auch ein schwerer Job, den ihr da macht, ich verstehe das vollkommen und deshalb ..." „Nee, deshalb will ich nicht reden. Es geht um unsere Unabhängigkeit als Polizei. Verstehnse? Wennse uns hier jeden Tag mit Essen vollst... also, bedienen, sieht das so aus, als wolltense uns bestechen. Und genauso is das mit dem Duzen. Ich darf Sie gar nicht duzen, das wär dann echt wie Bestechung. Verstehnse das?"

Gisela sah an ihm vorbei, langsam begann es in ihr zu arbeiten: „Ach sooo, deshalb. Ja, das verstehe ich und die Männer auch. Also jetzt gibt's nix mehr zu essen und alles ist mit Sie?"

„Genau so, liebe Frau. So halten wir das nun." Der Kommissar seufzte innerlich zufrieden – jedoch nicht ohne ein wenig Bedauern – und machte sich auf den Weg zu seinem Büro. Vor der nächsten Begegnung hatte er Respekt.

Nach dem Anruf aus dem Kommissariat hatte Theo einen Termin verschoben und sich auf den Weg gemacht. Er wusste nicht, was ihn erwartete, und er fühlte sich erschöpft, zerbrechlich. Die letzten beiden Tage waren unendlich qualvoll gewesen, ohne seine Eltern hätte er das niemals überstanden. Lulu weinte häufig, war unruhig, träumte schlecht, schlief kaum. Und ihm ging es ähnlich. Er hatte erst vor einigen Wochen seine neue Steuerkanzlei eröffnet und fühlte sich deswegen schon gestresst … und nun das alles. Als er parkte, kämpfte er mit den Tränen. Der Mord setzte ihm unendlich zu. Beklommen machte er sich auf den Weg.

„Hallo Herr Buk, danke, dass Sie kommen konnten." Der Kommissar musterte Theo verstohlen. „Ja, Herr Leonhardt. Danke, dass Sie mir einen Tag Ruhe ließen."

„Setzense sich doch bitte. Mögense einen Kaffee? Oder ein süßes Teilchen?" *Ich hör mich ja schon an wie Trautesheim, aber der kleine Mann sieht wirklich schlecht aus. Und so dünn.* Schorsch tätschelte gedankenvoll seine Wampe.

„Nein danke, ich möchte nichts. Wollen wir beginnen?"

„Ja klar. Ich machs kurz, will Sie nicht noch mehr belasten: Eine Mordkommission wurde gegründet und …" Schorsch berichtete dem armen Mann die gesamte Vorgehensweise, ihre Vermutungen, die Überprüfung aller bisherigen Alibis. „Natürlich haben wir auch Ihren sonntäglichen Ausflug überprüft und alles ist in Ordnung. Jeder hat Sie gesehen, Sie waren bei einem Kindergartenfest im Schwimmbad, das is alles klar. Zu der Tatzeit, mein ich. Was ich allerdings noch nicht so genau verstehe, sind die zwei Tage vor der Tat. Also der Donnerstag und Freitag. Könnense da vielleicht helfen? Wie war das denn in Ihrer Erinnerung?"

Schorsch sah, dass Theo kurz zusammenzuckte. „Ja, was soll ich sagen. Am Mittwoch ist meine Frau mit Chris Sommer zu einem Meeting nach München gefahren, das eigentlich bis Freitag hätte dauern sollen, doch als meine Mutter Lulu am Freitag in der Kita abholen wollte, wurde ihr gesagt, dass Lona schon da gewesen war. Naja, und dann ging ich am Freitag nach der Arbeit heim, wir haben Lasagne gegessen und Lona wollte noch mit ihrer Freundin Mimi ins Kino. Ich war also mit der Kleinen daheim. Lona kam dann irgendwann und hat berichtet, dass sie am nächsten Tag kurz in die Firma muss, weil Chris etwas brauchte für irgendeine Präsentation. Ja, und dann sind wir ins Bett gegangen und sie ist am Samstag früh aufgestanden. Wir wollten uns im Schwimmbad treffen, meine Eltern waren ja auch da, aber sie kam nicht. Dann habe ich mir irgendwann wirklich Sorgen gemacht, aber ich konnte sie nicht erreichen. Das war völlig untypisch für sie." „Wie war denn Ihre Frau am Freitag gelaunt?" Theo stutzte: „Naja, sie war irgendwie zornig. Und sie wirkte gestresst. Es gab wohl irgendeinen Streit mit Chris, aber sie wollte nichts dazu sagen. Oder nein, das stimmt nicht: Es ging um Marie. Wissen Sie, Marie ist ..." „Ja, ich weiß, wer sie ist. Sagense mal weiter."

„Ja, also, es ging um Marie und darum, dass Chris wieder total abhängig von ihr wäre und die falschen Entscheidungen träfe und so was alles ... Wissen Sie, Lona und Marie hatten kein einfaches Verhältnis." „Was war der Grund?" Theo schluckte und wirkte nachdenklich: „Ich glaube, Lona hat immer für Chris geschwärmt. Ich meine, ich verstehe das, er ist ein toller Typ." *Echt jetzt, du verstehst das?! Ich würde meiner Trude die Hölle heiß machen. Und ein toller Typ? Naja.*

„Marie ist erste Liga: Sie hat einen super Job bei einer der besten Agenturen Europas, sie ist schön, charmant und eloquent. Sie ist hochintelligent und superprofessionell. Und sie ist die beste Freundin von Chris, seit vielen Jahren schon." *Was isn das Eloquenn-Ding schon wieder?* Der Kommissar seufzte innerlich. *Mein Wortschatz ist auch nicht mehr, was er mal war, und außerdem hör ich schlecht.*

„Ja, und ich glaube, dass Lona eifersüchtig war. Einmal wegen ihrer Schwäche für Chris und dann, weil sie genau wusste, dass sie Marie niemals würde das Wasser reichen können. In ihrem Mutterschutz war sie dann besonders frustriert, denn damals arbeitete Marie zeitweise in der Firma. Ich war sehr enttäuscht, denn ich dachte, sie würde die Mutterzeit genießen, doch stattdessen wurde sie immer unzufriedener." Theo hing seinen Gedanken nach und der Kommissar spürte, dass es keine schönen waren. „Jedenfalls, nachdem Marie nun hier wieder aufgetaucht ist, war Lona sehr unzufrieden, sie ging schon bei einer Kleinigkeit in die Luft. Meine Mutter hat sich dann mehr um Lulu gekümmert."

„Danke für die Schilderung, Herr Buk. Zum Abschluss hab ich noch ne kurze Frage: Wie habense sich denn in den letzten Monaten gefühlt? Warense glücklich?"

Theo errötete und setzte zum Sprechen an: „Ja, also, es ging mir schon mal besser. Ich hatte eine ziemlich stressige Zeit, habe meine Kanzlei eröffnet und alles war, ja, schon anstrengend." „Sehnse darin auch den Grund, warumse mit Alkohol am Steuer durch die Kollegen getestet und heimgebracht wurden?" Ruhig betrachtete Schorsch den abgemagerten kleinen Mann. „Ach ja, ich weiß. Herr Leonhardt, bitte glauben Sie mir: Ich trinke so gut wie nie Alkohol, da können Sie jeden fragen. Der Abend war die Einweihung meiner Kanzlei, ich war gestresst, hatte nichts gegessen, mit jedem sollte ich einen Sekt trinken, Lona kam nicht, es war irgendwie ein schrecklicher Abend. Und ja, ich habe zu viel getrunken. Zum ersten Mal in meinem Leben."

Schorsch nickte und lächelte Theo zu: „Das wars dann für heute, Herr Buk. Erholen Sie sich irgendwie, wir melden uns wieder."

Da können Sie jeden fragen. Ja, das werde ich auch.

Der Kommissar sah auf die Uhr: Fein, noch Zeit für seine Stullen, heute hatte Trude den Schorsch-Spezialmix gemacht. Er klappte die Stullen auf und überprüfte, ob auch alles drin war: Fleischwurst, Käse, Zwiebeln, Senf, Mayo und Eier. „Fantastisch", murmelte er und biss herzhaft ein riesiges Stück ab.

Pünktlich um 13:30 Uhr klopfte sein Assistent an und brachte eine unscheinbare, schlecht gefärbte Blondine herein. „Hallo Chef, hier ist Frau Sommer."

Ach du meine Güte, wie sieht die denn aus? Ein unförmiger Strickpullover hing über unvorteilhaft geschnittenen Jeans, die Füße steckten in komischen Sommerstiefeln, das Gesicht war ungeschminkt, die Mundwinkel nach unten gezogen, was dem gesamten Ausdruck etwas Leidendes, Passives gab. *Das hätte ich ja nie gedacht, dass die Frau von Sommer so aussieht. Der ist ja ziemlich fesch ...* Der Kommissar räusperte sich: „Guten Tag, Frau Sommer, schön, dass Sie da sind." Diese verzog das Gesicht weinerlich und klang gekränkt, als sie erwiderte: „Naaa, schön finde ich das jetzt nicht. Das ist ja eher alles furchtbar." Der Kommissar musterte sie irritiert, ignorierte jedoch die Bemerkung. „So, Frau Sommer. Kommen wir kurz zu den Personalien und dann schwätzen wir ein bissel." Als sie ihren Mädchennamen nannte, sah er sie erstaunt an. „Brauneck, aha. Sindse mit dem ehemaligen Staatsanwalt verwandt?" Zum ersten Mal sah er Mimi lächeln. „Ja, das ist mein lieber Papa. Er wird sich sicherlich bald in den Fall einschalten."

Och nee. Der Kommissar stöhnte innerlich, das war doch jetzt nicht möglich. Brauneck, mit dem er jahrzehntelange nervige Streitigkeiten auszuhalten gehabt hatte, der andauernd irgendwelche Belehrungen vorzugsweise mit erhobenem Zeigefinger vortrug – und da saß jetzt seine Tochter. Er machte sich eine mentale Notiz: *Brauneck darf auf gar keinen Fall durchgestellt werden!!!*

„So. Sie warn also die beste Freundin vom Opfer und Sie haben das Opfer am Freitagabend im Kino getroffen? Das war ja quasi der Abend vor dem Mord. Wie war denn das alles? Erzählense mal."

„Ja, sooo", sagte Mimi gedehnt. „Im Kino waren wir ja nicht, das hat Lona Theo bloß erzählt. Sie wollte sich einfach mal ausquatschen und deshalb sind wir einen Cocktail trinken gegangen. Also, es ging um ihren Mann und darum, dass der immer mehr säuft und dass die Ärmste gar nicht mehr wusste, was sie tun soll. Sogar die Kita hatte sie schon angesprochen und der Hausarzt auch!" Mimi war empört, ihre Miene leidender denn je. „Und dann hatte sich mein Mann ihr gegenüber wohl auch ganz entsetzlich verhalten: Er und seine liebe Freundin Marie haben Lona einfach in München sitzen lassen und sie musste mit dem Zug zurückfahren. Aber das war klar, sobald Marie auftaucht, wird unser Leben eine einzige Katastrophe. Die kann nur alles kaputt machen, ich glaube, die freut sich noch, wenn sie anständige Leute beleidigen kann." Mimi verzog gequält das Gesicht und versuchte, sich nicht noch mehr aufzuregen.

„Gut, Frau Sommer, das sind wichtige Aussagen. Vielleicht können wir das nochn bissel genauer eingrenzen: Sie wissen also, haben selbst gesehen, dass Herr Buk zu viel trinkt?"

„Äh nee, gesehen hab ich das nicht, Lona hat das ja gesagt. Und einmal waren wir bei denen zuhause und da kam er die Treppe runter und sah beschissen aus. Ich meine, alles voller Blutergüsse. Sie hat mir später gesagt, das war, weil er besoffen die Treppe runtergefallen ist. Und den Führerschein hat er ja auch verloren. Und dann die Erzieherinnen in der Kita, die gemeint haben, dass Lulu ein Problem hat. Und der Hausarzt, der Lona angerufen hat ..." „Ja gut, Frau Sommer, dies alles werden wir überprüfen. Was mich jetzt noch interessiert, ist die Geschichte mit Marie und Ihrem Mann." „Geschichte? Da gibt's keine Geschichte." Mimi wirkte erbost. „Ich sag's jetzt ein für alle Mal: Mein Mann ist seit seiner Studienzeit mit dieser arroganten Ziege befreundet, die nichts, aber auch gar nichts Gutes in unser Leben gebracht hat. Ganz im Gegenteil: Als sie das letzte Mal hier aufgekreuzt ist, war Chris so dermaßen daneben und bescheuert wegen ihren ganzen Hirngespinsten, dass er seine ganze Firma umändern wollte. Was für eine Idiotie! Es hat sich dann aber jemand gefunden, der das abwenden konnte. Mein Papa hat immer gesagt, dass Chris ein Spinner ist, und das ist wohl auch wahr. Ich jedenfalls brauche diesen ganzen Quatsch nicht." Selbstgefällig strich sie sich über das Haar. „Wirkte Ihre Freundin denn in letzter Zeit verändert? Hatte sie vielleicht Sorgen, gab es irgendwelche Konflikte?" „Ach Quatsch." Mimi schnaubte „Lona war der netteste Mensch der Welt, die hatte keine Konflikte. Höchstens die verrückte Marie mit ihr. Und verändert war sie nur, also gestresst, weil Theo die ganze Zeit gesoffen hat." „Ja, das hamse schon gesagt, aber habense einmal gesehen, dass er wirklich trank?" „Nee, die meisten Alkis saufen wohl auch eher heimlich." Mimi schien zu allem eine dezidierte Meinung zu haben. *Wie der Herr sos Gescherr*, dachte der Kommissar. Das Gespräch hatte ihn irgendwie erschöpft, die Mischung aus Selbstgefälligkeit und Leiden entzog ihm Lebensenergie. „Danke, Frau Sommer, das wars für heute. Wir sehen uns in einigen Tagen wieder." „Okay. Kann ich meinem Papa noch etwas ausrichten, ob er sich melden soll oder so?" „Nein, vielen Dank, das ist nicht notwendig. Ihr Vater ist im

wohlverdienten Ruhestand und wir sind weit von einer An-
klage jeglicher Art entfernt." „Aber er kann ..." „Nee, nu lassense mal." Und er schob sie aus der Tür.

Was für ein seltsamer Fall, was für Leute. Der Kommissar
schluckte: Er hatte noch nicht die allerwinzigste Idee für einen Täter, ein Motiv, irgendwas. Nun ja, jetzt kam als Nächstes Marie und dann würde er weitersehen. *Ach, heute ist ja Mon-*
tag. So ein Mist, da hat Trude ihren Bridge-Abend und es gibt nix
zu essen. Vielleicht muss ich mir eine Dose aufwärmen. In der Not
frisst der Teufel fliegen.

Es klopfte und verdrießlich murmelte Schorsch ein *Herein.*

„Hallo Herr Leonhardt, ich bin einige Minuten zu spät, ich
war noch bei der Kosmetik. Entschuldigen Sie bitte." *Ach, das*
ist ja mal ein schöner Anblick. Die Frau sieht wirklich fabelhaft aus,
so gepflegt und elegant und nichts ist überzogen. Wie bei Trude.

Schorsch geleitete Marie zum Sofa und begann sofort. „So,
liebe Frau Wilson, wir ham jetzt also Ihr Alibi überprüft, alles
ist wie Sie gesagt haben: Sie wurden von jeder Überwachungs-
kamera im und vorm Hotel aufgenommen. Wir haben auch
gesehen, dass Sie Herrn Sommer immer wieder angerufen haben, also alles klar. Aber – und jetzt kommt das große Aber: Es
gab ein Problem in München. Sie wollten nicht darüber reden,
aber jetzt müssense das tun, ansonsten belastense sich selbst.
Wir ham im Hotel recherchiert und die Leute an der Rezeption ham gesagt, dass Sie einen Streit mit dem Opfer hatten und
dem Opfer vorwarfen, mehrfach in die Tür von Herrn Sommers
Zimmer getreten zu haben, und die Schäden sind auch doku-
mentiert. Warum war das alles? Was ist da in München passiert, dass Sie sich auf den Weg machten, um Herrn Sommer
abzuholen? Wissense, das hier ist ein Verhör, hier geht's nicht
um irgendwelche Loyalität, es geht um die Wahrheit in einem
höchst grausamen Mordfall und ich erwarte nun von Ihnen,
dass Sie sagen, was Sie wissen. So."

Marie war blass geworden und schluckte: „Das fällt mir jetzt
wirklich nicht leicht, aber ich verstehe genau, was Sie meinen.
Also gut. Ich werde Ihnen schildern, was Chris mir von jenem
Donnerstagabend erzählte." Und sie begann.

Nach kurzer Zeit war der Kommissar sichtlich erschrocken, seine Gesichtsfarbe entwickelte sich von einem gesunden Rosa zu einem starken Rot und schließlich wirkte er violett und Schweißperlen standen ihm auf der Stirn. „Oh Gott, das ist ja fürchterlich, sowas hab ich in 55 Jahren Polizeiarbeit noch nicht gehört. Das ist ja so ekelhaft. Die hat sich auf ihn gesetzt, auf sein Gesicht?!" Oh je, oha, das musste er sich erst einmal *nicht* mehr vorstellen. „So. Frau Wilson, für diese Fälle habe ich ein Gläschen im Schrank. Wollense auch eins?" Auch Marie war sichtlich mitgenommen und stimmte schwach zu. Schorsch goss ihnen beiden einen doppelten Cognac ein: „Undse sind ganz sicher, dass das stimmt?" „Ja, das bin ich, Herr Leonhardt. Ich habe Chris gesehen, er war außerstande, eine klare Entscheidung zu treffen, und ich möchte hinzufügen, dass er traumatisiert ist. Wie eigentlich jeder, der eine Vergewaltigung erlebt." *Oh je, Vergewaltigung. Dass das auch Männern passieren kann. Das macht es nicht besser, natürlich nicht, aber jetzt verstehe ich auch, warum der Kerl kein Wort sagen wollte, der muss sich ja so schämen.*

Marie schien den gleichen Gedanken zu haben. „Wissen Sie, Vergewaltigung ist für jeden Menschen ein entsetzliches Erlebnis. Eine Katastrophe, die an der Existenz kratzt. Und es ist stigmatisierend. Für Frauen und für Männer. Allerdings denke ich, dass sehr viel weniger Männer Opfer werden, und insofern haben sie wenig Hilfestellung, ganz im Gegenteil schämen sie sich vermutlich noch mehr und sprechen sich selbst die eigene Männlichkeit ab." Das war ihm zwar alles ein wenig zu theoretisch, doch insgesamt konnte er ihre Gedanken nachvollziehen. „Aber jetzt ist ja interessant, wies überhaupt dazu kommen konnte. Wies sein kann, dass diese Lona Gewalt ausübt?! War die denn gewalttätig oder sowas?" Der Kommissar registrierte, dass Marie wieder die Farbe wechselte, und erinnerte sie an den Verhörstatus. „Ich weiß auch das nur von Chris; er hat mir erzählt, dass er und Mimi, seine Frau" – *ach, die Quengelliese* – „bei Lona und ihrem Mann zu Besuch waren und Theo wohl voller Verletzungen im Gesicht die Treppe herunterkam. Als Chris ihn darauf ansprach, rief er, dass Lona ihn schlage." „Und was passierte dann, was haben die denn dazu gesagt?" „Das habe ich auch gefragt, und: nichts. Mimi meinte, sie sollten sich da nicht einmischen."

Der Kommissar stöhnte und schwieg. Das war nun wohl, was man eine überraschende Wendung nannte, und wenn es wirklich stimmte, würde das den Fall vollkommen verändern. Aber darüber musste er in Ruhe nachdenken und jetzt war es auch schon Abendbrotzeit. Er hatte eine Idee. „Frau Wilson, hamse Lust, einem alten Mann beim Abendbrot Gesellschaft zu leisten? Es wird nix Feines, aber in der Nähe gibt's ne nette Kneipe und die kochen auch ordentlich." Marie sah in strahlend an: „Das wäre sehr schön, ich komme gerne mit."

Und so machten sie sich trotz allem beschwingt auf den Weg. Nach wenigen Minuten stoppte der Kommissar keuchend: „Hier isses. Immer rein in die gute Stube." „Oh Mann, das ist ja eine Pfälzer Gastwirtschaft, wie toll ist das denn!" Marie war aus dem Häuschen. „Mögense denn Pfälzisch?" Schorsch war erstaunt. „Ja, ich habe einige Jahre in der Pfalz gewohnt und es gibt nichts Besseres als Lewwerknepp und eine Rieslingschorle. Oder zwei." Sie kicherte. *Na, arrogant ist was anderes. Ich hätt nie gedacht, dass die so einfaches Essen mag.* Schorsch war erfreut. Sie fanden einen Tisch in der schönen, rustikal eingerichteten Wirtschaft und studierten die Speisekarte. „Das ist genial, ich nehme die Leberknödel mit Kraut und Kartoffelbrei und dazu eine große Rieslingschorle." Marie war sichtlich begeistert. Der Kommissar tendierte eher zu der Pfälzer Platte und einem Bier. „Ich sag ja immer: Zwischen Leber und Milz passt immer noch ein Pils!"

Als die überaus großen Portionen kamen, wandten sie sich hingebungsvoll ihrem Essen zu. Marie beobachtete fasziniert, wie der Kommissar schluckte, kaute, schlürfte und schmatzte. Er wirkte schweißgebadet, gelegentlich entfuhr ihm ein kleiner Rülpser, insgesamt fielen seine Tischmanieren aus der Zeit: *Warum rülpset und furzet Ihr nicht, hat es Euch nicht geschmecket?* Martin Luther hätte hier sicherlich keinen Einwand gehabt, dachte Marie grinsend.

Oha, die hat ja jetzt den ganzen Teller leer gemacht. Alle Achtung, das war wirklich eine Portion. Hätte ich nie gedacht und die Schorle ist auch schon weg.

Der Kommissar hatte den Eindruck, dass dies noch ein vergnüglicher Abend werden würde. „Wollen wir noch einen trinken?" „Gerne, ich nehme noch eine Schorle. Darf ich Sie noch etwas fragen, Herr Kommissar?" „Also in der Freizeit bin ich der Schorsch. Das wollte ich mal gesagt haben. So. Was denn?" *Ich mag sein lakonisches „So" am Ende seiner Sätze,* dachte Marie belustigt. *Und wir sind jetzt im Übergang zwischen Sie und du. Herrlich.* „Ja, ich wüsste einfach gerne, wie lange ich noch bleiben muss. Wissen Sie, ich vermisse meinen Mann, Oliver, sehr und ich fühle mich hier doch ein bisschen allein." „Habense denn keine Familie hier?", fragte Schorsch erschrocken. „Nein, meine Eltern sind bereits verstorben und mein Sohn lebt in Stuttgart. Er hat sein eigenes Unternehmen und ich will ihm nicht die ganze Zeit auf der Pelle hängen." „Ja aber wo wohnense denn? Im Hotel?" „Nein, wir haben eine kleine Wohnung hier, sozusagen als Homebase, wenn es etwas gibt. Wirklich winzig und einfach nur, um nicht immer ins Hotel zu müssen. Wenn wir beruflich unterwegs sind, nutzen wir sie auch. Aber wenn man wie ich jetzt so etwa zwei Wochen dort verbringt, ist es schon ein bisschen eng und einsam." „Oh, das wusste ich nicht. Dann sindse hier ja ganz allein." Schorsch sah Marie lange an und dann hatte er einen seiner Geistesblitze. „Ich hab ne Idee! Das ist sone Win-win-Situation. Das Wort habe ich neulich gelesen." Stolz strahlte er sie an. „Also: Ich könnte Sie gebrauchen, also, äh, nich falsch verstehn." Er hatte plötzlich einen ganz roten Kopf. „Ich mein, Sie haben so viele Hintergrundinfos, die ich nicht habe und so schnell nicht kriege, das ist ganz klar. Wennse vielleicht noch so acht bis zehn Tage bleiben könnten, würde ich Sie ein bisschen anzapfen und dann komm ich weiter, denn momentan hab ich nix, rein gar nix. Und abends und am Wochenende sindse herzlich bei uns eingeladen. Meine Trude ist eine 1A-Köchin, Sie werden staunen. Da könnense sich richtig verwöhnen lassen und wir schwätzen dann. Was denkense?" Erwartungsvoll schaute der Kommissar Marie an. „Ja, aber sollten Sie nicht zuerst Ihre Trude fragen, ob ihr das auch recht ist? Ich meine, sie kennt mich nicht und ich weiß nicht, ob sie jeden Abend kochen möchte." „Ach, lassense das meine Sorge sein. Und außerdem weiß ich, dass Trude sich freut. Wissense, nachdem unsere Lisa nicht mehr da ist, hat sich Trude sehr verändert und sie ist oft traurig. Sie will das nicht zugeben, aber ich weiß es." Schorsch sah vor sich hin und zum ersten Mal wirkte er wie ein sehr alter Mann. „Darf ich fragen, was passiert ist?", sagte Marie leise. Schorsch sah sie an. „Ich zeig mal ein Foto. Ja, das war unsere Lisa. Sie war so schön und so lustig. Sie hatte jeden Morgen ein Lächeln auf den Lippen. Sie konnte sich für alles begeistern, rettete jeden kleinen Vogel, jedes Kätzchen. Sie studierte Medizin und war der glücklichste Mensch, den ich je getroffen habe. Und das sage ich nicht als ihr Papa." Marie sah das Foto einer bildhübschen jungen Frau. Langes blondes Haar umrahmte ihr Gesicht, ihre Augen strahlten und sie lächelte spitzbübisch in die Kamera. „Ein bemerkenswertes Bild", sagte sie. „Ja, ich habs am Tag vor dem Unfall gemacht. Ein Mann hat sie überfahren. Auf dem Zebrastreifen. Er hat sie gar nicht gesehen, weil er voll mit Drogen war. Sie war in den Semesterferien nach Hause gekommen und wollte weiterreisen nach Amerika für ein Auslandssemester. Ja. So."

Marie zerriss es das Herz, als sie die Träne sah, die dem alten Mann über die Wange lief. Vorsichtig legte sie ihre Hand auf seine. „Es tut mir von ganzem Herzen leid, es tut mir unendlich leid, lieber Schorsch." „Ja, mir auch, Marie. Es ist bitter." Er seufzte. „Doch jetzt ist mal gut. Ich muss ja nicht den Jammerlappen spielen. Ich schlage vor, ich geb noch ne Runde aus und dann rufe ich ein Taxi. Bin halt ein alter sentimentaler Sack." Als Bier und Schorle kamen, bestand Schorsch jedoch noch auf einen „Per-du-Kuss" *(das hat man immer so gemacht, das gehört sich so)* und Marie stimmte zu, am kommenden Freitagabend zum Essen zu kommen. Tatsächlich freute sie sich sehr, auch wenn es sie erstaunte.

„Ach so, Schorsch, das habe ich dir noch gar nicht gesagt: Morgen besuche ich Theo, das ist quasi ein Kondolenzbesuch.

Ich habe ein bisschen was für die kleine Lulu gekauft und ich möchte ihm einfach nur mein Mitgefühl ausdrücken. Es graut mir davor, aber das ist wohl nebensächlich." „Schön, dass du das machst. Vielleicht kannste ja auch mal was beobachten. Wenns geht oder so." Schorsch lächelte und gab ihr einen Kuss auf die Wange. „Das war ein schöner Abend, Marie. Danke. Willste mit in mein Taxi?" „Danke, aber nein, ich habe nur zehn Minuten zu Fuß. Bis bald, Schorsch, und danke für das tolle Essen."

Marie machte sich auf den Weg zu ihrer Wohnung. *Nichts ist, wie es scheint.* Das war ihr Wahlspruch und wieder einmal schien er zuzutreffen. Der arme alte Schorsch. Man würde denken, oh je, was ist das für ein Typ – und er ist doch so zärtlich und zart. Und so verletzlich. Wie grauenhaft musste es sein, sein Kind zu verlieren. Wie sollte man weiterleben. Marie fröstelte. Sie wollte einfach nur noch schlafen. Die letzten Tage waren seltsam gewesen.

Als Schorsch aus dem Taxi stieg, sah er schon das Licht im Haus und freute sich auf Trude. Ein wenig wacklig machte er sich auf den Weg zur Tür, doch Trude stand schon da: „Wo warst du denn, Liebling? Ich habe mir Sorgen gemacht." Tränen schimmerten in ihren Augen, sie wirkte unruhig. „Ach, meine liebe Trude, ich hatte einen tollen Abend. War mit der Marie essen, eine super Frau. Das war richtig schön, das hat mir gefallen. Die ist echt toll, eine tolle Frau und sieht super aus." „Soso. Dass du dich auf deine alten Tage nicht noch mal verliebst …" Trude drohte mit dem Zeigefinger.

„Nahein, in meinem Herzen gibt's nur Platz für meinen liebsten Trude-Schatz", der Kommissar versuchte zu singen, es klang nach verrosteter Gießkanne. „Bitte nicht singen! Weißt du noch, wie Lisa das immer gesagt hat, wenn du ihr etwas vorsingen wolltest?" „Ja, ich weiß es, Liebling." Sie standen eng umschlungen da und sahen einander in die Augen. „Jetzt aber mal ab ins Bett, morgen muss ich früh raus." Sanft nahm Schorsch seine Trude an der Hand und sie machten sich auf den Weg ins Schlafzimmer.

TAG 3 DANACH

Am Morgen hatte der Kommissar ein frühes Treffen mit der Mordkommission, diesmal in den Diensträumen. „Na Männer, wie siehts aus? Was habt ihr herausgefunden?" Es war, gelinde gesagt, dürftig. „Das Einzige, was sich zu manifestieren scheint, ist das Alkoholproblem beim Mann des Opfers. Hier haben sich die Kita, seine Kanzlei sowie der Hausarzt eindeutig geäußert." „Ja, aber hat irgendjemand mal *gesehen*, dass er trinkt, oder war er irgendwie auffällig?" „Nein, das ist nicht der Fall." „Aber woher haben die Leute dann diese Information? Woher kommt das?" „Ganz offensichtlich vom Opfer. Es scheint, als hätte sie die drei Parteien über die Trunksucht ihres Mannes informiert." *Eigenartig,* dachte der Kommissar. *Warum hatte sie das getan? Hatte sie Angst gehabt, wollte sich schützen?* „Habt ihr die Eltern vom Ehemann vernommen?" „Ja, das sind ganz kultivierte Leute, der Vater ist Professor an der Uni, die Mutter kümmert sich regelmäßig um die kleine Lulu. Sie waren voll des Lobes über das Opfer und betonten auf Nachfrage, dass ihr Sohn nicht trinkt, dass er das nie getan hätte. Ja, und das ist leider alles, was wir haben. Wir sind noch auf der Suche nach der Mutter des Opfers, die ist irgendwie nirgends gemeldet, aber bis morgen sollten wir das haben." „Und weiterhin keine Spuren?" „Nein, nichts. Wir untersuchen gerade die seltsame Puppe, die aus den Haaren gefertigt wurde. Das ist eine Voodoo-Puppe, die man in vielen Kulturen Afrikas kennt. Auch hier wissen wir morgen mehr." Schorsch seufzte. „Danke, Männer. Ich mach mich jetzt mal wieder auf den Weg ins Wolkenkuckucksheim." Auf der Fahrt brütete er grimmig vor sich hin: *Wie ist das möglich, dass es überhaupt keinen Anhaltspunkt in diesem Fall gibt ... ich habe nicht mal eine Theorie oder ein Gefühl. Da ist alles leer, da is nix. Das hab ich noch nie erlebt.* Ärgerlich schüttelte er den

Kopf und machte sich auf den Weg zum Fahrstuhl. Als er in Sommers Büro kam, war niemand da. Insgesamt wirkte die Firma verwaist. *Was ist das denn jetzt schon wieder, ich hab doch einen Termin, wo sind die denn alle*, brummelte der Kommissar übellaunig vor sich hin. Plötzlich jedoch hörte er eine Art Musik und machte sich auf den Weg in die Richtung. *Aha, der Meetingraum.* Vorsichtig öffnete er die Tür einen kleinen Spalt und linste hinein. *Ach du Schreck*. Wie versteinert stand er da und sah Seltsames. In der Mitte des Raumes war eine Art Altar aufgebaut mit einem großen Foto des Opfers – *ach, so sah die mit Haaren aus –*, vielen Blumen, Kerzen und handgeschriebenen Botschaften (Du bist unvergessen/Wir lieben dich/Du warst unser Stern etc.). Daneben saß ein Mann mit einem langen Pferdeschwanz und klimperte auf einer Gitarre. Die gesamte Firma schien sich hier versammelt zu haben, alle waren weiß gekleidet und bildeten einen Kreis um den Altar. Sie hielten sich an den Händen, die Frauen schluchzten. Plötzlich betrat Gisela majestätisch die seltsame Versammlung und stimmte voller Inbrunst eine Art Kirchenlied an. *Oha, oh je*, dem Kommissar wurde es ganz anders zumute. Er entdeckte Chris, der sich auch nicht wohlzufühlen schien und ihm kurz verstohlen zunickte. Erschrocken schloss Schorsch die Tür und hörte noch, wie Gisela drinnen theatralisch aufheulte. *Um Gottes Willen, was isn das fürn Ringelpiez mit Anfassen, da wird einem ja schlecht. Ich geh mal in Sommers Büro und warte da.* Er hatte noch nicht lange gesessen, als Chris eintrat, auch er war komplett weiß gekleidet. „Was habense denn da fürne komische Veranstaltung?" wollte der Kommissar sogleich wissen. „Na, das ist unsere Gedenkveranstaltung für Lona. Ist vielleicht ein bisschen übertrieben, aber die Teams haben das so geplant." „Verstehe. Machense sowas immer während der Arbeitszeit? Ich mein, das muss ja schon ganz schön was kosten und hält die Leute von der Arbeit ab", fragte der Kommissar neugierig. „Nun, das ist unser Unternehmens*spirit*, das zeichnet uns aus. Das sind unsere *Werte*. Hier ist es eben anders als in einer herkömmlichen Firma." „Ja, das kann man wohl sagen. Der Mord war jedenfalls nicht herkömmlich." Der Kommissar hasste eine derartige Zurschaustellung von *Werten* – als ob *herkömmliche* Leute die nicht hätten. „So, Herr Sommer, dann legen wir gleich mal los. Warum haben Sie die Episode in München verschwiegen? Also, ich meine die Vergewaltigung." Chris verlor die Gesichtsfarbe. „Was, wie, woher wissen Sie das? Ich …", stammelte er. „Und warum haben Sie nicht berichtet, dass Herr Buk Ihnen und Ihrer Frau sagte, er würde geschlagen?" „Das ist, also, ja. Marie. Das hat Ihnen Marie erzählt." Chris wirkte entsetzt: „Wissen Sie, das finde ich von Marie unmöglich, sie hat mich komplett hintergangen. Ich hatte ihr das im Vertrauen erzählt und sie gibt es einfach weiter. Dafür gibt es keine Entschuldigung, das ist übelster Wortbruch." „Jetzt haltense aber mal den Ball flach, guter Mann!", donnerte der Kommissar plötzlich. „Was Marie getan hat, war ihre Pflicht, denn sie befand sich in einem Verhör. Und zwar in einem Verhör über das grässlichste Verbrechen, das ich jemals gesehen habe. Das in Ihrem nicht so herkömmlichen Unternehmen begangen wurde. Sie hingegen haben diese Aussage nicht getroffen, sie haben geschwiegen und sich versteckt. SIE haben meine Aufklärung behindert. Ist das klar, was das bedeutet, ja? Weilse sich schämen und warum auch immer habense die Wahrheit zurückgehalten und jetzt gibt's von Ihnen nur noch Heulen und Zähneklappern. So." Schorsch hatte sich in Rage geredet und versuchte nun, sein klopfendes Herz und den Schwindel unter Kontrolle zu bekommen. „Jedenfalls gibt's jetzt Butter bei die Fische und Sie sagen mal ordentlich aus. Bei mir braucht sich übrigens keiner zu schämen. So." Chris versuchte sich zu ordnen, zitternd richtete er sich das Haar. „Gut, Herr Kommissar. Was möchten Sie wissen? Ich werde Ihnen alles genau so berichten, wie es sich zugetragen hat." „Ich kann mir denken, dass das nicht einfach ist, aber ich verurteilese nich. Ich will einfach nur die Faktenlage kennen." Und Chris begann mit seiner Erzählung von der Fahrt nach München, den Ereignissen dort, dem Besuch beim Ehepaar Buk einige Wochen zuvor und seinen allgemeinen Beobachtungen Lona betreffend. Der Kommissar war ganz Ohr und unterbrach ihn nicht ein einziges Mal. Als Chris geendet hatte, ergriff er das Wort. „ Sagense, da habense ja viel Unangenehmes erlebt in den letzten Wochen, das tut mir leid. Aber glaubense, dass Sie dem Opfer jemals in irgendeiner Form Hoffnungen gemacht haben? Also, ich meine, dass sie annehmen musste, sie wären in sie verliebt?" „Herr Kommissar, Lona war eine Kollegin und die beste Freundin meiner Frau. Sie war in meinen Augen keineswegs attraktiv, meistens ging sie mir auf die Nerven und sie war nicht besonders klug. Also keine Voraussetzungen für einen Flirt am Arbeitsplatz. Und warum ist das eigentlich wichtig?" „Tja, das ist wichtig für mich, um die allgemeine Lage hier zu verstehen. Wissense, ein Verbrechen passiert ja nicht einfach so, das hat im Allgemeinen eine lange Vorlaufzeit, sozusagen, und insbesondere hier scheint das so zu sein. Zumindest sagt mir das mein Bauchgefühl. Naja, und noch was: Warum war die Kollegin überhaupt am Samstagmorgen hier? Gab es einen besonderen Grund, hattense die hierhin bestellt?" „Nein, es gab keinen Grund und ich hatte sie auch nicht bestellt. Als ich auf den Parkplatz fuhr, war ich überrascht, dass ihr Wagen da stand. Ich hatte sie keineswegs erwartet und ich war auch nur da, weil ich ganz schnell einige handschriftliche Unterlagen holen wollte, denn ich hatte ja den Termin mit Marie." Nachdenklich saß der Kommissar da. „Also, Herr Buk sagte, Sie hätten das Opfer in die Firma bestellt, weil Sie Unterlagen für eine Präsentation brauchten." Jetzt lachte Chris: „Das ist ja absurd. Welche Unterlagen hätte ich denn von Lona gebrauchen können? Das war doch alles Murks. Und wenn es um irgendwelche Finanzthemen gegangen wäre: Die haben wir in der Cloud. Dafür hätte sie nicht kommen brauchen. Nein, glauben Sie mir: Ich wollte sie gar nicht hier haben. Keine Ahnung, was Theo da erzählt." „Ach ja, wenn wir bei diesem Thema sind: Sie kennen Herrn Buk schon eine Weile und arbeiten auch mit ihm. Könnense sich vorstellen, dass er trinkt, dass er Alkoholiker ist?" „Nein, absolut nicht", sagte Chris sofort. „Das könnte ich mir bei vielen anderen vorstellen, aber nicht bei ihm. Er ist beruflich sehr engagiert, liebt seine kleine Tochter heiß und innig und verbringt jede freie Minute mit ihr. Ich habe ihn auf vielen Festen gesehen und er hatte nie mehr als ein Glas Wasser in der Hand. Außerdem achtet er irgendwie zwanghaft auf sein Gewicht, er vermeidet beispielsweise jegliche Zufuhr von Kohlehydraten." „Was?!", entfuhr es dem Kommissar. „Isst der keine Kartoffeln? Kein Brot? Keine Nudeln, Klöße oder Pizza?" Schorsch wirkte erschüttert. „Nein, nichts von alledem. Wir wollten die beiden früher schon zum Essen einladen, aber wir haben es gelassen, weil wir nicht wussten, was wir ihm servieren sollten. Ich glaube, sein Gewicht ist ihm sehr wichtig, und schon deshalb würde ich nicht annehmen, dass er trinkt." Kopfschüttelnd sah der Kommissar Chris an und brummte: „Dann verzichtet der auf das ganze gute Essen, aber schöner wird der davon ja auch nicht. So."

Unterdessen war Marie auf dem Weg zu Theo. Sie hatten sich in einem kleinen Bistro in der Innenstadt verabredet, unweit von seiner Kanzlei. Als sie ankam, saß er schon da und winkte ihr kurz zu. „Hallo Theo. Mein aufrichtiges Beileid, es kommt von Herzen." Marie nahm den blassen kleinen Mann in den Arm und registrierte seine Magerkeit. „Hallo Marie, schön, dass du gekommen bist. Setzen wir uns doch. Was möchtest du essen, trinken? Ich glaube, ich nehme nur ein Wasser und einen Salat." „Dann schließe ich mich dir an und bestelle noch ein Glas Riesling dazu." „Eine gute Wahl, meine Liebe." Er lächelte traurig. „Wenn ich dich jetzt frage, wie es dir geht, meine ich damit nicht alleine die Tat. Du hast ja kürzlich auch eine Kanzlei eröffnet, was einerseits großartig, jedoch vermutlich auch sehr anstrengend ist. Wenn du magst, erzähl einfach mal." „Ach ja, Marie, du bist übrigens die Erste, die mich nach der Kanzlei fragt. Ja, alles ist natürlich miteinander verknüpft. Ich habe diese Kanzlei mit großen Hoffnungen konzipiert und schließlich eröffnet. Aber schon der Eröffnungsabend fiel vollkommen ins Wasser und seitdem kämpfe ich in jeglicher Hinsicht. Lass es dir erklären." Theo begann mit dem Mord, mit der Unfassbarkeit zu akzeptieren, was geschehen war. Dass seine Eltern eine unglaubliche Hilfe wären, besonders seine Mutter sich mehr oder weniger Tag und Nacht um Lulu kümmerte. Dass sie versuchten, dem kleinen Mädchen den Schrecken zu nehmen und als Familie noch weiter zusammengerückt waren. Dass er Nacht für Nacht schlaflos in seinem Bett lag und grübelte. „Weißt du, so schlimm das klingt, aber es ist ja nicht allein der Mord. Ich habe auch noch viele andere Sorgen, die langsam zu Problemen werden." Lustlos stocherte Theo in seinem Salat. Vorsichtig begann Marie: „Ich hatte schon ein bisschen gehört, wir können darüber reden oder nicht …" Theo seufzte. „Siehst du, auch du hast davon gehört obwohl du erst seit kurzem in der Stadt bist. Ich werde noch verrückt." Er rang die kleinen Händchen. „Aber ich sage dir eins: Ich trinke nicht. Ich habe das nie und werde es auch nicht. Außer jenem unglücksseligen Abend, als ich meine Kanzlei einweihte. Andauernd hat mir irgendjemand ein Glas Sekt in die Hand gedrückt und ich war gestresst, habe einfach getrunken und auf dem Heimweg hat die Polizei mich angehalten." „Warum ist Lona nicht gefahren?" „Lona war gar nicht da." „Wie, sie war nicht bei deiner Einweihung?" „Nein, also, ähm, ja, es ging Lulu nicht gut und dann konnte sie nicht kommen." *Seltsam*, dachte Marie. *Es hätte doch bestimmt eine Lösung für Lulu gegeben.* „Naja, und seither verfolgt mich das Gerücht, ich würde zu viel trinken. Es macht mich kirre, denn das ist gar nicht der Fall. Du kennst mich, Marie, und du weißt, dass ich Alkohol nicht mag, genauso wenig wie Kohlehydrate. Aber momentan muss ich mich permanent vor jedem rechtfertigen, ich bin andauernd in einer Art Defensive." „Aber Theo, woher kommen diese Fragen oder Anschuldigungen? Und ist das erst, seitdem die Polizei dich kontrolliert hat?" „Nein, das hat schon vorher angefangen: Die Kita hat meine Mutter informiert, dass Lulu ein Problem hätte, weil ihr Vater trinkt. Das war das Allerschlimmste. Naja, und in der Kanzlei haben sie mir zu verstehen gegeben, dass sie mich bei meinem Problem unterstützen. Und es gibt noch weitere Beispiele." Theo wirkte düster. „Ich habe mir einen veritablen Klientenstamm aufgebaut, doch neuerdings sehe ich in fragende Gesichter und es wird nicht allzu lange dauern, bis mir die ersten abspringen. Und du weißt, was dann passiert. Naja, und jetzt der Tod, *dieser* Tod. Koblenz ist ein Dorf, du kannst dir also vorstellen, wie man mich anschaut. Und jetzt sieh dir die Zeitungen heute an." Theo stöhnte. „Siehst du, von einem Steuerberater soll Sicherheit ausgehen und Integrität. Wenn das nicht mehr gegeben ist, bist du geliefert." Marie schwieg lange. Sie hatte die Zeitungen heute nicht gesehen. Und was war das für eine sonderbare Geschichte? Sie hatte nie daran gezweifelt, dass Theo ein hervorragender Steuerberater war, ein liebevoller Familienmensch, ein aufrichtiger Mensch. „Sag mal, hast du irgendwelche Neider, die dir an den Kragen wollen wegen der Kanzlei? Und dann Gerüchte verbreiten?" „Ich weiß es nicht, Marie, und spontan würde ich nein sagen. Aber was weiß ich schon in diesen Tagen?!" Still sahen sie einander an, bis er wieder sprach. „Danke, dass du gekommen bist. Ich weiß, dass Lona und du Probleme hatten, aber sie hatte mit vielen Menschen Probleme. Und ich danke dir, dass ich so offen mit dir sprechen durfte. Ich muss jetzt zurück ins Büro, aber ich rufe dich an." Theo bezahlte, küsste Marie leicht auf die Wange und verschwand in der Menschenmenge. *Ich habe vergessen, ihm die Geschenke für Lulu zu geben*, dachte Maire zerstreut. Irgendetwas stimmte nicht, etwas war komisch. Warum war Lona nicht bei der Eröffnung gewesen? Warum hatte er gesagt, dass Lona viele Probleme mit Menschen gehabt hätte? Und er hatte beinahe die ganze Zeit nur von seiner Kanzlei gesprochen. *Ich kaufe jetzt mal ein paar Zeitungen und dann mache ich einen langen Spaziergang und versuche, dieses kleine nagende Gefühl in mir zu ergründen …*

In seiner Kanzlei angekommen, setzte sich Theo gedankenvoll an seinen Schreibtisch und wählte schließlich Mimis Nummer. „Hallo Theo. Wie geht's? Ist was passiert?", erklang es sogleich gedehnt. „Hallo Mimi, ich wollte mich ja die Tage nochmal melden und ich hatte letztes Mal vergessen, dir etwas zu erzählen, naja, und deshalb rufe ich an." Er lachte künstlich. „Jaaa, was denn?" Sie klang misstrauisch. „Ach, weißt du noch, als du und Chris uns abends mal besuchen kamt? Da habe ich mich wohl nicht mit Ruhm bekleckert, oder?" Er sagte es leichthin. „Neee, das war echt nichts. Warum hast du gesagt, dass Lona dich schlägt?" „Mimi, ich hatte Schmerztabletten genommen und komisch geträumt. Dann hörte ich euch und stand neben mir, war auch total gestresst wegen der ganzen

Sache mit der Kanzlei ... Keine Ahnung, was ich mir dabei gedacht habe." Er klang betrübt. „Ja, siehste, das hatte ich mir gedacht, das wusste ich einfach. Sowas hätte Lona ja nie getan. Gut, dass dus sagst." „Ja, dann ist alles klar auch wegen der Aussage bei der Polizei, oder?" „Also was, ich bin doch kein Nestbeschmutzer, ich würde sowas nie erzählen und Lona womöglich noch im Tod schlecht dastehen lassen! Außerdem hab ich das sowieso nie geglaubt." Theo schien erleichtert. „ Das ist gut, danke dir, du hast ja so Recht. Aber vielleicht könntest du auch Chris informieren, also, ich meine, dass er nicht ..." Mimi unterbrach ihn. „Lass Chris mal meine Sorge sein, der benimmt sich in letzter Zeit sowieso wieder ganz komisch. Ich kümmere mich drum." „Super, Mimi, dann bis bald. Wir sehen uns."

Als Chris vor seinem Haus parkte, lag ein langer Tag hinter ihm: Viele Meetings mit kopflosen Mitarbeitern, die langen Verhöre mit dem Kommissar, endlose Anfragen von der Presse für ein Interview und dann natürlich diese Gedenkveranstaltung am Morgen. Es schüttelte ihn, das war Fremdschämen auf hohem Niveau. Er wusste, die Leute hatten es gut gemeint, aber es war nur geschmacklos und peinlich gewesen. Jetzt musste er einfach etwas essen, denn das hatte er heute wohl vergessen, und brauchte ein wenig Ruhe.

Als er das Haus betrat, kam Mimi ihm schon entgegen, einen Stapel Zeitungen in der Hand. „Hast du das gesehen? Hast du das gelesen? Oh Gott, jeder redet über uns, was soll nur aus uns werden ..." Schluchzend schlug sie die Hände vor den Mund. „Langsam, Mimi, nicht so dramatisch, ich komme gerade von der Arbeit, ich habe nichts gelesen und muss jetzt erst einmal etwas essen." Zornig schrie sie ihn an: „Ja bist du denn verrückt, du musst jetzt essen?! Nein, das musst du nicht, du musst die Zeitungen lesen und dann was tun! Jeder redet über uns, das ist der Untergang." Heulend setzte sie sich aufs Sofa. In Chris kristallisierte sich ein unbändiger Zorn. „So, meine Gute, hast *du* denn schon gegessen?" „Häh, jo klar. Ich hab mir gekocht." „Aha, schön für dich. Bist du vielleicht auch auf die Idee gekommen, für mich mitzukochen?" „Nee, ich weiß ja nie, wann du kommst." „Es gibt in unserer Küche ein Gerät, das heißt Mikrowelle. Weißt du, meine Teure, damit kann man Essen aufwärmen." Jetzt kreischte sie los, ihr Speichel landete auf ihm, denn sie war ihm sehr nahe gekommen: „Was ist mit dir, häh! Du tickst ja wieder völlig aus, das ist wieder die Marie-Fotze, du bist ja bescheuert!" Chris sah sie an, staunte über ihre Primitivität – *warum hatte er das nie gesehen*? –, ging zur Tür, schloss sie behutsam und machte sich zu Fuß auf den Weg in die Stadt zu seiner liebsten Dönerbude. Jussuf sah ihn wohl ein bisschen länger an als gewöhnlich, aber hier hatte er seine Ruhe. Er aß einen Döner, vermied es, auf sein Handy zu sehen, trank noch ein paar Bier und machte sich gestärkt und viel ruhiger auf den Weg nach Hause. An der Kreuzung vor seinem Haus sah er plötzlich die *Bonzen-Karre* vom Schwiegervater direkt vor der Tür. *Nein, das mache ich jetzt nicht. Das geht nicht. Da gehe ich nicht rein.* Er drehte sich auf dem Absatz um und machte sich auf den Weg zu seiner Firma. *Da kann ich immer noch auf dem Sofa schlafen.*

TAG 4 DANACH

Schorsch hatte unruhig geschlafen und sich nach 4:00 Uhr nur noch im Bett herumgewälzt. Was war das für ein beschissener Fall!? Warum hatte er keine Eingebung, warum kein Baugefühl, keine Idee? *Das macht mich regelrecht verrückt.* Er beschloss, möglichst leise aufzustehen, um Trude nicht zu wecken, doch: „Liebling, was ist denn? Wie spät ist es? Musst du schon aufstehen?" „Es ist noch früh, mein Schatz. Ich mache heute mal Frühstück und du schläfst noch ein Weilchen. Ich ruf dich dann." „Oh, das ist schön, dann schlafe ich noch ein Stündchen." Behaglich kuschelte sich Trude in ihr Kissen.

Langsam tappte er in die Küche und machte sich erst einmal einen großen Kaffee. Dann holte er sich einen Zeichenblock und verschiedene Filzmaler und setzte sich an den Küchentisch. Er würde ein Bild skizzieren von allen Abläufen, Personen, Orten ... das half ihm oft bei schwierigen Fällen. Malend und schreibend saß er versunken da und spürte, dass sich etwas in ihm lichtete. Er beauftragte Paul, die heutige Mordkommissionssitzung zu leiten, und setzte ein Meeting für 13:00 Uhr an. Gut. Jetzt Zeit, an das Frühstück zu denken.

Voller Gedanken bereitete er einen Smoothie für Trude vor, buk Brötchen auf, machte Rührei mit Schnittlauch, eine Käse- und eine Schinkenplatte und ein Stück Leberwurst für sich. Dann holte er noch den Lachs für Trude aus dem Kühlschrank, gab Meerretichsahne in eine kleine Schüssel und betrachtete zufrieden sein Werk. Nein, die Marmelade und der Honig fehlten. *Und ich muss die Croissants noch aufbacken. Und es gibt ein Gläschen Sekt für uns.* Als er endlich fertig war, kletterte er die Treppe zum Schlafzimmer hoch, wo Trude schon im Bett saß. „Es duftet so wunderbar hier, ich wollte nicht runterkommen, sondern auf dich warten." „Dann, gnädige Frau, schreiten wir zum Mahl."

In der Küche angekommen blinzelte Trude. „Das sieht alles herrlich aus, vielen Dank, mein Schorsch. Aber gibt es einen Grund, ich meine, ist irgendetwas?" Schorsch streichelte ihre Wange. „Weißt du, ich hab langsam keine Lust mehr auf den Quatsch. Der Fall hier ist der letzte Fall. Ich will einfach Zeit bei dir haben, ich hab dich in den letzten Tagen sowieso vernachlässigt. Aber jetzt hau mal rein! Und noch was: Ich würde dich gerne heute am frühen Abend zu unserem Italiener am Rhein einladen. Ich arbeite nur bis um fünf und dann könnten wir uns da treffen. Wie gefällt dir das?" „Oh Schorsch, das haben wir so lange nicht gemacht und ich finde es wunderbar. Das machen wir. Darf ich noch ein Glas Sekt haben? Ach, und ich habe eine Idee, Schorsch: Wollen wir nicht Marie dazubitten? ich würde sie wirklich gerne kennenlernen und du hast gesagt, sie ist hier oft so allein." Schorsch strahlte: „Das machen wir, eine super Idee. Ich rufe sie gleich an."

Nach einem langen Frühstück machte sich der Kommissar einigermaßen entspannt auf den Weg zur Dienststelle, Marie hatte erfreut zugesagt: Es war schön, wieder einen gemeinsamen Abend zu haben mit Menschen. *Ich muss heute den Ehemann wieder befragen und ihn mit der Aussage von Chris konfrontieren. Und die Quengelliese muss wohl auch wieder kommen.* Schorsch verzog das Gesicht und begann, die nächsten Verhöre zu planen.

Punkt 13:00 Uhr stand Paul im Büro: „Darf ich dir die neuesten Erkenntnisse berichten?" „Nein, du musst sogar."

Nach 15 Minuten war der Kommissar gelangweilt, verärgert. Und dann sagte Paul: „Wir haben inzwischen die Mutter des Opfers ausfindig gemacht. Sie ist in der hiesigen Psychiatrie und wurde mehrfach eingewiesen und wieder entlassen." Der Kommissar setzte sich auf: „Das ist interessant, hast du nochne Info dazu?" „Nein, Chef. Ärztliche Schweigepflicht. Ich hab mit denen gesprochen und du müsstest persönlich dahin und was unterschreiben und dann reden die mit dir." „Kannst du einen Termin machen, Paul? Das wär klasse, am besten so bald wie möglich." „Klar, mach ich. Sag dir später Bescheid, bis dann." Mit gerunzelter Stirn saß Schorsch am Schreibtisch. Die Sache mit der Mutter war vielleicht ein Hinweis, aber das war bisher auch schon alles. Sie kamen nicht weiter. *Paul hat gar nichts wegen der komischen Puppe gesagt, das muss ich ihn später noch fragen.* Es klopfte an der Tür: „Herr Kommissar, hier ist Herr Buk." Schorsch sprang auf: „Guten Tag, Herr Buk, und entschuldigen Sie, dass ich Sie nochmal belästigen muss." Der kleine Mann nickte höflich und sah ihn freundlich an. „Aber nein, das ist ja Ihre Aufgabe und ich helfe gerne wenn ich kann." „Setzense sich doch. Wollense einen Kaffee?" Das süße Teilchen bot er nicht mehr an, er wusste ja inzwischen Bescheid. „Nein danke, es ist alles in Ordnung." „Aha. So. Ja, Herr Buk, ich hätte da nochmal ne Frage an Sie. Vor einigen Wochen war ja wohl das Ehepaar Sommer abends bei Ihnen, ja?" „Ja, das ist richtig." Theo wirkte ganz ruhig. „Naja, und dazu gibt es jetzt eine Aussage von Herrn Sommer, der sagte, Sie wären die Treppe heruntergekommen mit Wunden im Gesicht und hätten gesagt, Ihre Frau schlägt Sie. Könnense mir das mal erklären?" Vollkommen ausdruckslos sah Theo ihn an. „ Ich verstehe nicht? Was soll ich gesagt haben? Das ist ja vollkommener Quatsch, das habe ich nie gesagt!" Seine Stimme war ein wenig lauter geworden, er wirkte verärgert.

„So. Das haben Sie nicht gesagt. Sindse sicher? Das war ne Zeugenaussage, getroffen von Herrn Sommer, und er schien sich sicher zu sein, dass Sie das gesagt haben. Sie bestreiten das jetzt, also steht Aussage gegen Aussage." „Meine Güte, Herr Leonhardt, ich habe das nicht gesagt und ich weiß nicht, warum Chris so einen Unsinn erzählt. Meine Frau und ich haben einander geliebt, und wo gibt es das denn, dass eine Frau ihren Mann schlägt? Also bitte, das ist ja wie aus der miesesten Boulevardpresse." Buk war erregt, sein Gesicht hatte sich gerötet und seine kleinen Hände waren zu Fäusten geballt. *Hmm, das ist beinahe glaubwürdig, aber eben nicht ganz. Irgendwas stimmt nicht, mein Bauchgefühl macht hier nicht mit.*

„Und außerdem: Was sagt denn Frau Sommer dazu? Sie war ja schließlich dabei. Sie müsste das dann auch gehört haben, nicht wahr?" Da hatte er einen Punkt. „Ich kann Ihnen diese

Information in einer laufenden Ermittlung nicht geben, tut mir leid." Der Kommissar registrierte, dass Buk kurz zusammenzuckte. „Also fassen wir noch einmal zusammen, Herr Buk." Streng sah der Kommissar den Mann an. „Sie sind sich absolut sicher, die Aussage niemals getroffen zu haben, dass Ihre Frau Sie schlägt?!" „Ja. Ich habe diese Aussage niemals getroffen." „Gut. Dann könnense jetzt gehen. So. Wir kommen wieder auf Sie zu."

Eine Weile saß Schorsch mit geschlossenen Augen am Schreibtisch und versuchte, seiner Intuition auf die Sprünge zu helfen. Er wusste, dass etwas unstimmig war. Aber was nur? Seufzend öffnete er die Augen, als es wieder klopfte. „Hier ist nun Frau Sommer, Herr Kommissar." In eine graue Strickjacke gehüllt, die ihren Teint fahl erscheinen ließ, und mit offenbar ungewaschenem Haar stand Mimi vor dem Kommissar. „Hallo, Sie wollten mich sprechen." Sie klang leidend. *Warum leidet die eigentlich immer so? Ist ja regelrecht aufdringlich.*

„Ja, ich möchte mit Ihnen kurz über den Abend sprechen, als Sie mit Ihrem Mann die Familie Buk besucht haben. Könnense sich erinnern, wissense was ich meine?" „Ja natürlich. Lona bat uns zu kommen wegen den Problemen, die sie mit Theo hatte. Darüber hatten wir ja schon mal geredet." Sie sprach langsam und dramatisch. „Ja, genau. Und jetzt beschreibense mir mal den Abend, also alles, an das Sie sich erinnern." Plötzlich sah sie sehr wichtig aus. „Wir waren also angekommen und saßen bei einem Glas Wein in der Küche. Lona erzählte, wie schlecht es ihr und dem Kind ging, weil Theo die ganze Zeit trank. Dass er auch viel zu viel arbeitete wegen der neuen Kanzlei und dass sie sich Sorgen machte, wie es wohl weitergehen würde. Sie dachte, dass Theo vielleicht ein Burnout hätte, und fragte uns, was sie tun sollte. In der vergangenen Nacht war er wohl die Treppe heruntergefallen. Naja, und da stand er plötzlich und sah wirklich furchtbar aus. Voller blauer Flecken und Wunden im Gesicht. Entsetzlich, sage ich Ihnen. Der konnte ja so nicht vor die Tür, da muss man sich schämen mit so einem Mann!" „Aha, ja. Und was passierte dann?" „Na, wir fragten ihn, was mit ihm los ist, und er sagte, er wäre ausgerutscht. Ja klar, besoffen war der wieder gewesen, das hat uns Lona später erzählt. Und dann wollte er auch ein Glas Wein, aber Lona hat ihn liebevoll in den Arm genommen und ins Bett gebracht. Mit einem Glas Wasser." Der Kommissar blinzelte. „Und das war alles? Sonst ist nichts passiert?" Mimi wirkte beleidigt. „Was soll sonst passiert sein? Glauben Sie mir etwa nicht, oder was?" „Nun, Ihr Mann hatte eine andere Variante des Abends. Hier sagte Herr Buk Ihnen, dass seine Frau ihn schlägt." „Ach was", schnaubte Mimi. „Was soll denn der Scheiß? Mein Mann muss sich auch mal fragen, ob er nicht langsam einen an der Klatsche hat. Schlagen? Lona? Ich will Ihnen mal was sagen, guter Mann: Lona hat den kleinen Loser geliebt. Ich weiß zwar nicht warum, aber so war es. Mehr gibt's dazu nicht zu sagen." Sie schnaufte empört und er sah sich interessiert ihr fleckiges Gesicht an. *Für jeden Topf gibt's ja immer noch nen Deckel* – obwohl ihm nicht klar war, wie es dazu hatte kommen können. „Also gut, dann ham wirs für heute, Sie sind entlassen aber halten se sich weiterhin bereit." „Haben Sie inzwischen wenigstens irgendwelche Erkenntnisse oder wie lange brauchen Sie noch?" fragte Mimi anklagend. Schorsch seufzte: „Ich begleitese jetzt mal zur Tür, gute Frau. Schönen Abend noch."

Danach saß er eine ganze Weile still am Schreibtisch und ließ die beiden letzten Verhöre auf sich wirken. Beide Zeugen hatten aufrichtig gewirkt, es gab kaum ein Zaudern oder Zögern. Aber dennoch … er brauchte noch Zeit, es war noch nicht da …

Jetzt gehe ich erstmal mit den beiden Damen essen, das wird mich aufheitern. Schorsch machte sich auf den Weg, und als er an der Rheinpromenade geparkt hatte, war er überrascht, wie viele Menschen unterwegs waren, wie herrlich der frühe Abend war und wie sehr er sich freute. Als er die Terrasse des kleinen Ristorante betrat, sah er die Frauen schon in ein angeregtes Gespräch vertieft, beide hatten ein Glas Prosecco vor sich. „Guten Abend, meine lieben Damen, ich freue mich, euch zu sehen." Strahlend trat er an den Tisch. „Mein lieber Schorsch, ich habe mir erlaubt, Marie schon einmal anzusprechen, und wir haben uns sehr gut unterhalten." Lächelnd gab ihm Trude einen Kuss. „Hallo Schorsch." Marie gab ihm die Hand, aber er nahm sie einfach in den Arm. „Das ist nach diesem blöden Tag oder überhaupt immer das Beste, das mir passieren kann. Ach, jetzt geht's mir gleich gut." Zufrieden ächzend setzte er sich und stieß erst einmal mit dem Prosecco an. „Danke, dass ihr mir auch ein Gläschen bestellt habt. Wolln wir mal in die Karte gucken, ich hab einen Bärenhunger." „Gerne, und wenn du magst, kannst du von deinem Tag erzählen." Trude verteilte die Karten. „Och nee, heute nix über den Fall. Ich muss mich mal sammeln." Marie öffnete die Karte. „Wow, das sieht ja großartig aus", entfuhr es ihr. „Ja, es ist auch wirklich sehr gut hier, wir sind seit Jahren immer wieder hergekommen und früher war das das Lieblingsrestaurant von ..., also ..., ja, von unserer Tochter." Marie sah Trude traurig an und strich zart über ihre Hand. Der Kommissar räusperte sich. „Ich habe Marie von unserer Lisa erzählt. Ja. So." Trude wirkte überrascht, doch sie sagte nichts. Es war still am Tisch.

„Möchtet ihr nicht sagen, was Lisa am liebsten gegessen hat? Und dann lasst uns mal schauen, was wir mögen, oder?" *Das war gut, jetzt kann Trude reden, aber sie muss dabei nicht in Trauer erstarren. Essen ist immer ein gutes Thema.* Der Kommissar wirkte zufrieden.

Lange wurden nun die Vor- und Nachteile der einzelnen Gerichte diskutiert, Anekdoten ausgetauscht, gelacht, eine Flasche Wein bestellt – es begann, ein perfekter Abend zu werden. „Ich bin ja heute der Hahn im Korb, oder was?! Das gefällt mir sehr, mit zwei so schönen Damen in einem tollen Restaurant zu sitzen. Wollt ich nur mal gesagt haben. Und da kommt ja auch schon die Vorspeise." Schorsch gluckste vor Wonne.

Sie genossen die feinen Speisen und das Zusammensein. Obwohl sie einander vor wenigen Tagen noch nicht gekannt hatten, fühlte sich dieses Essen vertraut an. „Sag mal, Schorsch, wie lange willst du denn jetzt eigentlich noch arbeiten? Du hast gesagt, du bist nun 70." „Ja, Mariechen, ich habs heute Morgen schon zu Trude gesagt: Das ist mein letzter Fall. Ist jetzt genug. Ich fühl die alten Knochen." „Ja, und du warst wieder nicht bei deiner Untersuchung wegen Zucker, Cholesterin und deinem hohen Blutdruck." Trude drohte mit dem Finger. „Echt jetzt? Schorsch, da musst du wirklich aufpassen, damit ist nicht zu spaßen. Diese Untersuchungen sind wirklich wichtig und eine gesunde Ernährung sowie Bewegung auch." Nickend sahen sich die Frauen an. „Ja, ich weiß", kam es verdrießlich von Schorsch. „Können wir uns jetzt amüsieren? Ah, da kommt der Nachtisch." Sogleich stand ein großes Stück Tiramisu vor ihm auf dem Tisch, die Damen tranken einen Espresso und sahen ihm grinsend bei seiner Nahrungsverwertungsschlacht zu. „Uff. Nach dem Essen sollst du ruhn oder tausend Schritte tun. Ich bin ja normalerweise für das Ruhn, aber heute könnten wir ja noch ein paar Schritte am Rhein gehen, was denkt ihr, meine Damen?" Nachdem er bezahlt hatte, schritt er beherzt voraus und hakte dann beide unter. „Was bin ich doch heute für ein glücklicher Kerl", sagte er und drückte ihre Arme.

Nachdem sie noch ein Glas Wein unterwegs getrunken hatten, machte sich Marie auf den Heimweg. Trude und Schorsch nahmen sie in den Arm und sie verabredeten den nächsten Abend für ein gemeinsames Essen und ein Arbeitsgespräch. Marie fühlte sich beschwingt, es war ein wundervoller Abend gewesen. *Und wie liebevoll Trude und Schorsch miteinander umgehen, wie zart. Wie sehr sie aufeinander achten. Gott schütze euch, ihr wunderbaren Menschen.* Marie schloss die Tür auf und rief Oliver an.

Zur gleichen Zeit kam Chris nach Hause. Als er die Tür öffnete, schlug ihm ein köstlicher Duft entgegen. *Oh, wie schön, das bedeutet, dass Tanja hier ist*, dachte er erfreut. Seine Tochter war Köchin, sie kam gelegentlich zu Besuch und das waren stets liebevolle, gemütliche Abende, an denen er sich endlich einmal heimisch fühlte im eigenen Heim. „Hallo Papi, ich dachte, ich komme mal wieder vorbei und koche uns was." Tanja lief auf ihn zu und er nahm sie in die Arme. Sie schmiegte ihr Gesicht an seine Wange. „Was ist los bei dir, Papi?" Er schob sie von sich. „Was meinst du?", entfuhr es ihm schroffer, als er beabsichtigt hatte. „Naja, die Zeitungen sind voller Horrorstorys und Mama ist am Telefon fast ausgerastet." Chris seufzte. „Ich hole uns erstmal ein Glas Wein. Wo ist deine Mutter überhaupt?" „Bei Theo, aber sie kommt zum Essen. Ja, lass uns was trinken und dann reden wir, liebster Papi. Aber jetzt gehe ich wieder in die Küche." „Was gibt's denn eigentlich?" „Ein nettes kleines Kalbsragout mit frischem Spargel und Kartoffelgratin. Danach eine schöne Käseauswahl mit köstlicher Feigenkonfitüre und frisch gebackenem Brot. Freust du dich?" Strahlend sah sie ihn an. „Ich bin gerade sehr glücklich, meine liebe Tanja, und ja, ich freue mich." Chris fühlte sich so gut wie seit Tagen nicht. „Ich glaube, ein Glas Crémant wäre jetzt besser geeignet, ich hole ihn mal." „Bis gleich in der Küche, Papi." Beschwingt holte Chris den Sekt, suchte die schönsten Gläser aus und brachte ihnen zwei in die Küche. Sie stießen an und er setzte sich entspannt auf die Arbeitsplatte. „Was macht die Kunst, Liebes?" „Oh, ich bin gerade voll im Stress, weil wir dieses neue Restaurant eröffnen und ich die ganze Karte plane, und natürlich koche ich jedes Gericht hundertmal damit auch nichts schiefgeht. Aber es macht irre viel Spaß, ich freue mich jeden Morgen auf den neuen Tag." „Das ist klasse, mein Liebling, genau das habe ich mir für dich gewünscht." Chris wirkte zwiegespalten. „So, Papi, was ist denn los? Du bist so abwesend und siehst sehr gestresst aus. Erzähl doch mal." Tanja setzte sich ihm gegenüber. „Naja, die Situation ist nicht einfach. Du weißt ja von Lonas Tod, wir haben die Polizei im Haus, die Leute sind natürlich komplett verunsichert und ich habe einen möglichen Auftrag ganz sicher verloren. Es ist momentan alles noch ein bisschen schwierig für mich zu fassen, eigentlich bin ich die ganze Zeit in einer Art Krisenmodus. Aber wir müssen weitersehen, müssen abwarten. Tja, sehr viel mehr gibt es nicht zu sagen und lass uns bitte nicht die ganze Zeit über den Mist reden. Ich bin froh, dass du hier bist, und außerdem habe ich seit Tagen nichts Vernünftiges gegessen." Scherzhaft kniff er ihr leicht in die Wange, doch sie wusste genau, dass dies kein Scherz war, sie kannte ihre Mutter.

Tanja war ein Vaterkind, sie konnte wenig mit ihrer Mutter anfangen. Während Mimi weinerlich durchs Leben ging, fest überzeugt, an der nächsten Ecke dem größtmöglichen Unglück zu begegnen, weil die Welt sowieso schlecht und verdorben war, war Tanja frei, enthusiastisch und vollkommen sicher, ihr Leben nach ihren Bedingungen gestalten zu können. „Papi, das ist eine absolut beschissene Geschichte. Furchtbar vor allem auch für Theo und Lulu, aber ich bin sicher, dass herausgefunden wird, wer dahinter steckt. Und ich weiß, dass du dir etwas einfallen lässt, damit du wieder du selbst wirst. Ich hab dich lieb." Sanft gab sie ihm einen Kuss auf die Nase. „Aber wenn du mich brauchst, bin ich immer für dich da, das weißt du wohl." Chris wand sich. Jetzt war seine Tochter für ihn da, es sollte der umgekehrte Fall sein. Doch er versuchte sich zu entspannen. „Soll ich schonmal den Tisch decken, Liebes?" „Sehr gerne, und denk bitte an die Schalen für das Olivenöl, ich habe was Tolles aus Spanien mitgebracht." Er schaltete einen sanften Jazz-Mix als Hintergrundmusik ein und beide werkelten – nur unterbrochen von Tanjas witzigen Küchengeschichten, ihrem Lachen und ihren gelegentlichen Fragen.

„So Papi, ich bin fertig, dein Tisch sieht so fein aus! Jetzt können wir anfangen, wenn Mama bald kommt." Sie hörten die Tür, da war sie. Mürrisch kam sie ins Esszimmer und musterte misstrauisch die Tafel. „Was gibt's denn hier zu feiern? Habt ihr einen Grund? Ich habe nämlich keinen." „Hallo Mama, ich dachte, ich komme vorbei und koche uns etwas Gutes und das heitert uns auf. Glaubst du nicht?" Streng sah Mimi ihre Tochter an. „Du glaubst nicht, dass du mich mit ein bisschen Essen aufheitern kannst." Sie schüttelte missmutig den Kopf. „So, Mimi", Chris klang gereizt. „Jetzt setzen wir uns an den Tisch und genießen das bestimmt superleckere Essen, das Tanja uns gekocht hat, und wir machen uns einmal einen schönen Abend als Familie. Darauf bestehe ich." Seine Augen waren hart wie Stahl und Mimi blinzelte überrascht. „Naaa gut, ich wasche mir noch die Hände", sagte sie gedehnt.

Das Essen war köstlich und eine Wohltat für Chris' gereizte Nerven. Er nahm sich mehrfach und ihm entfuhr ein zufriedener Seufzer: „Liebes, das schmeckt wunderbar, einfach fantastisch. Vielen Dank." Selbst Mimi ließ sich zu einem beifälligen Nicken bewegen. „So, jetzt kommen ja noch der Käse, Brot und das tolle Öl aus Spanien, wartet mal." Tanja machte sich auf den Weg in die Küche, während Chris den Tisch abräumte. „Voila, hier ist es." Sie stellte eine große Platte mit Käse, Nüssen, Oliven, Tapenade, frischem Brot und Öl auf den Tisch. Lasst es euch schmecken." „Oh", entfuhr es Chris genießerisch nach dem ersten Bissen, „das ist ein Traum. Jetzt fehlt nur noch der passende Wein. Ich glaube, ich habe noch einen guten Rioja im Regal, ich schau mal." „Wir müssen nicht andauernd Wein trinken", murmelte Mimi säuerlich. Chris drehte sich um. „Nein Mimi, das musst du nicht." Und er kehrte mit zwei Gläsern für sich und Tanja zurück. Die Stimmung am Tisch war unbehaglich. „Jaaa also, ich muss da noch was sagen. Es geht um deine Aussage, Chris. Ich war heute bei Theo, der hatte mich gestern angerufen." Erschrocken sah Tanja auf und registrierte, wie ihrem Vater eine Ader in der Schläfe anschwoll und zu pochen begann. „Mach es kurz, Mimi, wenn es jetzt schon sein muss." Er wirkte zornig. „Also, der Theo hat gesagt, dass er das damals nicht so gemeint hat, dass die arme Lona ihn nicht geschlagen hat, dass er einfach so gestresst war. Ich glaube ja, dass ihm sein Saufen peinlich ist. Jedenfalls hat er dem Kommissar schon mitgeteilt, dass er das damals so nie gesagt hat in der Küche. Ich habe das dem Kommissar heute auch gesagt, also, dass das nie ein Thema war. Jetzt bist du aber das Problem, Chris, weil du gestern was anderes ausgesagt hast. Am besten wäre es für dich zu sagen, dass du dich geirrt hast. Das meint auch mein Vater. Ich meine, wir haben schon so viel Theater, die Presse ist überall, und wenn es jetzt noch heißt, ach, ist euch ja wohl klar. Also mach das einfach und dann ist irgendwann Ruhe. Die ganze Stadt tratscht ja über uns." Es wurde still. Tanja wirkte schockiert, Chris sah man keinerlei Regung an. Der Wind frischte auf, man hörte einzelne erste Regentropfen auf der Terrasse. „Jaaa, was denn nun?" Mimi klang genervt. „Du willst also, dass ich meine Aussage zurückziehe?! Dass ich lüge bezüglich eines Abends, an den ich mich glasklar erinnere?! Dass ich eine Ermittlung behindere?! Dass ich die Unwahrheit sage wegen deiner Freundin und irgendeiner lächerlichen Reputation?! Nein, das werde ich gewiss nicht." Chris nahm sich noch ein Stück Käse und aß vom Brot. Es donnerte draußen und gleichzeitig kreischte Mimi los: „Du bist so selbstgerecht, du kriegst

doch gar nichts auf die Reihe, es kümmert dich nicht, dass ..."
„Schluss jetzt, endgültig Schluss!" Chris schrie wie noch nie in seinem Leben. „Du erdreistest dich zu sagen, ich bekäme nichts auf die Reihe?! Schau dich doch mal an mit deinem fetten Verwaltungsarsch. Du arbeitest lächerliche fünf Stunden am Tag und schaffst es noch nicht einmal, das Haus sauber zu halten, einkaufen zu gehen oder zu kochen. Du liegst den halben Tag auf dem Sofa und glotzt deine dämlichen Serien. Es interessiert dich nicht, was ich mache, wie es mir geht. Ich reiße mir seit Jahren den Arsch auf, und wenn ich mit dir reden will, machst du den Fernseher an. Alles andere erwähne ich nicht einmal im Beisein unserer Tochter. Du bist eine widerliche Egoistin, ein Parasit und ich sage dir, Mimi, wenn ich könnte, würde ich jetzt sofort aufstehen und gehen. Ich würde niemals mehr auch nur einen Gedanken an dich verschwenden, denn du bist das Letzte, und du ziehst mir jeden Tag noch mehr Energie aus den Knochen. Ich habe dich so satt, so satt." Tanja sah ihren Vater traurig an. Sie hatte Ähnliches erwartet, doch dass es so schlimm war ... „Papi, wollen wir einen Moment spazieren gehen?" „Papi, Papi ...", äffte Mimi ihre Tochter nach. „Halt die Klappe Mimi, halt dein Maul, sonst bringe ich dich um." Chris zitterte am ganzen Körper, Tanja nahm ihm das Brotmesser aus der Hand. „Lass uns ein bisschen gehen, ja?" Chris nahm sie am Arm und drehte sich noch einmal um. „Wenn ich zurückkomme und dein beschissener Vater sitzt hier, rufe ich die Polizei. Und die Presse. Und ich werde denen sagen, was ihr von mir verlangt." Er ging zur Tür, es würgte ihn.

Es hatte heftig zu regnen begonnen, als Tanja und Chris vor die Tür traten. „Lass uns einfach gehen, Papi, ist doch egal." Chris war außer sich, war erschrocken, entsetzt. Was war in ihm, dass er so reagiert hatte? Was war in ihm, dass er seiner Frau den Tod wünschte? Vor seiner Tochter? Dass er so die Contenance verlor? Dass er fühlte, auf den Abgrund zuzurasen und nicht anhalten zu können?

„Tanja, es tut mir leid und ich schäme mich sehr für das, was heute Abend passiert ist. Ich habe die Nerven verloren und das ist unentschuldbar, insbesondere in der Gegenwart einer

Tochter. Bitte verzeih mir." Er senkte den Kopf, bis Tanja ihn anstupste. „Jetzt ist es aber echt mal gut. Wirklich. Du hast nichts Schlimmes getan, die Jahre sind dir über den Kopf gewachsen und jetzt noch dieser Schlammassel mit Lona. Hey, ich verurteile dich nicht, echt nicht. Ich weiß schon lange, dass ihr eine toxische Beziehung habt, also trenn dich endlich. Und ich hab den alten Opa-Sack mit seinen selbstgefälligen Schwachsinnsreden immer verabscheut. Weißt du noch, wie ich ihm als Kind Regenwürmer in die Manteltaschen gestopft habe und er total ausgetickt ist? Dann mussten wir sofort heimgehen, aber das war ja auch mein Ziel." Sie kicherte. Chris lächelte schwach und ja, er erinnerte sich.

„Mamas Problem ist ihr Dünkel, das hat sie wohl von Opa geerbt. Aber du bist anders. Ich hab dich lieb und ich wollte dir heute offiziell mitteilen, dass ich lesbisch bin. Ich habe eine Freundin, ich liebe sie und du bist der erste Mensch, der es erfährt."

Oh wow. Wie mutig sie ist. Chris zögerte einen winzigen Moment und dann nahm er Tanja in die Arme. Wie egal das doch alles war, Geschlecht oder was auch immer. Lieben und geliebt werden, das war es und danach hatte er sich immer gesehnt. „Ich freue mich für dich, mein Schatz. Macht es euch schön, genießt die Zeit. Wie heißt die Glückliche denn und wann lerne ich sie kennen?" Strahlend sah Tanja ihn an. „Sie heißt Babette und wir sind schon seit fast einem Jahr zusammen glücklich. Du kannst sie gerne kennenlernen, aber ich glaube, Mama würde wieder einmal ausflippen, oder?" Grinsend sah Tanja ihn an. „Ach, weißt du was, das ist mir jetzt total egal. Komm, wir gehen noch einen trinken und du erzählst mir von Babette." „Cool, das machen wir. Wie wärs mit der Assel?"

Die Assel war eine Institution. Chris hatte hier mit Marie Nächte durchgefeiert, die Kneipe war eine Art Bierkeller, Musikkneipe, Auffangstation für den letzten Absacker, wild und verrückt. Vom Bürgertum verachtet, von Mimi gehasst, hatte sie in den vergangenen 40 Jahren ihren Charme nicht verloren.

Als sie eintraten, tränten ihnen sofort die Augen von dem Zigarettenrauch, der den Raum erfüllte. Die Musik dröhnte, der

Laden war voll. „Soll ich uns ein Bier holen?", schrie Chris. „Nee, lieber zwei. Ich setze mich dahinten hin, da ist es nicht so laut."

Als Chris mit vier Flaschen Bier zurückkam, strahlte Tanja ihn an. „Mensch, das ist so klasse, hier hat sich überhaupt nichts verändert!" Sie stießen an und Chris sagte neugierig: „Nun erzähl mal von deiner Babette. Und hast du auch ein Bild?" „Was denkst du denn?!" Chris sah das Gesicht einer beeindruckend schönen jungen Frau mit langen roten Locken. Sie wirkte wild und ungebändigt. „Die ist aber toll, alle Achtung, was für eine schöne Frau", entfuhr es ihm. „Ja, das ist sie, aber sie ist in erster Linie ein ganz toller Mensch, arbeitet als Physiotherapeutin mit Menschen, die Einschränkungen haben. Sie liebt ihren Beruf. Ihre Eltern sind auch klasse, der Vater ist Architekt und die Mutter Kinderbuch-Lektorin. Fantastische Leute und so frei." Chris sah nachdenklich aus: „Du hast sie also schon kennengelernt?" „Ja, natürlich. Wir wohnen ja auch schon seit einigen Monaten zusammen." Chris biss sich auf die Lippen, das hatte er nicht gewusst, das tat weh. „Aber dann bin ich ja gar nicht der Erste, dem du das erzählt hast, die Eltern wussten das ja sowieso schon." „Papi, ich meinte der Erste aus meiner Ursprungsfamilie. Babettes Eltern wissen schon lange, dass sie lesbisch ist, und hatten nie ein Problem damit. Dass ich es dir nicht früher gesagt habe, liegt daran, dass wir uns nicht so oft sehen. Und ich wollte keinesfalls Mama dabeihaben." „Ja, das verstehe ich. Aber wann treffe ich euch denn nun?" „Tja, da musst du wohl zu uns nach Köln kommen, denn ich will Babette nicht Mama zumuten. Weißt du, ich bin so gut in dieser Familie aufgenommen worden und Mama wird sich sowieso daneben benehmen. Dieser Gefahr möchte ich Babette nicht aussetzen. Verstehst du das?" „Das verstehe ich komplett, Liebes. Na, dann werde ich an einem der nächsten Wochenenden zu euch nach Köln kommen. Schau mal auf deinen Dienstplan, wann du frei hast." „Das ist fein, mein lieber Papi. Dann führen wir dich richtig schön aus. Wir haben auch ein Gästezimmer in unserer Wohnung, bring also deine Zahnbürste mit." Tanja freute sich sichtlich. „So, und nun habe ich noch eine Frage: Mama hat gesagt, Marie ist wieder hier, und das finde ich toll. Aber ich habe nicht den Eindruck, dass du sie so oft siehst. Oder liege ich da falsch?" „Naja, wir haben uns ein paar Mal gesehen, aber ich habe mich ein bisschen über sie geärgert und seitdem, also seit ein paar Tagen, hat sie sich auch nicht mehr gemeldet und ich weiß nun gar nicht, was los ist und ob ich sie anrufen soll ..." Chris klang verletzt. „Aber was ist denn passiert? Und warum ist sie hier?" „Ach, sie ist eigentlich nur gekommen, um ein bisschen bürokratischen Kram zu erledigen. Wir haben uns getroffen und das war sehr schön. Sie wollte mir sogar helfen, eine megawichtige Präsentation zu erstellen, es war schon alles geplant. Aber dann kam der furchtbare Mord dazwischen, und viele andere Dinge sind passiert. Aber darüber möchte ich nicht reden. Naja, und irgendwie kommen wir jetzt nicht mehr richtig zusammen." Er seufzte. Tanja entging nicht, dass er rot geworden war. „Aber Papi, Marie ist deine allerbeste und längste Freundin. Ihr habt schon so viele Krisen überstanden und gerade jetzt wäre es doch bestimmt wichtig, dass ihr miteinander redet, oder? Sie ist ja sowieso nicht oft da. Also ruf sie einfach morgen an und ihr trefft euch. Du brauchst Freunde, Menschen, die dir wohlgesinnt sind. Gerade jetzt. Du erlebst eine schwere Zeit und ich muss morgen Abend wieder fahren. Bitte versprich mir, dass du dich bei ihr meldest, ja?" „Ja, du hast recht, mein Schatz. Ich vermisse sie ja auch, aber es ist immer so nervig, Mamas Gemeinheiten auszuhalten, wenn sie mitbekommt, dass ich Marie sehe. Und dann erst Opa ..." „Der Alte ist wirklich zum Kotzen, ich weiß. Aber irgendwann stirbt auch der letzte reaktionäre Rentner. Du, aber noch eine Frage." Sie sah ihn ernst an. „Was war denn das für eine Aussage, weshalb ihr heute diesen Streit hattet, und was willst du nicht zurücknehmen?" Chris dachte lange nach. „Wir waren vor einigen Wochen abends bei Theo und Lona, deine Mutter wollte es so, weil Lona angeblich Probleme mit Theo hatte. Wir saßen also da und hörten ihr zu, als Theo plötzlich die Treppe herunterkam, er sah fürchterlich aus, war voller Wunden im Gesicht und bewegte sich ganz langsam, wie ein alter Mann. Ich fragte, ob bei ihm alles okay wäre, und auf einmal sagte er regelrecht qualvoll: Lona schlägt mich. Ich war total entsetzt, konnte kaum reagieren und dann nahm Lona ihn schon am Arm und führte ihn die Treppe hoch. Ja, das habe ich gesehen und deine Mutter auch. Inzwischen hat Theo jedoch bei der Polizei angegeben, er hätte sich geirrt, war gestresst, hätte das niemals gesagt, und deine Mutter hat ihm beigepflichtet. Warum auch immer. Jedenfalls geht es darum, dass ich auch meine Aussage zurückziehe, aber das hast du ja alles gehört."

„Wie seltsam ist das denn, ich verstehe das nicht." Tanja runzelte die Stirn und sah ihren Vater erschrocken an. „Irgendwas stimmt doch hier gar nicht. Warum sollte Theo seine Aussage zurückziehen? Und, das ist ja das Wichtigste, kannst du dir vorstellen, dass Lona ihn tatsächlich geschlagen hat?" Chris sah sie traurig an: „Ehrlich gesagt kann ich mir das vorstellen." Tanja wirkte entsetzt. „Und was jetzt, was machst du nun?" „Ich gehe davon aus, dass der Kommissar sich morgen wieder meldet, und ich werde bei meiner Version bleiben. Dann müssen wir weitersehen." Tanja nickte versonnen. „Warum hast du eigentlich damals Lona in deine Geschäftsleitung berufen? Ich dachte immer, sie ist wirklich irgendwie *nichts* und wird dieser Verantwortung niemals gerecht. Sie war ja auch ziemlich ungebildet, hatte keinen Esprit und …" „Ich weiß, Tanja, ich weiß. Es war einfach niemand anderer da. Das war der einzige Grund. Ich habe diese Entscheidung öfter bedauert, als du dir vorstellen kannst. Aber wir wollen nicht schlecht über die Toten sprechen. Lass uns nach Hause gehen." „Das machen wir, Papi, und danke für deine Offenheit." „Danke für einen großartigen Abend, meine Tochter."

TAG 5 DANACH

Am nächsten Morgen wartete Chris bis 10:00 Uhr, bevor er Marie anrief, denn er wusste, dass sie morgens erst einmal ihre Laufroutine und eine gute Tasse Kaffee brauchte. „Guten Morgen, Chris", rief sie erfreut ins Telefon. „Schön, dass du dich meldest. Wie geht es dir mittlerweile?" *Beschissen*, schoss es ihm durch den Kopf. „Naja, geht so, und bei dir?" „Oh, ich werde wohl in fünf Tagen endlich nach Hause fliegen und freue mich schon. Momentan beschäftige ich mich ein bisschen mit dem Fall, ich brauch Denkfutter." „So, aha." Chris klang verwirrt. *Warum beschäftigt sie sich mit dem Mord?* „Ja, jedenfalls wollte ich dich fragen, ob wir uns heute Abend treffen? Magst du?" „Heute habe ich schon etwas vor, aber jeder andere Abend bis zu meiner Rückreise ist schön." Es gab eine lange Pause. „Ich kann leider nur heute. Morgen sind wir eingeladen, danach grillt der Schwiegervater und du weißt ja, am Wochenende kann ich nicht einfach weg." Marie spürte, wie der Ärger in ihr hochkroch. Solche Situationen hatte sie tausendfach erlebt, denn wenn es darauf ankam, tat Chris genau, was Mimi von ihm erwartete, *um den Schein zu wahren*. Tja, mehr Schein als Sein, dachte Marie, wie schon immer.

„Schade, dann geht es nicht." Sie zwang sich ihren Ärger zu kontrollieren. „Ach, das ist wirklich blöd, aber vielleicht kann ich tagsüber irgendwo ein, zwei Stündchen abknapsen. Ich muss mal schauen, wie ..." „Lass es, Chris, ich bin niemand, für den man ein, zwei Stündchen abknapst. Ich hatte gedacht, unsere Freundschaft wäre es dir wert, dir ein bisschen Zeit zu nehmen, aber das ist, wie immer, nicht der Fall. Also lassen wir es sein." Marie war nun doch sehr aufgebracht. „Verdammt, Marie, warum geht es immer gleich um das Grundsätzliche? Warum stellst du immer gleich alles in Frage?" „Weil es eine grundsätzliche Frage ist, die uns bereits seit mehreren Jahrzehnten bewegt. Aber es ist genug. Machs gut, Chris." Sie beendete das Gespräch. *Das gibt es doch jetzt nicht, was ist das wieder für eine Scheiße, jedes Mal das Theater.* Wütend schlug Chris auf den Tisch und da klopfte es auch schon an die Tür: „Tach Herr Sommer, hättense kurz Zeit für mich, ich war gerade in der Gegend und dachte, ich komm mal eben vorbei." Der Kommissar lächelte breit. „Aber wenns jetzt nicht passt, kann ich auch später nochmal ..." Chris unterbrach ihn, er hatte den Besuch sowieso erwartet. „Nein, es ist in Ordnung, kommen Sie herein. Darf ich Ihnen einen Cappuccino anbieten?" „Och danke, ich muss ein bisschen langsam machen wegen dem hohen Blutdruck." Umständlich setzte sich Schorsch hin. „Also, warum ich da bin, ja, es geht nochmal um Ihre Aussage bezüglich dem Abend, als Sie bei der Familie Buk waren. Sie hatten ja gesagt, dass Sie in der Küche waren mit Ihrer Frau und dem Opfer und dass dann der Mann vom Opfer die Treppe runterkam und ziemlich lädiert aussah und nach Ihrer Nachfrage meinte, vom Opfer geschlagen zu werden, ist das richtig?" Für einen Moment schloss Chris die Augen. Wenn er jetzt auf der Wahrheit bestand, würde er die nächsten Monate, wenn nicht vielleicht Jahre, den maximalen Ärger mit Mimi und dem Alten haben. Er hätte keine ruhige Minute mehr, denn er wusste, wie nachtragend und hässlich beide sein konnten. Ja, und wenn Theo selbst seine Aussage zurückgezogen hatte, warum sollte er sich das nun aufhalsen? Vorsichtig klopfte sein Gewissen an, aber er brachte es sofort zum Schweigen: *Ich kann dieses Drama nicht aushalten, es wird mir alles zu viel, ich kann diese Gemeinheiten und das Gejammer nicht jeden Tag haben.* Chris räusperte sich: „Wissen Sie, Herr Leonhardt, als wir uns zu diesem Gespräch trafen, war ich ziemlich durcheinander. Ich glaube, ich hatte auch noch viele Medikamente im Körper und war vollkommen unausgeschlafen. Ich glaube, ich habe da so einiges durcheinander gebracht, war wohl nicht sehr fokussiert. Also, was ich sagen will, ist, dass ich wohl Blödsinn erzählt habe, wahrscheinlich hatte ich nach dem Schock und den vielen Tabletten zeitweise eine Art Realitätsverlust." Mit offenem Mund sah Schorsch ihn an. „Häh, was jetzt? Was wollense damit sagen?" „Ja, also dass die Aussage, nach der Sie mich eben fragten, falsch war, dass ich irgendwie benebelt war. Also, ich will die Aussage zurückziehen." Langsam lief das Gesicht des Kommissars weinrot an, er keuchte: „Waaas??? Sind denn hier alle total verrückt geworden? Sagense mal, wir sind hier nicht in Ihrer Pfeifenfirma, wo jeder macht, was er will. Das hier sind polizeiliche Verhöre, verstehnse das?" Nun schrie er: „Sie können nicht beliebig Ihr Fähnlein nach dem Wind drehen, ist das klar? Ich frage Sie jetzt noch ein letztes Mal: Stimmte Ihre Aussage oder stimmte sie nicht?" Chris senkte den Kopf. „Und sehense mich gefälligst an, wennse mit mir reden!", brüllte der Kommissar. „Sie stimmte nicht."

Schwerfällig erhob sich Schorsch, er musste sich am Tisch festhalten, weil ihm so schwindelig war. „Wir hören voneinander", sagte er tonlos und verließ das Büro.

Ooohh Chris, du kleiner Loser, schon wieder gekniffen. Die Stimme bohrte sich durch sein Herz. Plötzlich stand Gisela im Büro: „Hast du gar nicht mein Klopfen gehört? Wir warten schon alle auf dich, jetzt ist doch Betriebsversammlung. Kommst du?" *Auch das noch. Aber gut, wenigstens kann ich mich jetzt ablenken.* Chris ging zum Besprechungsraum, es waren tatsächlich schon alle da, die Kaffeemaschine brummte. „Hallo Leute und danke, dass ihr hier seid. Die letzten Tage waren sehr schwer für uns alle und ich bedanke mich auch für euer großartiges Engagement für diese, ähm, sagenhafte Gedenkveranstaltung, ich ..." „Lona hat es bestimmt im Himmel gesehen." Schluchzend hielt Gisela ein Foto in die Luft. „Äh, ja, bestimmt. Nun, aber jetzt kommen noch einmal herausfordernde Tage auf uns alle zu, denn wir müssen das Vergangene verarbeiten und in die Zukunft blicken. Ich sage es nicht gerne, aber unsere Zahlen sind momentan nicht gut. Es wurde zu viel experimentiert, Zeit und finanzielle Mittel gingen verloren und leider fehlt uns der Auftragseingang. Aufgrund der erschütternden Ereignisse mussten wir unseren Pitch, der für Montag geplant war und der sehr wichtig gewesen wäre, absagen. Jedoch fehlt uns ein Ersatz. Ja, und hier kommt ihr ins Spiel, denn ich brauche nun eure kreativen Ideen, eure Erfahrung, euer Knowhow. Was könnt ihr euch für die kommenden Wochen vorstellen, welche Ideen habt ihr?" Erwartungsvoll sah Chris in die Runde. Alle sahen vor sich auf den Tisch, es war still. „Aber ihr habt doch bestimmt den einen oder anderen Geistesblitz, Leute?" Er wurde nervös. „Also meinst du nicht, das ist jetzt ein bisschen zu früh nach dieser Katastrophe? Ich muss mein Team nun erst einmal beruhigen und abholen. Hier sollten wir mit viel Fingerspitzengefühl vorgehen." *Michi mit der Teamkeule, schon wieder.* „Das ist ja ganz klar, das versteht sich von selbst, aber es hat auch keinen Sinn, in Trauer zu verharren, und wir haben ein Geschäft zu stemmen." Langsam klang Chris gereizt. „Jaja, aber die Frage ist doch sowieso, wie lange wir uns als Marketingagentur überhaupt noch halten können. Ich meine, jetzt sind wir ja die *Agentur des Grauens*, zumindest die Bild-Zeitung sieht das so." Selbstgefällig grinste der eitle Julian in die Runde, verhaltener Beifall ertönte. „Jaaa, wahrscheinlich geht sowieso alles den Bach runter, und ich hab gerade erst gebaut." „Karl-Egon, beruhige dich, das wird schon. Du siehst, Chris, hier ist noch einiges zu tun, bevor wir überhaupt wieder an Arbeit denken können." Michi nickte, er fühlte sich bestätigt. „Ja, und dann vermissen wir Lona doch sooo, das findest du doch auch, Trine, und alle anderen, oder?" „Auf jeden Fall, Gisela" kam es zurück im Chor. „Okay, ich verstehe euch und wir vertagen uns auf kommende Woche." Resigniert verließ Chris den Raum. *Das kann doch alles nicht wahr sein. Oh, wie gerne würde ich jetzt mit Marie reden, sie hätte bestimmt eine Idee.* Mit hängendem Kopf machte er sich auf den Weg zu seinem Büro.

Marie indes war auf dem Weg zu Trude und Schorsch. Sie hatte unterwegs einen hübschen Blumenstrauß für Trude und einen Frühstücksgutschein eines opulenten Hotels für die beiden gekauft. *Da können sie sich zusammen so richtig verwöhnen lassen*, dachte sie und freute sich. Vor einem weitläufigen Grundstück mit parkähnlichem Garten blieb sie verwundert stehen. *Meine Güte, ist das schön hier. Der Garten ist ein Traum, so geschmackvoll und gepflegt, das muss ich mir gleich genauer ansehen.* Sie klingelte. Sogleich öffnete sich die Tür und Trude kam lächelnd auf sie zu. *Sie hat einfach eine natürliche Eleganz*, dachte Marie bewundernd, *und sie sieht so schön aus.* „Hallo, liebe Marie, ich freue mich, dass du da bist." Trude zog sie in die Arme und Marie registrierte den pudrigen Duft von Chanel. „Ich freue mich auch sehr, hier sein zu dürfen. Diese Blumen habe ich dir mitgebracht." Trude strahlte. „Danke, die sind wunderbar, genau mein Geschmack, aber komm doch herein." „Trude, ich würde mir so gerne euren Garten ansehen, kannst du ihn mir vielleicht zeigen? Ich liebe Gärten und dieser hier sieht fantastisch aus." „Sehr gerne, meine Liebe. Ja, der Garten ist meine Passion und vielleicht passt es gut, wenn ich ihn dir jetzt zeige. Schorsch ist in einer furchtbaren Verfassung, seine Laune ist katastrophal. Irgendetwas ist heute vorgefallen, aber er möchte nicht darüber sprechen und wurstelt jetzt im Garten herum. Aber du wirst ja sehen." Sie betraten das Haus und Marie staunte: Hier war genau die richtige Balance zwischen Stil, Wohlfühlen und Geschmack getroffen. Die Räume strahlten eine helle Weitläufigkeit aus, waren recht spärlich möbliert und trotzdem überaus behaglich. „Lass uns in die Küche gehen, ich möchte erst einmal die Blumen versorgen." Trude fasste sie leicht am Arm. „Wow Trude, was für eine Traumküche! Das ist ja wie bei Schöner Wohnen!" Marie wandte sich lachend um. „Ja, es ist wirklich wunderbar. Ich habe das Haus und den Garten konzipiert, das war schon immer mein Hobby. Naja, und nach Lisa habe ich mich vor allem im Garten verkrochen." Sie seufzte. „Aber wir sehen uns gleich alles an. Darf ich dir ein Gläschen Sekt anbieten?" „Oh, so gerne. Darf ich mich hier an die Bar setzen?" Trude hantierte in der Küche und Marie betrachtete begeistert die Einrichtung, die vielen Pflanzen am Fenster, den Blick in den großen Garten und fühlte sich heimelig. Sie hatte keine guten Kindheitserinnerungen, keine liebevolle Mutter erlebt, war letztendlich sich selbst überlassen aufgewachsen und so gab es ihr immer einen winzig kleinen Stich, wenn sie liebevolle Familien sah. *Aber auch diese liebevolle Familie hat ein Kind verloren*, dachte sie traurig. „Magst du nach draußen gehen?" Erwartungsvoll stand Trude mit zwei Gläsern Sekt vor ihr. „Natürlich, ich bin schon sehr gespannt." Marie hakte sich bei Trude unter. „Ich habe den Garten nach dem Vorbild von Sanssouci angelegt, natürlich ist das hier ein bescheidenes Pendant. Was mir jedoch wichtig war, sind die verschiedenen Ebenen, siehst du?" Marie war Berlinerin, sie liebte Sanssouci, das Schlösschen des großen Friedrich, und hatte viele Stunden voller wunderschöner Erinnerungen an den Park. Und tatsächlich hatte Trude vier verschiedene Ebenen in ihren Garten eingezogen, die ähnlich wie in Potsdam einen terrassenförmigen Charakter ergaben. „Die erste Terrasse hier oben, das siehst du, ist sozusagen den schönen Künsten vorbehalten. Hier duftet und blüht alles und soll natürlich vor allem hübsch aussehen." Marie sah eine überbordende Fülle an Jasmin, Rosen, Lavendel, Rosmarin und Olivenbäumen. Es duftete betörend, Schmetterlinge und Bienen flogen umher, überall zirpten Vögel. „Und jetzt gehen wir herunter zur zweiten Ebene. Das ist mein Mittelmeer- und Kräutergarten." Staunend sah Marie gewaltige Kakteen umrahmt von mächtigen Salbeibüschen, Palmen jeglicher Größe und Form, Bananenpflanzen, Kräuterbeete, Orangen- und Zitronenbäume. „Oh Mann", entfuhr es ihr. „Sowas habe ich ja noch nie gesehen! Und wie die Luft duftet! Das ist einmalig, wirklich unglaublich." Sie küsste Trude vor Begeisterung auf die Wange. „Ja, aber lass uns weitergehen. Die dritte Ebene ist mein Gemüsegarten. Es klingt lustig, aber wir waren schon Selbstversorger, bevor irgendjemand dieses Wort überhaupt benutzte. Mit diesem Gemüse hier leben wir das ganze Jahr hindurch und wir haben sogar noch die Möglichkeit, es drei bis vier anderen Familien zu spenden. Darauf bin ich schon ein bisschen stolz." „Oh, wem spendet ihr es denn?" „Weißt du, Marie, nachdem Lisa starb, habe ich mich in diesem Garten verkrochen, das sagte ich ja schon. Ich denke, die Natur war vermutlich meine Rettung, und ich habe hier gearbeitet und gearbeitet. Eines Tages, vor einigen Jahren, klingelte es plötzlich an der Tür. Als ich öffnete, stand dort Sahim. Er war kurz zuvor mit seiner Familie aus Syrien geflohen und suchte Arbeit. Irgendjemand hatte Schorsch angesprochen und der hatte ihn zu mir geschickt. Seither hilft er mir mit dem Garten und ich helfe ihm und anderen Familien mit Obst und Gemüse aus. Normalerweise haben wir jeden Juli ein großes Sommerfest und alle kommen. Wir braten dann ein Lamm und jeder bringt etwas zu essen mit, es ist wirklich wundervoll. Inzwischen hat Sahim endlich eine gute Arbeit gefunden, er ist Ingenieur und es hat ewig gedauert, bis er eine Arbeitserlaubnis bekommen hat. Aber trotzdem kommt er regelmäßig vorbei und hilft mir. Inzwischen ist er mein bester Freund, ich schätze ihn über alle Maßen." *Nichts ist, wie es scheint. Was für außergewöhnliche Menschen.* „So, und jetzt zeige ich dir die vierte Ebene, hier komplettiere ich sozusagen meinen idealistischen Anspruch." Sprachlos betrachtete Marie das Bild, das sich ihr bot: Hühner pickten im Gras, zwei Ziegen, eine Kuh und zwei Schweine dösten faul in der Sonne, drei Schafe weideten etwas weiter entfernt. Sie registrierte einen kleinen Teich mit Enten, eine Katze lag träge am Uferrand, ein Hund betrachtete das Treiben aus einiger Entfernung. „Was du hier siehst, liebe Marie, ist mein Gnadenhof. Außer den Hühnern, die jeden Tag mindestens zehn Eier legen, hat kein Tier eine *Funktion.* Ganz im Gegenteil. Ich habe sie gefunden, sie haben zum Teil in bitterlichen Verhältnissen existiert und nun haben sie hier einen fried- und freudvollen Lebensabend." Strahlend sah sie Marie an: „Das ist mein Lebenswerk, ich liebe es und es hat mich und vielleicht auch das ein oder andere Tier gerettet." Marie schluckte, die Tränen schossen ihr in die Augen. Wie war das möglich? Dass ein Mensch nach einem derartigen Verlust so etwas erschaffen konnte? Sich gegen Hass, Zorn, die äußerste Verzweiflung, die dunkelste Stunde, den grausamsten Moment der eigenen Existenz stemmen konnte, um ein kleines Wunder zu vollbringen. Als Marie Trude in die Arme nahm, liefen beiden Frauen Tränen über das Gesicht.

„Wasn hier los, warum wird denn jetzt geheult?" Schnaufend näherte sich Schorsch, riesige Schweißflecken zeigten sich unter beiden Armen. „Liebling, ich habe Marie nur den Garten gezeigt, das ist alles." Trude strich ihm über den Arm. „Ja, das kann ich nur hoffen, Mädels, weil ich hab heute genug zu heulen gehabt, warn Scheißtag. Ich zieh mich mal um

und dann treffen wir uns im Arbeitszimmer, Mariechen. So."
Er stapfte davon.

„Danke, Trude, für die Gartenführung. Ich habe sowas noch
nie gesehen. Du bist eine Visionärin." „Naja, lass mal." Trude
errötete. „Aber ich freue mich, dass es dir gefällt."

Wenig später saß Marie einem grollenden Schorsch im Arbeitszimmer gegenüber. „Ich habe euch einen Eistee zubereitet,
aber jetzt gehe ich lieber." Leise schloss Trude die Tür. „Was ist
denn heute passiert, warum bist du so außer dir, Schorsch?"
„Ehrlich Marie, ich platze gleich. Das habe ich in mehr als 50
Jahren Polizeiarbeit nicht erlebt. Der kleine Mann behauptet
plötzlich, dass er *nie* gesagt hat, dass seine Frau ihn schlägt,
dein komischer Chris widerruft seine Aussage mit der Begrün-
dung, er war zu sehr durcheinander, und diese Mimi weiß ganz
genau, dass diese Anschuldigungen damals in der Küche überhaupt nicht stattgefunden haben. So." Er schwieg erschöpft.
Marie dachte nach: „Hast du eine Idee, warum das so ist?"
„Nee, aber lass uns jetzt mal methodisch vorgehen. Lass uns
die ganze Sache von Anfang an betrachten und dann gucken
wir weiter." Sie diskutierten eine Weile. „Schorsch, wir haben
jetzt alles durchgespielt und die offene Frage ist doch weiterhin, warum Chris und Theo ihre Versionen revidieren, wobei
wir die Ursprungsversion ja nur von Chris haben. Er ist der Einzige, der die Aussage des Schlagens getroffen hat. Jetzt leugnet er das. Mmmh, ich kann mir vielleicht vorstellen, warum.
Seine Frau und der Schwiegervater sind unglaublich auf ihre
Außenwirkung bedacht." Schorsch schnaubte: „Na, so wie die
Quengelliese aussieht, würd man das nicht glauben, aber mach
weiter." „Ich kann mir ganz gut vorstellen, dass Chris dem Drama, das sich gerade entfaltet, aus dem Weg gehen will. Weißt
du, so nach dem Motto: Er hat diese Aussage getroffen, alles
schaut auf ihn, die Presse spielt verrückt, seine Familie dreht
durch." „Ja, aber das ist noch lange keine Grund, eine getroffe-
ne Aussage zurückzuziehen. Hat der Mann denn gar keinen
Mumm in den Knochen?", knurrte der Kommissar. „Vermutlich nicht, Schorsch. Aber – das ist alles nur meine eigene In-
terpretation aufgrund dessen, wie ich die Leute hier kenne."

„Ja, Mariechen, deshalb bist du ja auch hier. Aber jetzt erzähl mal was über die Puppe, wenns geht." „So wie ich es sehe, gibt es einen Hinweis auf die Täter und das ist eben die Voodoo-Puppe. Ich habe ein wenig in diese Richtung recherchiert und zeige dir gleich mal was. Die andere Sache ist die Persönlichkeit von Lona. Ich bin ganz sicher, dass die Aussagen von Chris bezüglich des Schlagens sowie der Vergewaltigung richtig sind. Vielleicht haben wir jetzt schon eine Theorie, warum er diese Aussage zurückgezogen hat. Und dann hast du ja auch über Lonas Mutter gesprochen ..." „Ja, ich hab morgen einen Termin in der geschlossenen Abteilung der Psychiatrie hier. Hoffentlich können die mir sagen, was mit der Frau los ist." „Ich glaube, es würde uns helfen." „Was wollteste denn wegen dem komischen Puppending sagen?" „Ich habe einige Zeit in Kenia gearbeitet und auch Kunden aus anderen afrikanischen Nationen beraten. Du weißt ja bestimmt, dass Voodoo als ein sehr starker Zauber auf dem afrikanischen Kontinent gilt. Eine Voodoo-Puppe kann aber auch ein Zeichen des Triumphs darstellen, des Sieges, sozusagen. Es gab in der Vergangenheit in vielen afrikanischen Staaten Frauenarmeen, vielen auch bekannt als Amazonen. Diese Frauen galten als unglaublich brutal und mutig. In mehreren Königreichen wurden sie gegenüber den männlichen Kriegern bevorzugt, weil sie so grausam agierten und sehr widerstandsfähig waren. Naja, und häufig, wenn sie gesiegt hatten, hinterließen sie eine Voodoo-Puppe als eine Art Markenzeichen. Um zu zeigen, dass *sie* den Kampf gewonnen hatten." „Hmmm, das is interessant, das hab ich nicht gewusst. Glaubst du also, das Opfer wurde von Afrikanerinnen ermordet?" „Es könnte zumindest sein, die Puppe würde dafür sprechen." „Und diese Puppe ist das einzige Beweismittel, das wir haben, ansonsten gibt es noch nicht den Hauch einer Spur. Aber die Frage ist doch: Warum? Nur mal angenommen, das stimmt: Warum sollten irgendwelche Afrikanerinnen hier in Koblenz eine Frau abschlachten?" Schorsch sah Marie nachdenklich an. „Vielleicht war es ein Auftragsmord, Schorsch." „Tja, das kann natürlich sein, aber die Frage stellt sich: Wer hat den in Auftrag gegeben? Und dann mit so einer exotischen Mordtruppe ..." „Ich weiß nicht, aber ich habe den Eindruck, das hängt ganz eng mit den zurückgezogenen Aussagen zusammen." „Ja, das glaub ich auch. Lass uns jetzt mal ne Pause einlegen, Mariechen, ich muss nochn bisschen denken. Und dafür brauch ich einen Happen zwischen den Zähnen." „Klar, Schorsch, ich freue mich auch schon auf das Essen." Marie grinste.

Als sie ins Esszimmer kamen, erwartete sie bereits ein üppig gedeckter Tisch. „Da seid ihr ja, ich wollte euch gerade rufen." Trude freute sich. „Setzt euch mal hin, die Vorspeise kommt sofort." „Kann ich dir nicht irgendetwas abnehmen?" „Nein, lass mal, Marie, es geht gleich los." Beschwingt stellte Trude eine Vorspeisenplatte auf den Tisch: Gemüsebruschetta, eingelegte Antipasti, Burrata mit Pesto, Pastrami, Parmesan, selbstgebackenes Brot, Schmand ... Marie konnte sich nicht erinnern, wo sie jemals eine solche Vorspeisenfülle gesehen hatte, und alles war wunderhübsch präsentiert. „Lasst es euch schmecken, ihr Lieben." Lächelnd stieß Trude mit einem Glas Champagner an. Unter Gelächter, mit vielen Geschichten und kleinen Neckereien kosteten sie sich durch die Vorspeisen. „Oh Trude, das ist so unglaublich köstlich, ich danke dir." Marie hielt sich den Bauch. Kein Wunder, dass Schorsch so beleibt war. „Warte erstmal auf das Hauptgericht, ich hole es eben aus dem Ofen." Kurz danach erschien Trude mit verschiedenen weiteren Platten. „Hier haben wir nun ein schönes Filet Wellington mit einer selbstgemachten Béarnaise, gratiniertem Spargel, feinen Bohnen aus dem Garten und Pommes Dauphine. Bedient euch doch bitte." „Das ist ja besser als jedes Spitzenrestaurant!" Marie schlug die Hände über dem Kopf zusammen. „Siehste, sag ich dir doch, Mariechen, da hab ich dir nicht zu viel versprochen, oder?" Der Kommissar wirkte äußerst zufrieden. „Dann lang mal kräftig zu Mädel, und ich mach noch den Wein auf, weil Durst ist schlimmer wie Heimweh." Genüsslich kauend fragte Marie: „Sag mal, Schorsch, wenn du jetzt Teilzeit arbeitest, was machst du denn in deiner freien Zeit eigentlich, ich meine, außer im Garten zu graben?" „Da wirste jetzt aber staunen: Ich bin Mitglied der Koblenzer Theaterwerkstatt. Wir füh-

119

ren zweimal im Jahr ein Stück auf und proben dafür dreimal die Woche." Dramatisch erhob er sich und deklamierte düster: *„Zu Dionys dem Tyrannen schlich Damon, den Dolch im Gewande. Ihn schlugen die Häscher in Bande. Was wolltest du mit dem Dolche, sprich! Entgegnet ihm finster der Wüterich. Die Stadt vom Tyrannen befreien! Das sollst du am Kreuze bereuen.*" Mit offenem Mund sah Marie Schorsch an, während Trude lachend unterbrach. „Genug, Liebling, setz dich mal wieder." Und an Marie gewandt: „ Er kennt die ganze *Bürgschaft* auswendig und das *Lied von der Glocke* und den *Zauberlehrling*. Du siehst also, wir müssen ihn rechtzeitig zum Schweigen bringen." Stolz setzte sich Schorsch wieder. „Ja, im Auswendiglernen hat mir noch keiner was vorgemacht. So. Ich nehm noch ein bisschen Fleisch, Trudilein." Schmatzend widmete er sich seiner Portion, stieß sanfte Rülpslaute aus und wirkte behaglich. „Noch ne Frage, Mariechen. Warum biste eigentlich seit Jahr und Tag mit diesem Chris befreundet? Also, ihr seid so verschieden und die Familie kann dich nicht ausstehen, warum haste dem so viele Jahre die Stange gehalten?" Marie zögerte: „Weißt du, das habe ich mich auch öfter gefragt, aber ich denke, wir sind uns eigentlich sehr ähnlich, vielleicht ist er wie ein kleiner Bruder für mich. In der Vergangenheit habe ich immer versucht ihn zu retten, aber das ist ja Quatsch." „Nee, isses nicht, ham wir ja gesehen. Auch diesmal wolltest du ihn retten, bist ja sogar nach München gefahren. Möglich, dass du das auch mal analysieren solltest." Schorsch sah unzufrieden aus. „Der Typ gefällt mir nicht, der ist so aalglatt, der legt sich nicht fest." „So, Schorsch, jetzt lass uns aber bitte in Ruhe essen, ihr könnt morgen weiterreden. Und Marie sieht jetzt ganz traurig aus, du alter Polterjochen." „Hach, das wollt ich nicht. Bitte verzeiht einem alten Schorsch." Und er nahm die Hände beider Frauen und küsste sie vorsichtig. „Gut, dann kommt das Dessert. Es gibt einen Kirsch-Clafoutis mit selbstgemachtem Vanilleeis." „Du liebe Güte, Trude, ich werde nie wieder etwas anderes essen wollen." Hand in Hand gingen die Frauen in die Küche. Schorsch genoss den Abend, das Leben, die Freude. Es war wunderbar wie lange nicht.

TAG 6 DANACH

Am folgenden Morgen machte sich der Kommissar früh mit beklommenem Herzen auf den Weg. Vor der Psychiatrie hatte er großen Respekt und er wusste nicht, was ihn erwartete. Nachdem er sich angemeldet hatte, erschien ein hochgewachsener, würdevoll wirkender Herr mit silbrigem Haar. *Ist ja wie im Fernsehen, wie son Doktor da.* „Guten Tag, Herr Kommissar, ich bin Professor Dr. Lange, der behandelnde Arzt von Frau Müller. Wenn Sie mir bitte folgen möchten." Und sie betraten ein privates Sprechzimmer. „Was kann ich für Sie tun, wie kann ich helfen?", fragte der Arzt und deutete auf eine Sitzgruppe. „Setzen Sie sich doch bitte, darf ich Ihnen etwas anbieten?" „Danke, Herr Professor. Ich bin froh, dass Sie sich die Zeit nehmen, ansonsten brauch ich nichts. Wenns geht, wüsst ich gerne mal, was mit der Mutter vom Opfer los ist und wie Sie die ganze Sache sehen. Vielleicht könnense mir das mal erklären." Lange sah in an. „Ich habe die Patientenakte hier, Frau Müller hat unterzeichnet, dass ich sie freigeben darf, auch ein Gutachter war dabei. Was möchten Sie also wissen?" Der Kommissar wirkte ratlos: „Ich weiß ja nicht einmal, warum Frau Müller bei Ihnen ist. Vielleicht könntense mir das mal alles erklären." Der Professor seufzte: „Das wird ein wenig dauern, aber selbstverständlich ist das möglich. Also gut, ich beginne: Vor gut 35 Jahren habe ich hier meine Stelle als Assistenzarzt angetreten und einer meiner ersten schweren Fälle war Marlies Müller. Sie wurde von ihrem Hausarzt mit Verdacht auf eine Psychose eingeliefert und war damals 30 Jahre alt. Wir stellten relativ schnell fest, dass sie an Schizophrenie litt und bei uns mit einem akuten Schub eingeliefert worden war." Lange schüttelte resigniert den Kopf. „Als sie kam, war sie vollkommen dehydriert, verwirrt und panisch." Der Kommissar beugte sich vor: „Ich dachte, diese Schizophrenie betrifft Ältere, und, äh, ich dachte, die Leute kommen sofort ins Heim." „Nein, das ist nur bedingt richtig. Die Krankheit ist unter anderem erblich bedingt und tritt vornehmlich zwischen dem 20. und dem 30. Lebensjahr auf. Also recht früh. Bei den meisten Patienten beginnt sie mit einer Phase der Angst, der Wahnvorstellungen, oft auch bezeichnet als ‚Stimmen hören'. Oftmals findet dann ein sozialer Rückzug statt, ein Verleugnen der Tatsachen, die ja auch nicht mehr als Tatsachen evaluiert werden können. Naja, jedenfalls kam Frau Müller hierhin. Sie war damals eine schöne Frau, eine imposante Erscheinung, doch sie war krank, wirklich krank." „Was haben Sie unternommen, was passiert dann normalerweise?" Der Arzt seufzte. „Leider gibt es bei dieser Erkrankung kein Normalerweise. Wissen Sie, man kann es nicht absehen, weil man es nicht einschätzen kann." Er schüttelte den Kopf. „ Der Fall geht mir nahe, ich betreue ihn schon seit 30 Jahren. Frau Müller und ich sind quasi miteinander alt geworden."

Oha. Das ist ja furchtbar. Aber da muss ich jetzt durch.

„Was mich noch interessiert, Herr Professor, ist, ob Sie mal die Tochter von Frau Müller kennengelernt haben?" „Ja, tatsächlich habe ich sie mehrfach getroffen." Lange schwieg und wirkte betreten. „Nun ja, also wenn ich fragen darf, wann war das denn und welchen Eindruck machte Lona auf Sie?" „Wissen Sie, Herr Leonhardt, ich bin da tatsächlich zwiegespalten. Aber ich berichte: Das erste Mal traf ich Lona, als ihre Mutter hier bei uns in der Psychiatrie war. Das Kind war damals zehn oder elf Jahre alt, sie kam mit ihrem Vater zu Besuch. Was mir damals auffiel, war die absolute Emotionslosigkeit bei Ehemann und Tochter. Die Mutter weinte, konnte sich nach dem Besuch kaum verabschieden und wirkte in ihren Gefühlsregungen wesentlich echter als der Rest der Familie." Er räusperte sich. „Wenn wir diese Art von Einweisung vornehmen, planen wir auch ein zeitnahes Gespräch mit den Angehörigen. Ja, und das hatten wir auch. Wie gesagt, ich war ein junger Assistenzarzt und ich war schockiert von dieser Familie. Der Ehemann stellte unumwunden fest, dass er ‚mit so einer Frau' nichts anfangen könne. Ja. Und das Kind." Der Arzt schwieg und Schorsch betrachtete ihn. „Ja, das Kind war seltsam. Sie war einfach ohne Gefühl, vollkommen kalt, sie wirkte desinteressiert und wollte das alles schnell hinter sich bringen. Das war zumindest unsere Wahrnehmung, jedoch ließen wir nicht außer Acht, dass es sich auch um einen Verdrängungs- oder Abwehrmechanismus handeln konnte." Schorsch schnappte nach Luft. „Aber lassen Sie mich kurz berichten, wie es weiterging: Schizophrenie ist eine lebenslange Krankheit, die sich in Schüben äußert, die mehr oder weniger stark sein können. Als ich Frau Müller kennenlernte, litt sie an einem starken Schub. Was passiert dann? Wir stellen die Kranken medikamentös ein, versuchen es mit unterschiedlichen Therapieformen, wie Psychotherapie, Ergotherapie, Bewegung, seit neuestem auch Naturempfinden, und schauen dann, wie die Patienten reagieren. Auch das war bei Frau Müller so: Wir registrierten nach einigen Wochen durchaus eine Verbesserung des Befindens, der Emotionen und Wahrnehmungen. Also stand nichts im Wege, die Patientin wieder nach Hause zu bringen – selbstverständlich unter ärztlicher Betreuung. Letztendlich sind wir diesen Weg immer wieder gegangen, und wir sahen stets das gleiche Muster: Nach einigen Wochen daheim kam Frau Müller mit einem noch stärkeren Schub zurück zu uns. Sie erholte sich schnell und gut, doch wieder kam sie in diesen Kreislauf. Ich habe mich dann persönlich sehr intensiv mit ihr befasst, habe lange mit ihr geredet und versucht, den *Grund* ihrer Misere zu finden." Er sah still vor sich hin. „Ich denke, der Grund war Gaslighting. Ich meine, der Grund neben der Schizophrenie. Oder vielleicht der Grund für den Ausbruch der Schizophrenie. Ich weiß es nicht." Schorsch schwieg, er fühlte sich demütig und klein. Endlich begann er zu sprechen. „Herr Professor, Sie haben hier nur einen alten Hansel vor sich sitzen und ich versteh nicht alles. Könntense mir sagen, was es mit dieser Gas-Geschichte auf sich hat?" „Ach ja, entschuldigen Sie. Gaslighting. Der Begriff kommt von einem Film aus den 50er Jahren und er handelt davon, wie ein Mann seine Frau beinahe um den Verstand bringt, weil er verschiedene Gaslichter im Haus entzündet und sie dadurch täuscht. In der Psychiatrie heute bedeutet ‚Gaslighting' dass ein Mensch sein Gegenüber manipuliert durch Fehlinformationen, bewusste Grenzüberschreitungen, emotionale Verletzungen, bis das Gegenüber beginnt, an der eigenen Wahrnehmung, an den eigenen Emotionen zu zweifeln. In der Folge sehen wir sozialen Rückzug, Angst oder gar Panik, Scham, Depressionen bis hin zu Suizid." Der Arzt senkte den Kopf. „Vielleicht können Sie sich nun vorstellen, was so etwas mit einer Person macht, die an Schizophrenie erkrankt ist."

Schorsch schwieg erschrocken. Worauf war er hier gestoßen? Das war die Büchse von irgendwas, das hatte er einmal gelesen. Ja, die Büchse der Pandora. *Jetzt muss ich mich erstmal sammeln. Wenn Marie nur hier wäre, sie könnte die richtigen Fragen stellen.*

Er räusperte sich: „Also, Herr Professor, wenn ich Sie richtig verstehe, hat Frau Müller nicht nur diese Krankheit, sondern sie wurde auch dieser Sache, diesem Gas-Ding, ausgesetzt. Und jetzt sagen Sie mir bitte ganz klar: Wer hat das getan? Wer hat die Patientin unter Druck gesetzt?" „Wir nahmen damals an, es war die Tochter, Lona. Wissen Sie, Gaslighting ist im Normalfall schon schwer nachzuweisen, handelt es sich jedoch – wie in diesem Fall – um ein Opfer mit schwersten psychischen Einschränkungen, ist es beinahe unmöglich. Wir haben also mehrfach das Gespräch mit Vater und Tochter gesucht mit dem Ergebnis, dass das Kind sich uns komplett entzog. Der Vater behauptete, seine Tochter leide plötzlich an Alpträumen, weine ständig, und er suchte die Schuld bei uns. Schließlich brach er die Gespräche ab." Der Professor wirkte abwesend. Schorsch schluckte und fragte schließlich mit belegter Stimme: „Und was passierte dann, was habense in dem Dilemma gemacht?" „Ja, es war sehr schwierig, denn wir hatten keine Handhabe. Wir hatten lediglich Beobachtungen, Vermutungen und wir wussten natürlich auch nicht, inwieweit wir der Wahrnehmung von Frau Müller trauen sollten. Nachdem wir aber den eben beschriebenen Kreislauf nicht unterbrechen konnten, bemühten wir uns, für die Patientin einen Platz im Betreuten Wohnen des ASB zu finden, was uns schließlich auch gelang." „Das ist der Samariterbund, oder?" „Richtig. Frau Müller wirkte sehr erleichtert und der Ehemann als ihr gesetzlicher Vormund unterschrieb sofort." Lange seufzte. „Und ganz offensichtlich hatten wir Recht behalten, denn die Anzahl und Schwere der schizophrenen Episoden verringerte sich drastisch, Frau Müller war – natürlich mit medikamentöser Unterstützung – manchmal jahrelang ohne Schub. Tja, und den akuten Schub erlitt sie, als sie die furchtbaren Schlagzeilen über den Mord an ihrer Tochter sah. Trotz aller Vorsichtsmaßnahmen war ihr wohl eine Zeitung in die Finger geraten." Der Arzt seufzte wieder und beide schwiegen. „Ja also, Herr Professor, könntense trotzdem nochmal was sagen zu diesem Gas, also zu diesen Manipulationen. Es ist doch sicher nicht normal, dass ein kleines Kind sowas macht, oder? Ich mein, auch wennse das nicht ganz genau wissen, also nur so als Annahme." „Nein, natürlich ist das nicht die Norm. Es gibt eine Reihe von Persönlichkeitsstörungen, die in Verbindung mit Gaslighting gebracht werden, und eine ist die sogenannte narzisstische Persönlichkeitsstörung. Wenn Sie möchten, erkläre ich sie Ihnen ganz kurz und oberflächlich. Aber natürlich können Sie sich selbst gerne damit weiter vertraut machen." Erwartungsvoll sah Lange den Kommissar an. „Das ist famos von Ihnen, Herr Professor. Bitte fangense an." Erwartungsvoll rückte Schorsch bis an die Stuhlkante und faltete die Hände. „Das ist jetzt allerdings nur die allerkürzeste Variante, wie gesagt. Ich beginne: Die narzisstische Persönlichkeitsstörung, kurz NPS, ist eine klassifizierte psychische Erkrankung, die sich vermutlich bereits in der Kindheit oder sogar frühen Kindheit manifestiert. Gründe können einerseits Vernachlässigung der Eltern oder direkten Bezugspersonen sein oder gerade das Gegenteil, also eine extreme Überbehütung des Kindes, häufig verbunden mit der Projektion eigener Träume und Lebensziele auf das Kind." Schorsch sah verwirrt aus. „ Was meinense denn jetzt damit? Also wenn ein Kind vernachlässigt wird, aber genauso wenn es zu viel von allem kriegt und die Eltern ihre eigenen Träume auf das Kind übertragen, kann das zu dieser Störung führen?" Der Professor rieb sich die Hände. „Hervorragend, Herr Leonhardt, genau so habe ich das gemeint. Aber nun weiter: Ich muss allerdings anmerken, dass die Forschung diesbezüglich noch sehr theoretisch und gelegentlich spekulativ wahrzunehmen ist. Ein wenig einfacher wird es, wenn wir auf die Symptomatik schauen: Menschen mit NPS leiden nachgewiesenermaßen an mangelnder Empathie, sie haben ein stark reduziertes bis nicht vorhandenes Einfühlungsvermögen. Auch andere Emotionen wie Traurigkeit, Glück, Freude und Mitleid werden kaum empfunden. Kognitiv erkennt die Person die Emotionen bei anderen, sie kann sie jedoch nicht emotional nachvollziehen; aus diesem Grunde neigen NPS-Patienten oft dazu, diese Emotionen nachzuspielen, um gesellschaftlich anerkannt zu sein, was zum nächsten Punkt führt: Gesellschaftliche Anerkennung, eine hohe Reputation, eine fabelhafte Karriere sind im Allgemeinen Grundbedürfnisse dieser Menschen und sie gehen dafür durchaus rücksichtslos mit ihrem Umfeld um. Lügen, Täuschungen, Manipulationen, Gaslighting etc. sind hier Begleiterscheinungen. Weiterhin führt die Persönlichkeitsstörung häufig zu einem absolut unangemessenen Verhalten gegenüber Kritik und Ablehnung, die häufig in cholerische Wutanfälle und sogar Gewalt mündet. Normalerweise wird der ‚Gegner' kleingeredet, abfällig und hasserfüllt behandelt, in den Schmutz gezogen. Naja, und Gewalt wird häufig auch dann eingesetzt, wenn ein begehrtes Objekt keine Gegenliebe aufbringt." Inzwischen war Schorsch vor Anspannung fast von der Stuhlkante gerutscht, sein Gesicht war gerötet und Schweißperlen hatten sich auf seiner Stirn gebildet. „Herr Professor, nun hab ich nur noch eine Frage, denn in diesem kurzen Vortrag habense Lona Müller beschrieben. Hatte sie diese Störung?" „Das ist die Frage, Herr Kommissar. Und ich kann sie Ihnen nicht beantworten. Nicht mit Sicherheit. Ich denke, ja. Und ich denke, dass sie ihre Mutter auf dem Gewissen hatte. Aber da ich sie niemals wirklich untersuchen konnte, nur wenige Gespräche mit ihr führte, als sie noch sehr jung war, kann ich das nicht wirklich behaupten. Wie gesagt, ich nehme es an, ich glaube es. Aber Glaube hat in der Wissenschaft wenig zu suchen."

„Das ist ja zum Mäuse melken", murrte der Kommissar und errötete sogleich, als er den belustigten Blick des Professors sah. „Ja, also ich mein nur. Wenn wir das jetzt wirklich wüssten, dann wär mir sehr geholfen. So. Also die Mutter können wir nicht befragen, das ist wohl auch nicht so hilfreich, das versteh ich. Aber was ist eigentlich mit dem Ehemann? Den hattense gar nicht mehr erwähnt." „Nun ja, er ist hier nie wieder aufgetaucht, wir hatten dann einen Fürsorger vom Amt bestellt. Letztendlich haben wir erfahren, dass er vor zwei Jahren verstorben ist. Krebs." „Auch da ist also nix mehr zu holen", murmelte Schorsch enttäuscht. „Aber egal. Sie haben mir heute unglaublich geholfen, sehr geehrter Herr Professor, und dafür danke ich Ihnen sehr. Ich muss jetzt mal nochn bisschen denken, aber wenn ich noch Fragen hätte, dürfte ich dann ...?" „Selbstverständlich, Herr Kommissar. Es hat mir auch gutgetan, einmal darüber reden zu können. Ich wünsche Ihnen viel Erfolg und Sie sind jederzeit herzlich Willkommen. Auf Wiedersehen." Und er gab ihm seine feingliedrige Hand.

Nun hastete der Kommissar den Gang hinunter, das Telefon schon am Ohr: „Marie, ah da bist du. Kannst du gleich in mein Büro kommen? Ich muss unbedingt mit dir reden, ich glaub wir haben einen Durchbruch." „Ich bin in 20 Minuten da, bis gleich."

Schorsch schoss durch die Straßen, sein Hirn stellte alle möglichen Verbindungen her, sein Herz vollführte Kapriolen, er war voller Adrenalin.

Tief atmend setzte er sich schließlich an seinen Schreibtisch, jetzt erst mal ein Glas Wasser. Da klopfte es schon an die Tür. *Nanu, Mariechen ist ja in Schallgeschwindigkeit da*, und er rief erfreut: „Herein, bitte."

„Ja guten Tag auch, der Herr Kommissar." Schorsch hustete. Brauneck. *Hab ich nicht gesagt, dass der auf gar keinen Fall hier rein kommt?!*

„Ich wollte ja einmal bei Ihnen vorbeischauen wegen des furchtbaren Mordes, das ganze Land, was, ganz Europa schaut auf uns! Was tun Sie denn überhaupt?! Meine Tochter teilte mir bereits mit, dass hier ALLES schiefläuft. So geht das nicht, guter Mann. Mit Schwätzen gewinnt man keinen Krieg. Wird Zeit, dass jemand das koordiniert. Sie haben Glück, dass ich mich bereit erkläre. Auch aus persönlichen Gründen. Das Opfer war schließlich die beste Freundin meiner lieben Tochter. Also: Wie geht es nun weiter? Erfolge haben Sie ja nun noch immer nicht zu verzeichnen." Schorsch holte tief Luft: „Herr Brauneck. Wir sind bestens organisiert und wir brauchen Ihre Unterstützung nicht. Lassense mal gut sein, machense weiter in Ihrem Ruhestand und wenn Ihnen langweilig ist, gehense doch mal in den Golfclub oder was weiß ich wohin. Aber nervense mich hier nicht, habense verstanden?!"

„Hallo Schorsch", beschwingt trat Marie in den Raum, den Arm voller Blumen. Sie eilte zum Kommissar und drückte ihm einen Kuss auf die Wange. „Die Blumen sind für dich, weil dein Büro doch so langweilig ist. Ich habe sie unterwegs gesehen und alle gekauft."

„Du schon wieder, Marie. Was machst du hier eigentlich überall? Ich wüsste nicht, wer dich brauchen kann." Brauneck sprach mit eisiger Stimme. „Ach, Sie schon wieder, Herr Hochwohlgeboren. Ich habe einen Termin mit dem Kommissar, geht das in Ihren borniertem Schädel?" Brauneck sah sie hasserfüllt an. „Du bist wirklich das frechste, unverschämteste Ding, das mir jemals untergekommen ist." „Das glaub ich gerne, Herr Funktionär." Marie entging nicht die Wirkung ihrer Worte auf Brauneck. „Ich gehe. Ich sehe schon, für anständige Menschen ist hier kein Platz." „Schwarzbraun ist die Haselnuss, schwarzbraun so wie ich ..." Marie sang aus vollem Halse und der Kommissar hielt sich lachend den Bauch. „Unmöglich bist du, wirklich unmöglich." Marie war plötzlich ganz ernst. „Nein, Schorsch, das stimmt nicht. Unmöglich sind diese Leute. Unmöglich ist deren Gedankengut. Merkt das hier eigentlich irgendjemand?" „Warum haste ihn eigentlich Funktionär genannt?" „Na, weil er bei dieser feinen rechten Partei, deren Name ich nicht nennen will, weil ich Scheiße nicht in den Mund nehme, eine leitende Stellung hat." Schorsch sah sie traurig an: „Ich kann das alles kaum glauben, ich kann überhaupt nicht verstehen, warum die Dreckschleudern jetzt auf einmal so erfolgreich sind. Und dann noch hier. In dem Land, das der Welt das Fürchten gelehrt hat. Pfui Spinne." Er senkte den Kopf. Marie nahm ihn in die Arme. „Lass uns ein andermal darüber reden. Entschuldige, wenn ich mich schlecht benommen habe, aber Brauneck reizt mich bis aufs Blut." „Das versteh ich doch, Mädel. Kein Mensch braucht Leute wie den." „So, jetzt aber mal los: Warum hast du mich hierher bestellt? Ich bin sehr gespannt."

Nun fing Schorsch an zu erzählen und Maries Augen weiteten sich mit jedem Satz. „Das gibt's ja gar nicht, das ist nicht wahr, oder? Jetzt haben wir es beinahe, Schorsch." „Ja, pass auf, ich bin noch nicht fertig, da ist noch dieses Gäslaiting-Ding, also, der Arzt ..." „Du meinst Gaslighting? Ich weiß, was das bedeutet, Schorsch. Hat Lona ...?" „Ja, der Professor meinte, sie hatte ihre Mutter auf dem Gewissen. Ich erklärs dir."

Eine lange Stille folgte, Marie fragte irgendwann zögerlich: „Ich weiß nicht, was du denkst und wie ihr nun vorgehen würdet. Kannst du mir das bitte sagen?" Der Kommissar sah sie lange an. „Ich schlage vor, wir nehmen uns zehn Minuten Zeit und entwickeln unabhängig voneinander unsre Theorien und dann erzählst du mir deine und ich dir meine und dann gucken wir. Oder?" „Find ich gut. Aber ich brauche keine zehn Minuten. Du?" „Nee, eigentlich nicht. Ich muss nur mal kurz wohin und dann kanns losgehen. Brauchste noch irgendwas?" „Nein, alles okay, bis gleich."

„Also. Fang an, Marie." „Das ist jetzt natürlich nur meine Theorie, ich kann wenig beweisen, aber gut: Ich denke, dass Theo seine Frau töten ließ. Ich denke, dass er Hilfe von außen bei der Organisation des Mordes hatte. Ich bin relativ sicher, dass Theo geschlagen wurde, dass seine Aussage damals in der heimischen Küche korrekt war. Wir können nun annehmen, dass Lona eine Persönlichkeitsstörung hatte, wir sollten uns noch ein wenig damit beschäftigen. Aber ganz klar ist, dass sie Chris gegenüber Gewalt angewandt hat, wahrscheinlich auch Theo gegenüber. Die Zusammenfassung, die du mir heute von diesem Professor gabst, ist für mich komplett nachvollziehbar und es ist mir noch etwas Wichtiges eingefallen: Als ich in

Chris' Firma arbeitete, erlebte ich irgendwann viele unangenehme Dinge: Ich wurde im Netz plattgemacht, verleumdet, die Leute sprachen immer weniger mit mir. Aber das war erst, als Lona wieder in der Firma war, nach ihrem Mutterschutz. Ich meine, sie hat mich während ihres Mutterschutzes schon regelmäßig beleidigt, angezweifelt und was auch immer, aber richtig eklig wurde es erst, als sie zurückkam. Sie hat da quasi einen widerlichen kleinen Krieg angezettelt, den ich nicht gewinnen konnte, denn sie saß ja im *Management,* und ich war nur eine kleine Selbstständige. Kurz, ich will auf Folgendes hinaus: Ihre Verhaltensweisen, ihre Gemeinheiten und so weiter decken sich komplett mit den Aussagen des Professors. Ich will noch ein bisschen googeln, aber ich denke, der Professor hat ihre Persönlichkeit gut abgebildet. Und dann ist ja noch eine Tatsache: Niemand – abgesehen von der Einweihung der Steuerkanzlei – hat jemals *gesehen,* dass Theo trinkt. Alle Aussagen, die in diese Richtung führen, waren von Lona getroffen. Weder der Arzt noch die Erzieherinnen etc. haben jemals *erlebt,* dass er trinkt. Und auch dies würde ich ganz klar in dieser Gaslighting-Richtung sehen: Sie erfand eine Story, manipulierte, setzte unter Druck. Ich weiß nicht, was dort zuhause geschehen ist, aber ich weiß, dass Theo oft sehr schlecht aussah. Er hatte wohl Verletzungen im Gesicht und am Körper. Was, wenn sie ihm die zugefügt hatte? Was, wenn sie ihr gesamtes Umfeld glauben machte, ihr Mann sei ein Säufer? Wer hätte dann noch zu Theo halten sollen außer seinen Eltern? Nun. Das ist zumindest meine Idee, lieber Schorsch."

Nach einer langen Pause nahm Schorsch einen Schluck Wasser. „Du wärst eine tolle Kriminalbeamte geworden, Mariechen. Echt. Ich denk ähnlich, aber natürlich hab ich nicht alle Details, aber dafür habe ich dich. Im Rohkonzept sind wir auf einem Weg, jetzt müssen wir nur noch ein paar Dinge klären. Und die Beweise finden, das wird hier furchtbar schwer. Vielleicht sogar unmöglich." Vorsichtig begann Marie: „Lieber Schorsch, ich bin jetzt nicht mehr so lange hier, meine Arbeit ruft und natürlich Oliver." Erschrocken sah der Kommissar sie an. „ Oha, wann fliegst du denn?" „Ja, also genau genommen übermorgen. Abends." „Schon?" Schorsch blinzelte eine Träne weg. „Nee, schon klar, du hast ja dein Leben. Aber dann lass uns bis dahin noch ein bisschen eine schöne Zeit haben und lass uns schaffen, ja?" „Na klar. Wie geht's weiter?" „Ich geh später in die MoKo und präsentiere denen unsere Gedanken. Die werden verrückt, weil wir keine Beweise haben. Na, und dann, dachte ich, wenn du magst, treffen wir uns zum Abendbrot bei Trudilein. Also, wenn du willst." „Ist das wirklich okay, Schorsch? Ich kann euch doch nicht andauernd auf der Tasche liegen und außerdem …" „Jetzt mach aber nicht andauernd son Zickentheater, so kenn ich dich gar nicht. 18:00 Uhr Abendbrot. So. Bis dann." Er gab ihr einen Kuss auf die Wange und machte sich auf den Weg zur Mordkommission.

Alle Beamten hatten sich bereits im Besprechungsraum versammelt, es herrschte eine gespannte Stille. „Guten Tag, Mo-Ko-Team. Heute möchte ich euch einige Ideen näherbringen, die ich in den vergangenen Tagen mit einer jungen Dame ausgetüftelt habe. Ja, was ist, Paul?" Der Kommissar wandte sich seinem Stellvertreter zu, der ein Handzeichen machte. „Chef, wir haben da auch etwas gefunden, das wir dir gerne zeigen würden, bevor du loslegst. Ist das in Ordnung?" „Ja klar, fangt an." Simon, ein Mitglied der Spurensicherung, stand auf: „Mittlerweile haben wir ja das Büro des Opfers komplett durchsucht und alle möglichen Papiere ausgewertet. Zu 90 % handelt es sich um Geschäftsunterlagen, jedoch gibt es auch etwas Interessantes. Ich habe die Inhalte abfotografiert und zeige sie euch jetzt." Er öffnete seinen Laptop und auf der Präsentationswand war zu erkennen, worum es hier ging. Der Kommissar schnappte nach Luft: „Das sind ja Todesanzeigen. Das sind Todesanzeigen von Marie. Also von Maries Tod. Was?!" „Ja, das dachten wir uns auch. Wir haben zehn unterschiedliche Todesanzeigen für Frau Wilsons Tod gefunden, mehrere Drohbriefe, in denen ihr Tod angekündigt wird, die jedoch nicht abgeschickt wurden. Es gibt Fotos, auf die uriniert wurde, ich zeige das hier." „Das ist ja entsetzlich, igitt, das ist zum Kotzen." Der Kommissar war aufgesprungen und starrte schockiert auf die Bilder. Man sah das schöne Antlitz von Marie, besudelt mit Urin, das

Wort *Fotze* war überallhin gekritzelt worden, ebenso *Ich bringe dich um du Sau* und Ähnliches. Simon fuhr fort: „Diese Frau war offensichtlich geradezu besessen von Frau Wilson. Ich übergebe nun an Alex, unseren Tekkie, er hat auch noch etwas gefunden." „Hallo Leute, ich habe mir den Computer des Opfers angesehen. Frau Wilson hatte ja ausgesagt, dass sie im Netz auf einer Bewertungsplattform verunglimpft wurde. Es ist ganz klar, dass Frau Buk die Verfasserin der Kommentare war. Ich habe diesbezüglich alle Inhalte zusammengetragen, schaut es euch einfach mal an." Voller Abscheu las Schorsch die Kommentare, die Marie als Menschen persönlich sowie in ihrer Professionalität in den Dreck zogen, hämisch und gemein. Er schüttelte den Kopf. *Was war nur mit dieser Person losgewesen*? Und dann dachte er wieder an den Professor: Eines fügte sich zum anderen.

   „Ich danke euch Männer, ich danke euch sehr. Ich glaube, was wir eben gesehen haben passt zu der Theorie, die ich euch nun vorstellen will. Es ist nur ne Theorie, das weiß ich wohl, wir haben keine Beweise, aber hört zu." Er berichtete von seinem Besuch in der Psychiatrie, von Maries Recherche bezüglich der afrikanischen Kämpferinnen, Theo Buks Aussagen, dessen angeblichem Alkoholproblem, Chris' Vergewaltigung und seinen widersprüchlichen Angaben. Als er endete, war sprachlose Stille im Raum. Paul schluckte: „Ich muss mich erstmal sammeln, das ist ja Wahnsinn. Aber wenn du richtig liegst, ist das der Hammer und unsere Ergebnisse heute würden das ja noch untermauern. Die Frau muss gestört gewesen sein, das ist wohl klar. Ich meine, die Todesanzeigen und der ganze Kram – das ist total durchgeknallt. Aber warum hat dieser Chris seine Aussage zurückgezogen? Nur wegen seinem Ruf? Ich weiß nicht, das macht mich skeptisch. Immerhin behindert er eine polizeiliche Ermittlung. Dass der Ehemann leugnet, jemals geschlagen worden zu sein, wäre im Sinne der Theorie logisch. Das kann ich nachvollziehen. Und vielleicht sollten wir ein besonderes Augenmerk auf die Eltern legen." Eine lebhafte Diskussion entspann sich. „Leute, jetzt lasst uns mal sehen, wie wir weitermachen. Hat irgendjemand ne Idee?" Schorsch sah interessiert in die Runde. „Ich würde vorschlagen, wir vernehmen nochmal den Ehemann, seine Eltern, diesen Chris und reden mit dem Professor. Ich wüsste gerne, was er zu den Todesanzeigen, Drohbriefen etc. sagt. Und vielleicht müssen wir auch nochmal mit der Frau von Chris sprechen. Außerdem schlage ich vor, dass wir die Verhöre nun zu zweit machen, ohne Schorsch. Einfach, weil wir dann unterschiedliche Wahrnehmungen miteinander diskutieren und abgleichen können. Und wir sollten herausfinden, was es mit dieser Puppe auf sich hat, ob es tatsächlich solche Kriegerinnen gibt, die heute noch aktiv sind. Was meint ihr?" Paul sah fragend in die Runde. „Also, ich find's gut, wegen mir können wir's so machen." Der Kommissar wirkte angetan. „Ja, sehe ich auch so, prima, machen wir." Alle anderen murmelten Zustimmung und so wurde das Konzept beschlossen. „Lasst uns morgen früh beratschlagen, wer wann wen befragt, und macht euch bis dahin schonmal Gedanken. Nun wünsch ich euch nen schönen Feierabend." Und in der Erwartung eines leckeren Abendessens mit spannenden Gesprächen verließ Schorsch freudig den Raum.

Als er zuhause ankam, duftete es schon verführerisch aus der Küche: „Trudilein, hier bin ich schon, ich habe mich die ganze Zeit auf dich gefreut." Zärtlich umfasste er ihre Taille. „Ja, und mindestens genauso auf das Essen, mein Liebling. Wie war dein Tag?", fragte Trude lächelnd. „Och ja, gar nicht so schlecht, es scheint langsam voranzugehen. Was gibt's denn heute Schönes?" Und er zog genussvoll den Duft ein. „Ich habe schöne Burrata auf dem Markt gekauft, Marie pflückt gerade die Tomaten. Dazu habe ich Focaccia gebacken. Danach gibt es Saltimbocca, selbstgemachte Gnocchi in Knoblauchbutter und ein wenig Gemüse. Als Dessert dann Zitronensorbet." Schorsch schmatzte: „O bella Italia, o sole mio, ich danke dir, mein liebes Herz, ti amo", summte der Kommissar. „Ach, aber dann geh ich jetzt kurz in den Garten, ich wollt sowieso noch mit der Marie reden. Ist das in Ordnung?" „Natürlich, Schorsch. Ich bin hier noch ein bisschen beschäftigt. Aber kannst du vielleicht mal schauen, ob es schon reife Erdbeeren gibt? Dann bring sie bitte mit."

Der Kommissar machte sich auf den Weg in den Gemüse-garten. *Heute ist es aber wirklich heiß, ich fühl mich gar nicht so fit. Muss gleich unbedingt ein bissel Wasser trinken.* Er sah Maries anmutige Gestalt, ihr Haar glänzte in der Sonne und sie wirkte vollkommen in ihrem Element. „Das ist ein schöner Anblick, junge Frau", rief Schorsch laut. „Ach, ich hatte dich gar nicht gehört. Wie war es? Wollen wir uns einen Moment auf die Bank da setzen?" „Ich guck erst, ob es schon Erdbeeren gibt, weil Trude braucht welche, und dann komm ich." Er ächzte. „Ist alles okay bei dir? Vielleicht setzt du dich auf die Bank im Schatten und ich hole die Erdbeeren und komme dann gleich." Schorsch sah sie dankbar an: „Das ist toll, ich glaub, ich brauch ein paar Minuten Ruhe."

Als Marie zurückkam, hatte sie eine Schüssel Erdbeeren dabei und viele unterschiedliche Tomaten in allen Farben: Rot, Dunkelgrün, Bräunlich, Violett ... „Der Garten ist ein Wunder, Schorsch, ich habe eine solche Vielfalt nie gesehen. Aber jetzt renne ich schnell zu Trude und bringe ihr alles und dann bin ich gleich wieder da." Als Marie wieder an der Bank stand, war Schorsch eingeschlafen, ein zarter Speichelfaden hing an seinem Mund. *Er ist wirklich nicht mehr der Jüngste und heute sieht er nicht gesund aus. Ich rede später mit Trude, er muss besser auf sich achten.* Marie schüttelte sanft seine Schulter. „Schorsch, werd mal wieder wach, wir wollten reden und dann gibt es bald etwas Schönes zu essen." „Oh, ah, ja, Mariechen, bin wohl eingeschlafen. Die Hitze war mir heut zu viel, hab mich ganz dusselig gefühlt. Aber gut, dass wir reden. Schön wird das nicht, was ich dir gleich erzähle, aber es macht einen riesen Unterschied." Er berichtete von den Todesanzeigen, den angepinkelten Fotos, den Hasskommentaren und Lonas Aktivitäten im Netz. Marie wirkte nicht sonderlich überrascht. „Dass sie die kununu-Einträge geschrieben hat, war mir von Anfang an klar. Das habe ich auch zu Chris gesagt, aber er glaubte ihr mehr als mir. Naja, ich konnte es ja auch nicht beweisen. Die anderen Sachen sind schon übel, aber ich hatte bei Lona immer ein ganz merkwürdiges Gefühl, irgendwie traute ich ihr alles zu und ihre dämliche Heulnummer habe ich ihr sowieso nie abgenommen.

Aber was gut ist, wir können nun relativ stimmig nachweisen, dass sie krank gewesen sein muss. Interessant wäre, was dieser Prof dazu meint." „Genau das haben wir uns bei der MoKo auch gedacht. Ich mach gleich morgen einen Termin mit ihm. Aber noch was, Mariechen. Warum hättest du es Chris beweisen müssen, wenn du dich so gefühlt hast? Ich mein, es ging dir damals wohl nicht so gut – und wo war denn da die tolle Wertschätzung, die der Typ immer vor sich her trägt? Hat der dich wirklich wertgeschätzt und alles, was du für ihn tust und wohl immer getan hast?" „Du magst ihn nicht, oder?" „Nee, das is nicht mein Punkt, das ist gar nix Persönliches. Ich mag Leute nicht, die andauernd über Werte und son Zeug schwafeln und bei der ersten Gelegenheit, wo sie genau die beweisen könnten, keinen Arsch in der Hose haben. Und der Typ hat sicher keinen Arsch in der Hose." „Naja, Schorsch, es ist aber auch alles viel, anstrengend und schwierig. Alleine sein Privatleben und dann die Firma ..." Schorsch unterbrach sie. „Marie, ich habe dir schon mal gesagt, dass du nicht versuchen sollst, Typen wie den zu retten. Das ist ein erwachsener Mann, und wenn der sich benimmt wie ne Bachratte, dann ist das so. Sone Sorte von Typen will nicht gerettet werden. Die wollen jammern, den Helden spielen und die Welt ist so schlecht. Alles so schwierig. Aber was die nicht wollen, ist sich zu ändern. Denn dann müsstense ja konsequent sein. Müsstense ihr Leben verändern. Raus aus der Bequemlichkeit. Dann arrangiert man sich halt lieber mit dem Schwiegervater und der Ehefrau und hat ansonsten seine Ruhe. So. Über Werte schwafeln kann man dann immer noch in seiner Firma." Marie schwieg lang. „So hatte ich das noch gar nicht gesehen, Schorsch." „Glaub ich dir, Mariechen, aber denk an den alten Schorsch, ich hab schon einiges erlebt, ich hab Männer und Frauen heulen sehen, ich hab quasi so ziemlich alle menschlichen Kehrseiten der Medaille entdeckt. Glaub mir, dieser Chris ist nix wert, das ist ein Schwächling. Lass dich von dem und seinem Drecksladen nicht mehr verletzen. Versprichste mir das?" Marie war den Tränen nahe: „Ja Schorsch, das verspreche ich dir. Aber sag mal: Wie geht es sonst weiter, was sagt dein Team? Kann ich noch etwas tun, bevor ich abreise?" Schorsch erklärte ihr die Vorgehensweise der kommenden Tagen und Marie stimmte begeistert zu: „Das finde ich jetzt wirklich super, und ich freue mich auch, dass du nicht alle Verhöre führen musst. Schorsch, bitte versprich auch du mir eines: Achte auf dich. Mach ein bisschen langsam. Denk an Trude, sie braucht dich. Macht euch ein schönes Leben, nimm den Stress raus. Bitte. Und kommt uns in London besuchen. Das ist mein allergrößter Wunsch, Schorsch." „Na, jetzt wird's mir aber zu viel, mach mal nich son Aufhebens um den alten Mann, ich krieg das schon noch hin", brummelte er, aber Marie sah ihm an, dass er nachdenklich und gerührt war. „Eine Bitte hätt ich aber noch, junge Frau. Kannste dich morgen noch mal mit dem Chris treffen und versuchen herauszufinden, warum der seine Aussage zurückgezogen hat? Das würd jetzt echt helfen. Aber ohne emotionales Gedöns, bitteschön" „Mach ich. Ich habe zwar keine besondere Lust darauf, aber geht natürlich klar. Noch eine andere Frage: Wie wäre es, wenn ihr Theo damit konfrontiert, dass seine Frau mit relativer Sicherheit psychisch erkrankt war? Ihr könntet ihm die Todesanzeigen und den ganzen anderen Dreck zeigen und ihr würdet das mit Theo und gleichzeitig seinen Eltern machen. Jeder im Einzelverhör. Jeder konfrontiert. Und dann wird jemand die Nerven verlieren, das wird passieren. Vielleicht noch einige Aussagen des Profs dazu ..." Mit offenem Mund sah Schorsch Marie an. „Mein lieber Herr Gesangverein, das ist echt super. Dich hätt ich gern in meiner Abteilung, du bist ja genial." Marie grinste. „Naja, genial ist das nicht wirklich im Vergleich zu unserem Abendessen gleich. Lass uns mal hochgehen."

Unterdessen schaltete Chris in seinem Büro den Laptop aus: Zeit für das Grillen beim Schwiegervater. Er stöhnte verhalten, noch einer dieser fürchterlichen Abende. Der Alte würde sich selbst darstellen, seine schmutzigen rechten Theorien feiern, Mimi würde ihn anschmachten und er hätte seine Rolle als Loser zu absolvieren. Plötzlich klingelte sein Telefon, es war Achim, einer seiner treuesten Kunden, von Anfang an dabei, und er freute sich immer, mit ihm zu reden: „Hi Achim, wie geht's?" Am anderen Ende gab es eine Pause. „Das fragst

du mich allen Ernstes? Sag mal, willst du mich verarschen?"
Nanu, was ist denn jetzt los, so hab ich ihn ja noch nie erlebt. „Entschuldige bitte, ich weiß gerade nicht, was du meinst", sagte Chris verwirrt. Und dann ging es los. „Hast du in deiner beschissenen Firma noch irgendetwas wie Kontrolle oder Überblick? Weißt du eigentlich, was bei dir los ist, außer dass Leute abgeschlachtet werden?!" Chris schluckte. „Bitte versuch dich zu beruhigen und lass uns reden. Sag mir doch, was das Problem ist." Schweigen und tiefes Atmen, schließlich sagte Achim gepresst: „Ich habe heute Vormittag euer Konzept für die nächste Marketingkampagne erhalten. Ihr seid fünf Wochen zu spät, wie wir ja auch noch kürzlich besprachen. Daraufhin versicherte mir dein Team, dass sie einen Knaller vorbereiten würden, und ich habe mich gefreut und in Geduld geübt. Hatte Teams-Meetings mit ihnen, ungefähr 200 Mails wurden gewechselt, die Telefonate kann ich gar nicht mehr zählen. Ich habe also verdammt viel Zeit investiert. Und heute kam das Ergebnis."
Und plötzlich schrie er wieder, seine Stimme überschlug sich:
„Diese Kampagne ist die größte Scheiße, die ich jemals gesehen habe. Sie ist spießig ohne Ende, altmodisch, tüdelig, falsch, voller handwerklicher Fehler und ich frage dich allen Ernstes: Könnt ihr eigentlich Deutsch? Ich meine, beherrscht ihr die Sprache? Da sind ja lauter Rechtschreibfehler, von der Grammatik ganz zu schweigen. Was seid ihr eigentlich für ein Sauladen?! Ich bin von Anfang an dabei, aber jetzt sage ich dir, ich habe genug, ich hab die Schnauze voll von deinen dämlichen Mitarbeitern. Einer ist unfähiger als der andere." *Oh Gott, oh nein. Das darf jetzt nicht wahr sein. Ich habe diese Kampagne dem Team Michi gegeben, weil er mir wieder und wieder vorgeworfen hatte, ich würde ihm nicht vertrauen, ihn immer nur kontrollieren.*
„Achim. Es tut mir unglaublich leid, was hier passiert ist. Ich bitte dich, mir zu verzeihen, und ich tue alles, um das wieder hinzukriegen. Was genau soll ich tun?" Achim knurrte: „Verdammt Chris, der Launch von unseren neuen Produkten ist in vier Wochen, wir müssen morgen die Pre-Campaign starten."
„Gut. Gib mir bis morgen früh 8:00 Uhr Zeit und dann hast du sie. Ist das okay? Ich mache alles selbst." „Letzte Chance, Chris.

Morgen um 8:00 Uhr hab ich das Ding auf dem Tisch." Und er legte auf, ohne sich zu verabschieden.

Wenigstens muss ich jetzt nicht zum Schwiegervater, ich schicke Mimi erst einmal eine WhatsApp und schaue mir die Katastrophe an. Mal sehen, was es noch zu essen gibt, und dann mach ich mir einen Wein auf, die Nacht wird lang.

Achims Unternehmen hatte sich einen Namen gemacht mit einer fantastischen Auswahl an biologischen Käsesorten aus ganz Europa, einige davon wurden exklusiv vom ihm vertreten. Danach hatte er Öle und fein abgestimmte Aufstriche ins Programm genommen und nun kam seine Innovation: Fleischersatz auf Basis von Heuschrecken und Grillen, individuell gewürzt, proteinreich, biozertifiziert, lecker. Testesser in ganz Europa konnten keinen Unterschied finden in Konsistenz, Geschmack und Qualität gegenüber herkömmlichen fleischhaltigen Produkten, ganz im Gegenteil. Eigentlich eine super Gelegenheit für die perfekte Kampagne, insbesondere weil sie stimmungsvolle Bilder, atmosphärische Videos und knackige Interviews von Achim bekommen hatten.

Ein wenig später traute Chris seinen Augen nicht: Das sollte die Kampagne sein?! Es war ein Wunder, dass der Kunde überhaupt noch mit ihm kommunizierte. Es war grottenschlecht, so peinlich, dass er Angst bekam; seine Atmung beschleunigte sich und ihm wurde schwindelig. *Denk an das, was Marie gesagt hat. Das ist nur eine Panikattacke, das geht vorbei. Steh auf, geh ein bisschen und trink ein Glas Wein. Dann fang an.*

Nach einer Weilte hatte er sich beruhigt, jedoch herrschte nun eine unbändige Wut in ihm. Morgen würde er als Erstes ein Meeting mit diesem Deppen-Team planen, aber jetzt musste er sofort funktionieren. Und er begann.

Als er aus einer Art Trance erwachte, war es bereits 7:00 Uhr. Jetzt hatte er also noch maximal eine Stunde Zeit, um alles durchzugehen, anzugleichen und wegzuschicken. Das war eng. Chris holte sich einen Kaffee und raste durch sein Konzept. Noch ein Kaffee. Er war durch und es war gut. Es war nicht optimal, nicht das, was er mit ein bisschen mehr Zeit hätte schaffen können, aber es war gut. Er schickte es weg, war nervös, aber er wusste, dass er die Bilder, die Interviews, den gesamten Kontext clean, schön, harmonisch rübergebracht hatte, und er war für den Moment zufrieden. Nun war es 8:00 Uhr. Es klopfte an der Tür, unwillig sah er auf. „Ja." „Guten Morgen, Chris, du bist ja schon früh da." Erstaunt betrachtete Gisela ihren Chef, seine Bartstoppeln, das graue Gesicht, die schwarzen Ränder unter den Augen. „Ähem, also brauchst du irgendwas?" „Ja, Gisela. Ich brauche ein Meeting mit dem Team Michi um Punkt 9:00 Uhr. Alle nehmen teil. Im großen Besprechungszimmer. Ich werde etwas präsentieren." „Ja, aber Chris, die Leute sind doch um neun noch nicht da, also die kommen ja erst später." „Das ist mir egal, Gisela. Bring die Leute hierhin. Wer nicht da ist, bekommt ein Problem. Und jetzt mach. Mach schnell."

Sein Telefon läutete. „Marie, wie schön, dass du dich noch meldest, und so früh." „Guten Morgen, Chris. Ja, ich wollte mich nochmal melden. Hast du Lust und Zeit, zu Mittag essen zu gehen? Du bist herzlich eingeladen." Er schwieg einen Moment, schließlich nahm ein Gefühl vorsichtiger Freude in ihm überhand. „Gerne. Was schlägst du vor?" Und sie verabredeten sich für 13:00 Uhr.

Um 9:00 Uhr saß er vor einem versprengten Häuflein von Mitarbeitern, 60 % des Teams fehlten. „Guten Morgen, wir warten jetzt noch zehn Minuten und dann beginne ich mit meiner Präsentation. Falls ihr die Möglichkeit habt, Kollegen noch zu informieren, solltet ihr das tun." Chris erntete ungläubige Blicke, doch er ließ sich nicht beirren und startete in aller Ruhe den Präsentationsmodus auf seinem Laptop. Mittlerweile waren der Teamleiter und einige andere erschienen, das Team schien fast vollzählig zu sein.

„Guten Morgen. Ich habe euch heute hergebeten, weil ich gestern eine schwere Kundenkrise hatte: Achim war unser erster Kunde und er hat uns seither stets unterstützt. Sein Unternehmen ist extrem innovativ, er hat auf die richtige Branche gesetzt und seinen Erfolg in all den Jahren mit uns geteilt, wir waren stets sein Partner. Darauf war ich übrigens stolz." Chris machte eine Pause und besah sich die Menschen im Raum, wie sie gelangweilt, müde, desinteressiert vor sich hin starrten. Kaum jemand sah ihn an. „Also gut. Jedenfalls hat Achim mich gestern angerufen und er ist fast ausgeflippt. Er war außer sich. Und zwar aufgrund der miserablen Arbeit, die dieses Team abgeliefert hat." Nun registrierte er Bewegung in den Mienen. „Ihr habt eine Kampagne komplett verratzt, ihr habt einen saumiserablen Job hingelegt, ihr habt euch benommen, wie ich es mir niemals hätte vorstellen können, ihr habt in jeder Hinsicht versagt." Stille, dann sprach Michi. „Also Chris, das ist ja jetzt wohl erstmal viel zu emotional. Ich finde nicht, dass du uns hier so angreifen solltest. Zu viel Emotion, beruhige dich erstmal und dann können wir reden." Chris schwieg, Zorn toste in ihm. „Also gut. Will irgendjemand was dazu sagen?" versuchte er sich unter Kontrolle zu bringen.

Der eitle Julian: „Der Typ hat ja keine Ahnung von seiner eigenen Firma. Wir haben das Konzept so gemacht, dass es gut ist. Also, wer will denn mit dem Mann lange reden? Der ist ein Spinner, sonst nix."

Der ewige Schweiger Alan: „Der Kunde hat echt keine Ahnung. Der hat einfach nur beschissene Ideen. Ich will auch gar nicht mehr mit dem reden."

Karl-Egon: „Der hat immer Vorstellungen, die gar nicht machbar sind. Und dann soll alles ganz schnell gehen. Ich hab regelmäßig gesagt, dass wir mehr Zeit brauchen."

Michi: „Du siehst also, Chris, wie schwierig die Arbeit mit dem Kunden war. Das Team hat alles gegeben. Aber manchmal ist der Kunde das Problem."

Chris schnappte nach Luft. Es war beinahe unmöglich, jetzt nicht auszurasten. Er sah in die selbstgefälligen Gesichter und sagte kalt: „Planänderung. Ich präsentiere jetzt gar nichts. Ihr habt bis heute 16:00 Uhr Zeit, ein neues Konzept zu entwickeln. Ich habe die Pre-Campaign gemacht, sie ist in der Cloud. Heute um 16:30 Uhr erwarte ich eure Präsentation und niemand, NIEMAND, versteht ihr, wird dieses Büro verlassen, bevor wir eine Lösung gefunden haben." Mit gerötetem Gesicht verließ Chris den Raum und stürmte in sein Büro.

„Was, der hat sie ja nicht alle, was soll der Scheiß", „Ich muss die Kinder um drei in der Kita abholen, das geht ja gar nicht",

„Keine Sau arbeitet bis 17:00 Uhr, das mach ich nicht mit", „Was soll das autoritäre Gequatsche eigentlich" … Und allmählich trollte sich das Team voller Verdruss erst zum Kaffeeautomaten und dann langsam in Richtung Büro.

Verbissen arbeitete Chris die Zeit bis zum Mittagessen durch. Er kämpfte sich durch die Finanzunterlagen, die Lona mehr schlecht als recht zurückgelassen hatte, bereitete Achims Kampagne vor, da er ziemlich sicher war, dass das Team nichts Brauchbares abliefern würde, und kämpfte gleichzeitig mit dem Verlangen, einfach für ein paar Stunden die Augen zu schließen und zu schlafen. Um 12:30 Uhr machte er sich auf den Weg zum Restaurant. Weil er zu früh war, setzte er sich in eine Ecke und bestellte Wasser und Wein. Da kam Marie auch schon. *Ich vergesse immer wieder, wie schön sie ist.* „Hallo Chrissie, wie geht's? Siehst ein bisschen erschöpft aus." Sie gab ihm einen Kuss und setzte sich ihm gegenüber. „Ja, es war eine lange Nacht, ich musste Achims Pre-Campaign nochmal komplett neu bauen, das Team hat absolute Kacke produziert." „Ach du meine Güte, und dann auch noch bei Achim, deinem treuesten Kunden." Marie sah ihn erschrocken an. „Hast du es denn geschafft?" „Ja, irgendwie schon. Es ist nicht optimal, aber ziemlich gut, glaube ich. Hab es heute Morgen weggeschickt, aber er hat sich noch nicht gemeldet. War gestern absolut sauer, was ich wirklich verstehen kann. Die waren zu allem Überfluss sowieso fünf Wochen zu spät, haben mit zusätzlichen Überstunden das Budget mehrfach überzogen, alles wirklich zum Kotzen. Ich weiß nicht, was mit den Leuten los ist, wirklich nicht." Traurig sah Marie ihn an, hörte jedoch sofort Schorschs warnende Stimme: *Du kannst ihn nicht retten, das muss er schon selbst tun.* Also sagte sie lediglich: „Da haben wir wieder einen Fall der fehlenden Konsequenz, nicht wahr?" Irritiert sah Chris sie an: „Wenn du meinst …" Das Gespräch verlief zäh, aus irgendwelchen Gründen fanden sie nicht zueinander. „Du fliegst morgen, oder?" „Ja, von Köln aus." „Freust dich bestimmt auf dein Leben da?" Marie sah ihn verwundert an. „Ja, natürlich, ich war ja jetzt lange genug weg. Viel länger als geplant." Beide schwiegen wieder, schließlich nahm Marie ihren Mut zusammen und fragte: „Warum hast du eigentlich deine Aussage zurückgezogen?" Chris lachte bitter: „Ach deshalb wolltest du dich mit mir treffen, ich habe mich schon gewundert." Marie errötete. *Ich kann in ihrem Gesicht wirklich lesen wie in einem Buch.* „Ich gebe unumwunden zu, dass ich mich nicht dem Zorn meiner Frau und meines Schwiegervaters stellen wollte. Ich hätte monatelang das schrecklichste Theater gehabt, das man sich nur vorstellen kann, und das kann ich gerade nicht ertragen. Ich kann es einfach nicht aushalten." „Aber Chris, hier geht es doch um einen Mord und du sagst der Polizei nicht die Wahrheit. Das kannst du doch nicht machen." Marie wirkte empört. „Du siehst ja, dass ich es kann. Weißt du, Marie, im Gegensatz zu dir muss ich hier bleiben. Ich kann mich nicht in mein privilegiertes Luxusleben flüchten, in dem es keine größeren Sorgen gibt als die Planung eines Sabbaticals." Nun war Marie fassungslos: „Was ist denn jetzt mit dir los? Du klingst ja regelrecht neidisch und verbittert. Lass uns bitte nicht so miteinander reden." „Ich *bin* verbittert und neidisch, denn ich sitze hier in der Scheiße und habe keine Idee, wie ich da wieder rauskommen soll. Ich hab einen Berg Schulden, die dämlichsten Mitarbeiter der Welt und eine beschissene Ehe. Wie soll ich da nicht verbittert sein?" Chris hatte sich in Rage geredet. „Vielleicht solltest du versuchen, etwas zu ändern, anstatt wie seit Jahren immer nur als Opfer durch dein Leben zu spazieren?! Schmeiß die Leute raus, trenn dich und fang was Neues an." Chris sah sie mitleidig an. „So naiv kann man nur sein, wenn man mit dem Goldlöffel im Mund geboren wurde. Ich kann nicht so einfach was Neues anfangen" – er imitierte ihre Stimme – „und ich kann mich nicht einfach trennen. Da gibt es finanzielle Verpflichtungen, Wechselwirkungen, aber davon verstehst du ja nichts." Marie versteinerte: „Sag mal, wie redest du eigentlich mit mir? Ich habe dich seit Jahren unterstützt, habe unsere Freundschaft selbst dann nicht aufgekündigt, als du Lona gewähren ließest, mich aus der Firma zu ekeln. Ich war in den letzten Tagen für dich da, hab dich aus München abgeholt und jetzt sitzt du hier und beleidigst mich?" „Jaja, die tapfere Marie. Immer da für andere, der Retter in der Not." Höhnisch betrachtete er sie. „Du bist ein Arschloch, Chris, und zwar ein ganz großes. Ich weiß nicht, was mit dir los ist, aber ich gehe jetzt. Ich will nie mehr mit dir reden. Schorsch hatte recht, du willst dir ja gar nicht helfen lassen, du suhlst dich lieber in deinem Selbstmitleid und du hast wirklich keinen Arsch in der Hose." Jetzt schrie sie, die Leute an den Nachbartischen betrachteten sie verstohlen. Mit einem Zug trank sie ihren Wein aus, warf 50 Euro auf den Tisch und war verschwunden. Chris verbarg den Kopf in den Händen. *Was hab ich nur angerichtet, was ist bloß mit mir los? Ich habe meine beste Freundin verloren. Ja, und wenn du Tanja erzählst, dass du doch deine Aussage zurückgenommen hast, brauchst du dich da auch erstmal nicht mehr zu melden.* Die hässliche kleine Stimme wieder. Er spürte, wie die Einsamkeit in sein Herz kroch.

Marie ging weinend durch die Stadt. Sie verstand es einfach nicht, wusste nicht, warum dieses Treffen so schiefgegangen war. *Jetzt kennen wir uns seit mehr als 25 Jahren, haben so viel miteinander erlebt, vieles Unschöne auch, aber wir waren nie gemein zueinander. Selbst wenn Chris eine furchtbare Zeit erlebt, gibt es doch keinen Grund, so auf mich loszugehen.* Sie putzte sich die Nase und merkte, dass sie vor dem Polizeirevier stand. *Ich schau mal, ob Schorsch da ist.* Am Empfang wurde sie freundlich begrüßt. „Der Herr Kommissar ist in seinem Büro, ich begleite Sie gerne." Als sie bei Schorsch eintrat, sah der sie erschrocken an. „Nanu, Mariechen, welche Laus ist dir denn über die Leber gelaufen?" Marie schluchzte und er nahm sie fest in die Arme. „Das war ein ganz schlimmes Treffen, Chris war so gemein zu mir und ich verstehe gar nicht, warum." „Jetzt setz dich erstmal und dann erzählste alles ganz ruhig. Ich hol dir maln Wasser und dann kannste dich ein bissel beruhigen." Stockend berichtete ihm Marie von der Begegnung und der Kommissar nickte: „Sieht so aus, dass da die Nerven blank liegen. Wahrscheinlich weiß der auch, dass er sich nicht gerade mit Ruhm bekleckert hat wegen der Aussage. Aber das is natürlich kein Grund, dir gegenüber so scheußlich zu sein. Tut mir leid, Marie." „Ich hätte nie gedacht, dass Chris bösartig sein kann." „Ja, solche Grenzerfahrungen lassen leider bei vielen Menschen die Fassade bröckeln. Lass die Zeit das regeln, Mariechen, vielleicht kommt ihr wieder zusammen, auch wenn du dir das gerade nicht vorstellen kannst." Ein wenig ruhiger machte sie sich auf den Nachhauseweg. Sie musste noch packen und ihr war der Gedanke gekommen, einen Brief für Trude und Schorsch zu schreiben, um ihnen für die wunderbare Zeit zu danken. Genau das mache ich heute Abend und dann bringe ich den Brief morgen zu unserem Abschiedsfrühstück mit.

Der Kommissar begab sich indes zu seinem nächsten Mordkommissionsmeeting. „Tach Leute, wie ist die Lage?" Paul antwortete: „Wir haben uns zusammengesetzt und einen Verhörplan ausgearbeitet. Ich schalte mal den Rechner an und dann kannst du das sehen." Nach einer Weile sagte Schorsch zufrieden: „Das sieht gut aus, Leute, damit kann ich was anfangen. Ihr sitzt in Zweierteams und verhört alle Zeugen parallel, sehr gut. So kann keiner komische Absprachen treffen. Ah, und ich sehe, ihr habt Maries Idee aufgenommen, die Zeugen mit den Schriftstücken vom Opfer zu konfrontieren. Sehr gut. Dann schaun wir mal, wer als Erster die Nerven verliert. In erster Linie konzentrieren wir uns natürlich auf den Ehemann und die Eltern. Ich halt es für unwahrscheinlich, dass das Ehepaar Sommer irgendwas mit dem Mord zu tun hat, allerdings würde ich diesen Chris gern der Falschaussage überführn. Bei dem liegen die Nerven sowieso blank, das sollte also nicht so schwer sein. Macht einfach ein bissel mehr Druck." „Alles klar, Chef. Dann geht es morgen um 9:00 Uhr los. Und du hast um 14:00 Uhr nochmal einen Termin mit dem Professor, passt das?" „Hervorragend, Männer. Passt gut. Dann ham wir den Plan und ab morgen geht's richtig los. Ich drück uns die Daumen. Und noch was: Habt ihr was über diese Kriegerinnen herausgefunden?" „Haben wir", erwiderte Paul ein wenig stolz. „Es gibt tatsächlich in einigen afrikanischen Ländern, z. B. in Kenia, Ghana, Benin, solche Frauenarmeen. Es ist so, wie du oder eher Marie beschrieben hat: Das sind extrem brutale Kriegerinnen. Heute sind die als Söldnertrupps

unterwegs und es scheint so zu sein, dass die auch Auftrags-
morde ausführen. Aber 100 % sagen kann ich das erst morgen, wir haben da nämlich verdeckt Kontakt aufgenommen."
Der Kommissar grinste: „Ihr seid wirklich eine coole Trup-
pe, Männer. Super Job, weiter so." „Danke Chef", riefen die
Männer im Chor und Schorsch machte sich zufrieden auf den
Heimweg. *Wenn nur dieser komische Schwindel nicht immer wär.
Ich muss mehr trinken bei der Hitze. Vielleicht geh ich doch mal
zum Arzt und lass mir den Blutdruck messen.*

TAG 7 DANACH

Als Marie am nächsten Morgen aufwachte, war sie voller Freude: Endlich sah sie Oliver wieder, endlich fuhr sie nach Hause. Auch ihre Arbeit vermisste sie inzwischen sehr. Einzig der Abschied von Trude und Schorsch erfüllte sie mit Wehmut, denn sie hatte beide in der kurzen Zeit von Herzen liebgewonnen. *Aber sie kommen uns bestimmt bald besuchen, jedenfalls werde ich das gleich beim Frühstück ansprechen. Ach herrjeh, ich habe ja auch noch den schönen Gutschein für das Hotel, den muss ich ihnen unbedingt noch geben* und sie machte sich auf den Weg ins Bad.

Sie ging schnellen Schrittes den nun vertrauten Weg zu Fuß, Gartentor und Haustür standen schon offen. „Hallo und guten Morgen, ihr Lieben." „Guten Morgen Marie, komm einfach herein" hörte sie Trude aus der Küche rufen. „Hier duftet es wieder wunderbar." Sie nahmen sich kurz in den Arm. „Ja, ich habe Waffeln gebacken, Schorsch holt noch die Brötchen." „Ah, Trude, das wollte ich dir die ganze Zeit schon gesagt haben: Schick Schorsch vielleicht mal zum Arzt, er sah in den letzten Tagen nicht so fit aus. Ich weiß, das Wetter macht ihm zu schaffen, aber am besten lässt er sich mal komplett untersuchen." „Ich weiß, Marie, aber er ist ein solcher Sturkopf, ich liege ihm schon lange damit in den Ohren." „Womit liegst du mir in den Ohren, liebste Nervensäge?" Unvermittelt stand Schorsch hinter ihnen. „Marie meint auch, du solltest mal zum Arzt gehen." „Ja, ich versprechs, ich machs. Bin gerade wirklich nicht so frisch", gab der Kommissar kleinlaut zu. „Aber jetzt gibt's erstmal Frühstück mit einem schönen Gläschen Sekt und Trudileins Leckereien. Das wird ein Fest!" Als sie ins Esszimmer kamen, staunte Marie nicht schlecht, denn der Tisch bog sich fast unter den ausgesuchten köstlichen Leckereien. „Hier ist dein Platz, Marie, ich habe dir einen Blumenkranz gewunden. Darf ich ihn dir aufsetzen?" „Sehr gerne, es ist mir eine Ehre. Von Herzen danke." „Du siehst wunderschön aus, Mariechen. Stell dich mal neben Trude und ich mach ein Bild." „Mach auch ein Bild vom Frühstück, ja? Und schick sie mir bitte. Und jetzt fotografiere ich euch, stellt euch mal bitte vor den Tisch. So ist es wunderbar."

Sie nahmen Platz an der Tafel, begannen zu schlemmen und ließen die vergangenen Tage Revue passieren. „Was für ein unglaublicher Zufall, dass wir uns kennengelernt haben, nicht wahr?" „Das stimmt, Trude, aber ich habe irgendwie das Gefühl, ich kenne euch schon viel länger, ihr seid mir so vertraut." „Ich glaub, das geht uns auch so, Mariechen, wir fühlen uns richtig gut mit dir." „Ja, und deshalb versprecht mir bitte, dass ihr uns in London besucht. Da machen wir uns eine herrliche Zeit, wir können fein ausgehen, vielleicht ins Theater, schön einkaufen, alles, wozu ihr Lust habt. Oliver freut sich auch schon, das soll ich euch ausrichten." Trude sah verträumt aus: „Wir waren vor Jahren einmal in London, es hat mir so gut gefallen. All die schönen Geschäfte, die Parks und Museen! Liebend gern möchte ich kommen." „Dann machen wir das auch, Trude, mein Liebling. Wir überlegen uns alle miteinander, wann es am besten passt, und schwupp, sind wir da." Schorsch strahlte, er hatte seine Trude schon lange nicht mehr so lebhaft gesehen wie in der letzten Tagen. „Ja und Mariechen, jetzt wo du mir das Teams-Dings installiert hast, können wir uns sowieso regelmäßig besprechen, das is wirklich famos." „Ja, du musst mich unbedingt auf dem Laufenden halten." „Klar, mach ich. Heut geht's ja jetzt richtig los mit den Verhören, so wie du vorgeschlagen hast, und ich hab später noch nen Termin bei dem Professor. Das wird interessant." Sie plauderten angeregt, bis es Zeit wurde, sich zu verabschieden. „Ich habe noch etwas für euch, also ich habe euch einen Brief geschrieben, als Dankeschön für alles. Und außerdem trage ich das hier seit Tagen mit mir herum, lasst euch schön verwöhnen." Und sie gab ihnen Brief und Gutschein. Trude und Schorsch sahen gerührt aus und sie nahmen einander fest in die Arme. „Passt auf euch auf und wir sehen uns bald in London." „Pass auch auf dich auf, Mariechen, Kind, wir sind dankbar, dass wir dich kennenlernen durften. So. Jetzt ists aber genug, es wird auch nicht geheult!" Streng drohte Schorsch mit dem Finger. „Nein, ich gehe jetzt, bis bald, 1000 Küsse." Und Marie schloss die Tür hinter sich.

„Schon seltsam, da hats wohl jemand gut mit uns gemeint, Trudilein", brummelte Schorsch. „Das stimmt, Liebling. Wollen wir den Brief lesen?" „Wollt ich auch grade vorschlagen."

MARIES BRIEF

Liebe Trude,
lieber Schorsch,

ich habe das Bedürfnis, euch zu schreiben, denn ich möchte mich von Herzen für die wunderschöne Zeit in eurem Haus, in eurem Garten bedanken. Ich habe mich selten so wohl und aufgehoben gefühlt, so heimisch, und habe euch dabei fest in mein Herz geschlossen. Obwohl wir uns noch nicht lange kennen, werde ich euch sehr vermissen, aber ich fahre in der Hoffnung, dass wir uns bald wiedersehen.
Vielleicht gibt es so etwas wie Schicksal, denn ich glaube, dies hat uns hier zusammengeführt. Die Zeit mit euch wird immer als wunderschöne Erinnerung in mir fortleben, ich werde mich oft kichernd an Schorschs trockenen Humor und voller Bewunderung an Trudes Garten erinnern. Und ich werde nicht aufhören zu schwärmen von Trudes fantastischer Küche. Ich habe in den vergangenen Tagen viel über mich selbst erfahren. Du, Schorsch, hast mir dabei geholfen. Und ich habe von dir, Trude, gelernt, dass Träume und Visionen eine unendliche Macht haben. Eine Macht sogar über den Tod hinaus. In Gedanken nehme ich euch in die Arme, und ich danke dem Schicksal, der Vorsehung oder wem auch immer, dass er mich zu euch geführt hat.

In Liebe,
Marie

Die beiden älteren Leutchen sahen einander an, zu ergriffen, um zu sprechen, Tränen liefen ihnen übers Gesicht und schließlich nahmen sie sich schweigend in die Arme und hielten einander eine lange Zeit.

Marie machte sich inzwischen auf den Weg nach Köln. Sie saß lesend im Zug und schmunzelte immer wieder in Gedanken an Schorschs coole Sprüche. Das muss ich Oliver unbedingt alles ganz genau erzählen, dachte sie voller Vorfreude und döste ein bisschen ein.

In Koblenz räumten Trude und Schorsch die Reste des guten Frühstücks weg. „Schorsch, ich muss gleich mal noch in die Reinigung, brauchst du irgendetwas?" „Och nee, Trude, ich bin jetzt erstmal gestärkt für den Tag und ich fahr ja bald zu dem Prof. Vielleicht guck ich mir vorher nochmal dieses Teams-Dings an, Marie hats mir ja erklärt, aber ich muss erstmal selbst sehen." „In Ordnung, mein Schatz, aber du bist zum Abendessen zuhause, oder?" „Spätestens um 18:00 Uhr bin ich da und dann können wir ja auch schonmal gucken, was es für Flüge gibt und so." „Au fein, ja, das machen wir." Lächelnd gab sie ihm einen Kuss. „Dann bis nachher, viel Erfolg heute." „Danke, mein Liebling."

Die Haustür fiel ins Schloss und Schorsch machte sich auf den Weg ins Arbeitszimmer. Kurz vor seinem Schreibtisch überfiel ihn ein Schwindel, so mächtig und langanhaltend, wie er ihn noch nie erlebt hatte. Er keuchte, versuchte sich festzuhalten, aber der Schwindel wurde stärker. Er konnte plötzlich nicht mehr sehen und für einen Sekundenbruchteil begriff er, was mit ihm geschah, und ein maßloses Bedauern ergriff von ihm Besitz, bis er auf dem Boden aufschlug.

> *„In der Wolke sitzt die schwarze*
> *Parze mit der Nasenwarze,*
> *Und sie zwickt und schneidet, schnapp!!*
> *Knopp sein Lebensbändel ab.*
> *Na, jetzt hat er seine Ruh!*
> *Ratsch! Man zieht den Vorhang zu."*

Wilhelm Busch,
Die Knopp-Trilogie

**Interne Mitteilung der Kriminalpolizei
Koblenz – Morddezernat**

Sehr geehrte Kolleginnen und Kollegen,

wir teilen mit, dass wir den Fall Lona Buk, geborene Müller, mittels mangelnder Beweise in der Sachlage abschließen. Die Befragung jeglicher Zeugen hat zu keinen Ergebnissen geführt; weiterhin sind keine Erkenntnisse im Bereich der Spurensicherung von Bedeutung. Somit ist eine Fortführung der Untersuchungen weder sinnvoll noch vertretbar.
Wir bitten dies aufzunehmen.

Koblenz, 23.08.2023 Der Polizeipräsident
Gezeichnet: Rinks

DAS GESTÄNDNIS
Marie, 7 Jahre später

Ich sah den Brief auf dem Küchentisch als ich nach Hause kam. Oliver musste ihn hingelegt haben. Doch nun begrüßte ich erst einmal die Hunde, ging in den Garten, trank ein Glas Wein, duschte und freute mich auf den Abend.

Oliver kam vom Einkauf, er begann zu kochen, wir erzählten uns den Tag, die Luft duftete nach Oleander.

„Komm, Marie, lass uns essen." Die Hunde drängten sich um uns, alles war leicht und wunderbar. „Willst du diesen Brief öffnen?"

Ja, das wollte ich sicherlich, denn es war einigermaßen seltsam, einen handgeschriebenen Brief zu erhalten, der zudem die Ausmaße eines kleinen Buchs hatte. „Marie, ich muss noch ein bisschen arbeiten. Wenn du Zeit brauchst, kein Thema." „Danke, Liebling. Ja, ich lese ihn jetzt mal. Keine Ahnung, was das ist."

Oliver küsste mich, wir umarmten uns und ich setzte mich an meinen Lieblingsplatz am Kamin.

Liebe Marie,

ich habe oft an dich gedacht und hoffe, es geht dir gut.
Ich bin inzwischen ein kranker Mann. Meine Ärzte sagen mir,
dass ich wohl nur noch maximal neun Monate zu leben habe.
Es ist eine besonders aggressive Form von Hodenkrebs.
Allerdings habe ich in den vergangenen sechs Jahren das Glück
gefunden: Christina ist meine Frau, wir haben noch einen
Sohn und auch Lulu hat sich inzwischen sehr gut entwickelt.
Wir wissen, dass wir nur noch wenig Zeit zur Verfügung ha-
ben, aber wir versuchen, die Tage zu genießen, die kleinen und
großen Wunder zu sehen und daran zu denken, was Liebe ist

und bewirkt. Wie wunderbar Gemeinschaft ist. Was wir alles
erschaffen können.
Ich genieße die Natur und bin mit den Kindern jeden Tag drau-
ßen. Meine Eltern sind im vergangenen Jahr bei einem Ver-
kehrsunfall ums Leben gekommen.
Am heutigen Tage, in dieser Stunde, gibt es nichts und nie-
mand, den ich mehr schützen müsste. Ich werde bald sterben.
Nun will ich dieses Geständnis an dich senden. Es soll erklä-
ren, warum furchtbare Dinge geschehen sind und warum ich
Schuld auf mich geladen habe.
Ich habe lange darüber nachgedacht, doch ich finde keinen Frie-
den, ohne dies zu tun. Bitte verzeihe mir den egoistischen Akt.
Aber – ich danke dir für dein Mitgefühl damals, es hat mir ge-
holfen und ich dachte oft darüber nach, mich dir anzuvertrau-
en. Ich tat es nicht, um andere zu schützen.

Von Herzen
Theodor Alexander Buk
P.S. Du kannst alles mit diesem Geständnis machen.
Ich überlasse es dir.

Mein Name ist Theodor Alexander Buk.

Ich wurde am 1. Februar 1993 geboren und ich war mit Lona Buk, geborene Müller, verheiratet bis zu ihrem Tod.

Ich bin Steuerberater und habe eine Kanzlei mit acht Mitarbeitern im Zentrum von Koblenz am Rhein.

Meine Kanzlei berät in erster Linie Unternehmen in Steuerfachfragen und wir haben uns mittlerweile eine positive Reputation erarbeitet.

Meine Frau starb unter mich sehr belastenden Umständen und von daher möchte ich weiterhin mit den Ermittlungsbehörden zusammenarbeiten und letztendlich ein Geständnis ablegen.

Ich will dem Gericht erklären, wozu es gekommen ist und – vor allem – warum.

Dann werde ich meine Schuld aufzeigen und meine gerechte Strafe erwarten.

Als ich Lona kennenlernte, war ich Projektbegleiter oder Hiwi an der Universität, sie hatte gerade ihr zweite Semester in BWL absolviert, und da ich ihr wissenschaftlicher Betreuer war, suchte sie meinen Rat. Sie war nicht sonderlich begabt oder gar interessiert, doch sie besaß eine Zähigkeit, die mir gefiel: Ich hatte den Eindruck, dass sie sich weiterentwickeln wollte, dass sie Ehrgeiz hatte und ein Ziel.

Das hat sie für mich eingenommen.

Während des Studiums verbrachten wir immer mehr Zeit miteinander und ich fühlte mich auf eine Art akzeptiert, die mir zuvor unbekannt gewesen war.

Ich bin nur 1,65 m klein und habe wahrlich kein anziehendes Äußeres.

Mit der Aufmerksamkeit durch Lona änderte sich vieles für mich: Sie war vielleicht nicht schön zu nennen, eine Akne breitete sich in Stresssituationen in ihrem Gesicht aus und auch war sie recht unproportioniert, doch ich liebte ihre langen goldenen Locken und ihre Sanftmut.

Kurz nachdem sie ihren Bachelor mit meiner Hilfe abgeschlossen hatten, entschieden wir zu heiraten. Inzwischen hatte ich meine erste Referententätigkeit in einer renommierten Koblenzer Kanzlei angetreten.

Meine Eltern, zu denen ich stets ein sehr enges, wenn nicht gar symbiotisches Verhältnis hatte – lehnten Lona ab. Sie fanden sie „kleinbürgerlich", „ungebildet", „unehrlich".

Nichtsdestotrotz liebte ich sie, wollte sie unterstützen und wir fanden eine schöne Wohnung in Koblenz. Lona fand ihren ersten Arbeitsplatz in einem Marketing-Start-up, das sich unweit meiner Arbeitsstelle befand. Schnell wurde sie in diesem Unternehmen zur rechten Hand des Chefs, der ihr alsbald eine Position im sogenannten Management offerierte.

Lona war außer sich vor Freude, aber sie war auch nervös, verunsichert, ängstlich – und es schien, als hätte sie ihren neuen Guru gefunden.

Der Unternehmensgründer ist Chris, ich kenne ihn, schätze ihn und unterstützte ihn in fachlicher Hinsicht regelmäßig. Er ist fair, angenehm, ein absoluter Idealist, würde ich sagen. Lona vergötterte ihn.

Ich weiß nicht einmal, ob sie dies jemals realisierte, aber es vergingen nicht zwei Minuten zu Tisch, ohne dass Chris und seine wahrhaft großen Taten im Mittelpunkt aller unserer Gespräche standen. Sie war wie – getrieben? Es fällt mir kein anderes Wort ein.

Nach und nach wurde ich immer erfolgreicher, ich arbeitete hart und hatte mir meinen Ruf der Zuverlässigkeit wirklich verdient. Wir waren beide nun Mitte 30 und ich sehnte mich nach Kindern und einem Haus im Grünen. Behutsam sprach ich mit Lona darüber, doch sie wirkte entsetzt. Warum, weiß ich nicht. Ich hatte immer angenommen, dass wir eines Tages Kinder haben würden.

Ich besprach das Dilemma mit meinen Eltern, von denen ich wusste, dass sie auch zu gerne ein Enkelkindchen großziehen würden.

Sie hatten dann eine ganz famose Idee: Aufgrund einer Erbschaft stand zu diesem Zeitpunkt eine schöne Summe Geld zur Verfügung und sie würden uns damit das ersehnte Haus im Grünen erwerben. Da es gleich in ihrer Nachbarschaft läge, würde sich meine Mutter (die inzwischen pensioniert war) dem Kind widmen können, sodass Lona weiter arbeiten konnte.

Zu meiner großen Überraschung willigte sie ein und setzte die Pille ab.

Nun begann eine schwierige Zeit. Lona wurde nicht schwanger. Nach Hunderten erfolglosen Versuchen (ich erspare die Details) entschieden wir uns für eine Hormontherapie.

Ich weiß nicht, ob Sie mit dieser Art der Therapie vertraut sind, aber ich kann Ihnen sagen, dass es nicht einfach ist und oft nicht schön.

Lona wurde korpulent und die Akne verschlimmerte sich sehr. An manchen Tagen war ihr Gesicht eine Kraterlandschaft mit grünen und gelben Erhebungen. Es fiel mir nicht immer leicht, sie zu küssen oder ihr das Gesicht zu streicheln.

Auch veränderte sich ihre Stimmung. Oft kniff sie mich in die Wange oder in die Arme – aber so fest, dass es wehtat. Ich hatte regelmäßig blaue Male oder diffuse Schmerzen. Sie biss auch in meinen Penis mit einer Vehemenz, die mich zum

Weinen brachte. Ich verstand das alles nicht und dachte mir, es würde wohl mit dieser Hormontherapie zusammenhängen. Wir sprachen nie darüber.

Dann war Lona schwanger und ich hoffte, dass wir ein wenig zur Ruhe kommen könnten. Sie arbeitete weiterhin in dem Marketing-Start-up, aber sie erschien mir immer unzufriedener. Auf Nachfrage sagte sie mir, dass Chris einen Coach für sie – und sich – engagiert hätte, der sie durch die gegenwärtige Situation führen und sie „optimieren" solle.

Lona weinte jeden Abend. Sie wollte das Coaching nicht, sie hatte Angst, dass der Coach ihre Informationen für irgendwelche Zwecke nutzen wollte, Chris verstand sich so gut mit ihm, der Coach wollte sie rausdrängen, jetzt, wo sie schwanger war.

Ich bemühte mich allabendlich, sie zu beruhigen, denn ich hatte nicht nur Sorge um sie, sondern auch um unser kleines Baby.

Heute frage ich mich, was ich ansonsten noch hätte tun können? Hätte ich mit Chris sprechen sollen? Ihm meine Bedenken anvertrauen? Ihn fragen, was er dachte?

Ich habe so oft darüber nachgedacht, immer wieder in meinen verschwitzten Laken Fragen gestellt, mich in Zweifel gezogen, mir innerlich gekündigt.

Lonas Herkunft war sicherlich armselig und sie hatte sich dafür geschämt. Deshalb erschien es ihr essentiell, dass sie immer und immer und stets makellos in der Öffentlichkeit wahrgenommen wurde, dass niemals auch nur der geringste Fauxpas sichtbar wurde.

Doch weiter.

Das Baby kam und es war unsere wunderschöne Tochter Lulu. Wir waren glücklich und alle unsere Sorgen vergessen. Wir hatten eine wunderbare Zeit, also nicht ganz sorgenfrei, aber oft sehr schön.

Bis ich die Treppe herunterfiel.

Es geschah an einem Abend. Wir hatten es uns zur Gewohnheit gemacht, Lulu tagsüber von Lona und nachts von mir versorgen zu lassen (zu meiner Enttäuschung hatte sich Lona nicht zum Stillen bereiterklären können).

Ich war müde und wollte die Treppe heruntergehen, um Lulu ihr Fläschchen zu machen. Ich schwöre, ich verspürte einen Stoß ... Und nichts. Als ich erwachte, lag ich im Bett mit Lona an meiner Seite. Ich hatte Kopfschmerzen, es war mir schlecht, ich konnte mich kaum bewegen.

„Was ist mit mir? Ich habe solche Schmerzen."

„Du bist die Treppe heruntergefallen, weil du so viel getrunken hast."

Ich verstand die Information, jedoch nicht den Inhalt.

Ich trinke nicht, ich habe nie getrunken. Ich mag Alkohol nicht, er macht mich träge und fett. Warum sagte sie sowas?

„Lona, ich trinke doch nicht. Das weißt du. Was ist passiert?"

„Kannst du dich nicht einmal erinnern? Wir haben gestern ein Glas Wein auf meine Beförderung getrunken und weil der Psycho-Coach endlich weg ist und dann hast du nicht mehr aufgehört! Geht ja jetzt öfter so mit dir."

Ich erinnerte mich wirklich nicht. An nichts und, klar, das macht Angst.

Da ich nie trank – konnte ein Glas Wein mich derartig schachmatt setzen, dass ich die Welt aus den Augen verlor? Alles vergaß? Von diesem Zeitpunkt an versuchte ich, Tagebuch zu führen und abends stets noch einen Eintrag vor dem Einschlafen zu schreiben, dass ich nicht getrunken hatte. Lona meinte, das zeige ja alles und ich sei mir wohl selbst nicht so sicher. Allerdings war mein Leben zu diesem Zeitpunkt anstrengend, denn ich war dabei, eine eigene Kanzlei auf die Beine zu stellen, MitarbeiterInnen zu finden etc. Ich bat Lona häufig um Unterstützung, da sie sowieso zu Hause war, doch sie sagte, sie müsse sich um die Kleine kümmern.

Eines Tages rief mich mein Hausarzt und Freund auf der Arbeit an. Ich kenne Heiner schon seit vielen Jahren und vertraue ihm unbedingt. Er wirkte nervös am Telefon. „Theo, ich glaube, ich muss mal mit dir reden. Du scheinst beruflich momentan sehr unter Druck zu stehen und es gibt Gerüchte, du trinkst vielleicht etwas zu viel. Kann ich dir irgendwie helfen?"

Es traf mich wie ein Keulenhieb. Wie konnte das sein? Woher stammten diese „Gerüchte"?

Heiner wand sich und vertraute mir schließlich an, dass Lona ihn zwei- oder dreimal angerufen hätte, um ihre Sorgen mit ihm zu teilen.

Ich war fassungslos, schockiert und unendlich traurig. Warum tat sie das? Was passierte hier gerade? Wie sollte ich jetzt vorgehen? Sollte ich sie mit meinem Wissen konfrontieren?

Heiner bat mich erst einmal um Stillschweigen aufgrund seiner ärztlichen Schweigepflicht und ich willigte völlig verunsichert ein. Ich versuchte mich abzulenken und schnell war ich wieder von meiner Arbeit absorbiert, meine Kanzleipläne nahmen Gestalt an und nur kurze Zeit später sollten wir Einweihung feiern.

In jener Zeit war ich physisch und psychisch nicht wirklich fit, ich fühlte mich ausgelaugt, mir fehlten Schlaf und innere Ruhe. Lona erschien immer gereizter, die Verbalattacken nahmen zu und die anderen Attacken auch. Sie erteilte mir inzwischen immer wieder „spielerisch" Schläge auf den Hinterkopf. „Ein Schlag auf den Hinterkopf erhöht das Denkvermögen", sagte sie dann stets.

Ich glaube, ich war immer nur erschöpft und freute mich auf eine Gelegenheit, einen Abend außer Haus zu verbringen und die Einweihung zu feiern. Es waren viele liebe Menschen, Weggefährten und Kollegen eingeladen. Es würde schön sein, Lona die Kanzlei zu zeigen und alle neuen Kollegen vorzustellen.

So machte ich mich am Tag der Einweihung voller Freude auf den Weg ins Büro. Wir arbeiteten, bereiteten vor, das Catering kam, die ersten Gäste trafen ein. Ich musste meine Rede halten. Doch wo war Lona? Minütlich versuchte ich sie zu erreichen und sorgte mich sehr. War etwas geschehen? Ging es ihr oder Lulu schlecht?

Ich weiß, ich wirkte fahrig und wenig konzentriert – weil ich es war.

Nach der Rede drückte mir meine neue Assistentin ein Glas Sekt in die Hand: „Trink das mal, das hast du dir verdient, jetzt darfst du auch mal feiern. Du machst einen super Job."

Das gab den Ausschlag. So nett hatte seit langer Zeit keiner mehr mit mir gesprochen, ich war den Tränen nahe und dachte mir, okay, jetzt trinke ich halt mal ein Gläschen, das kann ja nicht so schlimm sein.

Es war ein sehr schöner Abend, es folgten weitere „Gläschen" und allmählich war es mir vollkommen egal, warum Lona weder gekommen war noch sich gemeldet hatte.

Gegen 23:00 Uhr machte ich mich auf den Heimweg. Ich nahm mein Auto, da ich am kommenden Morgen zeitig zu einer Verabredung mit einem Klienten in dessen Büro aufbrechen musste. Es war mir wohl ein bisschen schwindelig, doch ich dachte mir, dass ich den kurzen Weg zu unserem Haus bewältigen konnte.

In diesem Moment sah ich die Verkehrskontrolle. Sie hielten mich an, Alkohol- und Drogenkontrolle. Ich hatte 0,8 Promille und wurde zur Wache gebracht. Man nahm meine Personalien auf, erteilte mir ein sofortiges Fahrverbot von mindestens einem Monat und fuhr mich nach Hause.

Im Auto zitterte ich unkontrolliert, ich hatte solche Angst. Was würde Lona sagen? Wie sollte ich meine Termine wahrnehmen? Was würde Lona tun? Sie hatte recht gehabt, ich war ein Säufer und jetzt wurde ich sogar von der Polizei nach Hause gebracht. Was würde sie tun?

Die Beamten klingelten an der Tür, sie hatten mich halb durch den Vorgarten tragen müssen, weil meine Beine mich kaum noch hielten.

Lona öffnete die Tür. „Was ist denn hier los? Was ist passiert?" „Ihr Mann hat leider über den Durst getrunken und wir mussten ihn nach Hause bringen. Sein Führerschein ist für mindestens einen Monat in Gewahrsam."

In einem klitzekleinen, winzigen Moment sah ich Schadenfreude in ihren Augen, bevor sie anfing zu weinen. „Ach meine Herren, ich habe es kommen sehen, ich habe es gewusst. Ich habe Theo immer wieder angefleht, das Trinken zu lassen, aber er hat es nicht geschafft."

Mir war so übel von ihrem Schmierentheater. Ich konnte nicht anders, ich kotzte ihr direkt auf ihre fette Wampe. Die

Polizisten verabschiedeten sich sichtlich angewidert. Oh, ich hatte solche Angst und wollte sie am liebsten bitten zu bleiben. Aber ich schämte mich mehr, als ich sagen kann.

Zuckersüß bat sie mich ins Haus, es war still, das Kind schlief.

Nun sah ich in ihren Augen nur noch Hass, ihr Gesicht war fratzengleich verzerrt und sie war so wütend.

Der erste Schlaf traf mich im Gesicht, die Lippe riss und ich spürte warmes Blut. Der nächste Schlag traf mich im Schritt, es tat höllisch weh und ich ging zu Boden. Sie trat mir mehrfach gegen den Kopf, aber das Allerschlimmste waren ihr Zischen, ihre Beleidigungen und Verwünschungen.

du sau du hast mich gar nicht verdient du kleiner schwanz mit deinem kleinen schwanz du depp du nichts du kannst ja nix du weißt ja nix du bist so ein opfer deine tochter ist genauso hässlich wie du du scheißopfer

Am nächsten Morgen wachte ich auf. Ich lag in meinem Bett, hatte meinen Pyjama an. Langsam versuchte ich mich zu bewegen. Meine Lippe pulsierte, mein Körper war ein einziger großer Schmerz.

Jetzt konnte ich es nicht mehr leugnen: Meine Frau schlug mich. Es war kein Versehen, es war Absicht.

Aber was war das? Menschen, die einander liebten, schlugen sich nicht. Eine Frau konnte nicht ihren Mann schlagen. Das war unmöglich. Was für ein Mann bin ich denn? Bin ich denn wirklich nur ein Opfer, ein Nichts, ein Niemand? Was soll ich bloß tun? Wem kann ich das denn sagen? Ein Mann, der von seiner Frau verprügelt wird. Wer würde mir das glauben? Was soll ich nur tun und wieviel Uhr ist es eigentlich?

Es war 8:00 Uhr und der Termin mit dem Klienten war für 9:00 Uhr angesetzt. Doch ich durfte nicht fahren. Und war mein Auto noch bei der Polizei? Ich konnte doch den Termin nicht absagen, nicht jetzt, wo ich gerade eröffnet hatte.

Ob Lona da war? Vielleicht könnte sie mich fahren?

Ich humpelte mühevoll die Trepper hinunter. Niemand da. Eine kleine Notiz auf dem Küchentisch: Ich fahre in die Firma, Chris braucht mich. Nehme Lulu mit.

Nichts mehr und sie war einfach gegangen.

Ich musste in der Kanzlei anrufen und zumindest meine Assistentin informieren oder einen Weg finden oder mich entschuldigen ... ich wusste es nicht.

Martina war sogleich am Apparat. „Ah Theo, schön, dass du dich meldest. Wir haben es schon gehört." Sie klang defensiv.

„Was meinst du genau?", fragte ich. „Naja, das mit der Polizei und deinem Führerschein und ..." „Was denn?" „Naja, ich fühle mich wirklich schlecht, weil ich dir den Sekt gebracht habe, und wenn ich gewusst hätte, also, ..." „Bitte Martina, sprich mit mir. Wenn du was gewusst hättest?" Sie zögerte. „Heute Morgen war deine Frau in der Kanzlei. Sie hat sich vorgestellt und allen gesagt, was gestern passiert ist. Und dass sie das schon lange erwartet hat und auch deshalb nicht zur Einweihung gekommen ist ... und, ja, dass du in Behandlung bist. Es tut mir leid."

In Behandlung.

„Welche Behandlung denn?"

„Lona hat gesagt, du bist in Therapie wegen ... naja ... Alkohol und so ..."

Kennen Sie diese Filme, in denen plötzlich alles zu Zeitlupe wird und auch die Stimmen so langsam und tief werden?

Genau das erlebte ich in diesem Moment. Alles war in Zeitlupe und unter Wasser. Mühevoll. Quälend und beschämend.

Ich schämte mich so sehr.

Martina entließ mich mit der freudlosen Bemerkung, es würde bestimmt alles wieder gut, und ich ... ja, ich legte mich einfach wieder ins Bett. Ich war so müde, so erschöpft.

Als ich aufwachte, war es bereits dunkel und ich hörte Stimmen aus der Küche. Wer war da? Wir hatten fast niemals Freunde eingeladen, da Lona keine hatte und ich wenig Zeit. Ich lauschte einen Moment und hörte Chris ... ah ja, und seine Frau, Mimi. Warum waren sie hier? Was hatte das zu bedeuten?

Langsam stand ich auf, meine Verletzungen schmerzten noch sehr.

„Ach, du Arme! Das ist ja furchtbar. Warum säuft er und schmeißt alles weg, was du und die Kleine ihm gebt? Ich verstehe das nicht!"

Mimi hatte stets eine Meinung zu Themen aller Art, die sie in keiner Weise verstehen oder begreifen konnte.

Chris wirkte objektiv, rational: „Lasst uns nicht vorschnell urteilen, wir sollten Theos Meinung hören."

Ich stolperte die Treppe herunter und wankte in die Küche. Schweigen.

„Hallo Theo, wie geht es dir? Du siehst nicht so gut aus, also, nicht so gesund. Ist alles in Ordnung?" Das war Chris.

„Ach du Gott, was ist denn mit dir? Ist ein Laster über dich gebrettert?" Das war Mimi.

Kein Wort von Lona und Lulu fing an zu weinen.

Das gab den Ausschlag. In diesem kurzen Moment war mir egal, was irgendjemand von mir dachte. „Lona schlägt mich." Entsetzen, das sich verdichtete. In langen Schlieren von den Fenstern tropfte, den Abend in ein violettes Licht einfing, die Luft zum Atmen nahm.

Chris wirkte schockiert, Mimi blöd wie immer, doch Lona ergriff das Wort. „ Seht ihr, was ich meine?! Er ist krank, wahrscheinlich hat er ein Burnout nach dieser ganzen Arbeit! Er braucht Ruhe, nicht wahr, mein Schatz? Jetzt gehen wir schön ins Bettchen, du nimmst die Medizin vom Arzt und morgen ist ein besserer Tag."

Stille. Und ich ließ mich abführen.

Als ich in der Nacht erwachte, spürte ich Lonas Atem in meinem Gesicht.

du sau du sau dafür büßt du ich mach dich fertig

In dem Moment nahm sie mein Ohrläppchen in den Mund und biss es ab.

Der Morgen danach war namenlos.

Ich schaffte es, ein Taxi zu rufen und zu meinen Eltern zu fahren. Dort saß ich lange vor dem Haus, niemand erwartete mich, niemand war da.

Aber dann kam meine Mutter und ich spürte allen Schmerz durch ihre Tränen, ihre Fragen, ihre Fassungslosigkeit. Ihre Angst war meine Angst.

Ich stützte mich auf sie. „Bitte bring mich aufs Sofa." Sie machte mir einen Verband am Ohr, kühlte meine Wunden, brachte mir Tee und war einfach da. Langsam konnte ich mir vorstellen einzuschlafen und sicher zu sein.

Die Nacht brachte Träume voller Furcht, Unterwerfung, Scham.

Als ich erwachte, saß Mutter am Bett und sagte mir, dass mein Vater mich zum Frühstück erwarten würde. Ich ging ins Bad und versuchte, mich sorgfältig anzukleiden (Mutter hatte meine blutverschmierten Kleider in der Nacht zuvor gewaschen und bereit gelegt).

Mein Vater ist ein sehr starker Mensch. Er erwartet, dass die Menschen in seiner Umgebung ähnlich agieren, wie er es tun würde.

Er ist nicht unangenehm. Er ist einfach stark.

Deshalb hatte ich nicht damit gerechnet, ihn so … verletzt … gebrochen … am Frühstückstisch vorzufinden.

„Was ist dir passiert, Theo?"

Und ich berichtete ihm alles wie ich es auch Ihnen aufgeschrieben habe.

Meine Mutter kam irgendwann dazu, und als ich meine Geschichte erzählt hatte, herrschte lange Schweigen. Ich wagte nicht, die beiden anzusehen, ihr Urteil über mich in ihren Gesichtern lesen zu müssen, ihr Unverständnis, ihre Scham, ihr Mitleid.

Doch ich täuschte mich.

Mein Vater ist Mathematiker, er lehrt an einer Universität. Was ich immer an ihm zu schätzen wusste, ist seine sachliche Herangehensweise an Ideen, Herausforderungen, Probleme, das Leben. Er analysiert, überdenkt und entscheidet. So auch in jenem Moment.

„Wir danken dir für deinen Mut sowie deine Offenheit. Es muss schwer sein, dies alles auszusprechen – und dann auch noch deinen Eltern gegenüber. Du hast keine Schuld, aber: Deine Situation ist nicht gut und wir sollten alles tun, um sie zu verbessern. Was sind die nächsten Schritte?"

„Also mein nächster Schritt ist, dass ich Lulu in einer halben Stunde im Kindergarten abholen muss, weil Lona heute Nachmittag bis übermorgen mit Chris auf Geschäftsreise ist", warf meine Mutter trocken ein.

Auch das hatte ich nicht gewusst.

Mein Vater und ich sprachen wenig, bis meine Mutter zurückkam, beide hingen wir unseren Gedanken nach, bis wir Lulus Plappern im Flur hörten und sie die Tür zur Küche aufriss. „Papi, Papi, du bist ja auch hier, das ist aber schön! Musst du heute nicht zur Arbeit? Oh, ich freue mich so." Und sie kuschelte sich auf meinen Schoß. „Was hast du denn an deinem Ohr gemacht? Hast du dir wehgetan?" „Papi hat sich ein bisschen verletzt und braucht ein wenig Ruhe, Liebes. Möchtest du schon einmal nach oben in dein Zimmer gehen und spielen? Oma kommt gleich." „Ja, das mache ich. Und später gehe ich mit Papi spazieren." Lulu lief singend aus dem Zimmer.

Nun sah ich mir meine Mutter genauer an; sie wirkte plötzlich erschöpft und war grau im Gesicht. Stockend schilderte sie uns, dass sie ein langes Gespräch mit der Leiterin der Kita gehabt habe währenddessen ihr mitgeteilt wurde, dass Lulu erhebliche psychische und mentale Defizite habe, unter diffusen Ängsten leide und ständig erschöpft sei. Die Mutter habe erklärt, dass die häusliche Situation aufgrund der Alkoholabhängigkeit ihres Mannes vermutlich dazu geführt hatte, und habe über eine baldige Trennung sowie die Beantragung des alleinigen Sorgerechts gesprochen.

Wie war das möglich? Was passierte gerade mit meinem Leben? Mein kleines, geliebtes Mädchen und psychische Defizite? Und welche waren das? Was waren mentale Defizite?

Es war ein Nichtverstehen, ein Aufbegehren, eine Wut, Traurigkeit … ich kann es nicht beschreiben.

Schließlich ergriff mein Vater das Wort. „Ich denke, für heute sollten wir uns eine Pause gönnen. Wir sind viel zu stark emotional verhaftet, Lulu möchte gleich zu ihrem Recht kommen und wir sollten uns diesen Abstand für heute verschreiben. Jeder von uns wird nachdenken, ich möchte einiges recherchieren und ich schlage vor, dass wir uns morgen wieder zusammensetzen, wenn Lulu im Kindergarten ist. Ich werde meinen Tag morgen umplanen, sodass ich genügend Zeit habe, und ich finde, ihr solltet das auch tun. Nun lasst uns einen schönen Nachmittag mit Lulu verleben – wenn ihr einverstanden seid."

Wir waren einverstanden und trotz allem war es ein lichterfüllter und wunderblauer Nachmittag.

DER PLAN

Seltsamerweise hatte ich in der Nacht gut geschlafen, mit Lulu an meine Seite gekuschelt. Wir sangen beim Aufwachen ein Lied und freuten uns schon auf die duftenden Pfannkuchen, die Omi ganz offensichtlich unten briet.

Das war so ein schönes Frühstück! Ich hatte seit langer Zeit nicht mehr so viel Appetit und auch, ja, Freude gehabt.

Lulu erschien mir vollkommen sie selbst zu sein, sie erzählte in einem fort, aß viel, ihr kleines Gesicht strahlte vor Begeisterung und war ganz rosig angehaucht – insbesondere wenn sie von dem Hamster sprach, den sie sich sehnlich zu ihrem sechsten Geburtstag wünschte.

Mein Vater sagte: „Wir treffen uns um 9:00 Uhr zu einer Besprechung, sie ist bis maximal 13:00 Uhr angesetzt. Stimmt ihr zu?" Meine Mutter und ich stimmten zu.

Als ich pünktlich um 9:00 Uhr Vaters Arbeitszimmer betrat, hatte er bereits am Kopfende des Konferenztisches Platz genommen, meine Mutter saß ihm gegenüber.

„Bitte setz dich, Theo, und dann können wir auch schon beginnen. Wenn es euch recht ist, möchte ich gerne kurz die Abfolge der Ereignisse zusammenfassen. Wir gehen dann in eine offene Fragerunde, um letztendlich zu einer Analyse der bestehenden Lösungsmöglichkeiten zu gelangen. Soweit es uns – und vor allem dir, Theo – möglich ist, sollten wir uns des Themas mit größtmöglicher Distanz annehmen, es sozusagen von außen betrachten. Das wird uns helfen, belastende Emotionen *nicht oder so wenig wie möglich* in den Entscheidungsfindungsprozess miteinzubeziehen."

Und es half tatsächlich. Während mein Vater die Vorfälle der vergangenen zwei Jahre zusammenfasste, spürte ich mehr und mehr, wie eine seltsame Distanz und Schwerelosigkeit von mir Besitz ergriff und ich das Gefühl hatte, dies alles würde einen Fremden betreffen.

„Nun fasse ich also zusammen: Theo wurde von Lona mehrfach geschlagen, sie hat ihn die Treppe heruntergestoßen und ihm das Ohrläppchen abgebissen – das müssen wir übrigens operativ rekonstruieren lassen, es gibt einen hervorragenden plastischen Chirurgen in Mainz. Dies sind die physischen Implikationen. Weiterhin hat sie ihn permanent beleidigt und gekränkt. Sie hat sein Selbstwertgefühl unterminiert, ihn gedemütigt und manipuliert. Daraufhin hat Theo erhebliche Selbstzweifel entwickelt und erscheint heute zutiefst verunsichert. Er wirkt sehr ängstlich, ist extrem abgemagert und unruhig. Dies sind die psychischen Implikationen. Darüber hinaus hat sie seine Reputation schwer beschädigt: Sie hat ihn in seiner Kanzlei, bei seinem Arzt, bei Chris und Mimi, bei der Polizei sowie in der Kita als Alkoholkranken skizziert und somit seine Glaubwürdigkeit erheblich dezimiert. Dies sind die uns bekannten Fakten, es ist selbstverständlich möglich, dass weitere Verleumdungen im Spiel sind.

Nun stellt sich jedoch die Frage nach dem berühmten WARUM. Mit Verlaub sei gesagt, dass diese Frage für uns Stand heute völlig unerheblich ist, denn: Wir wissen es nicht und würden uns lediglich in Annahmen, Spekulationen, Emotionen, Verdächtigungen verlieren und das löst nicht unser Problem. Doch was ist das Problem? Da wir die Gründe, die Motivation von Lonas Handeln nicht kennen, vermögen wir nicht einzuschätzen, was als Nächstes geschieht. Bleibt es, wie es ist? Wird es schlimmer? Wieviel Druck kann sie noch erzeugen? Wie lange kann Theo dem noch standhalten? Welche Auswirkungen sehen wir bei Lulu? Wie reagiert das direkte Umfeld, wie wird sich die Arbeit in der Kanzlei entwickeln? Wie lange wird Theo unter diesen Umständen überhaupt in der Lage sein zu arbeiten?"

„Papa, kann ich dich bitte kurz unterbrechen?" „Ja, natürlich." Ich war nun doch sehr bewegt. „Du sagst, es sei unerheblich, warum Lona sich so verhält, aber für mich ist es das nicht. Weil ich, also ich verstehe es einfach nicht und ich verstehe nicht, was mit meinem Leben passiert ist. Ich meine, ich habe ja gar nichts getan und plötzlich rollt das wie eine riesige Welle über mich und zieht mich weg. Bis vor kurzem hatte ich noch ein ganz normales Leben, ich war erfolgreich, ich dachte, ich war glücklich …" Nun kamen die Tränen und auch meiner Mutter war anzusehen, wie sehr ihr die Situation zusetzte.

Mein Vater sah uns lange an: „Ich weiß, es ist beinahe unmenschlich, was ich uns hier antue, ich weiß es wirklich. Aber ich weiß auch, dass du in Gefahr bist und vielleicht Lulu auch. Wir stecken in einer Situation fest, die wir nur wenig beeinflussen können, doch darauf komme ich gleich zu sprechen. Nun erwartest du zu Recht einige Worte zu Gründen, Ursachen oder dergleichen. Weißt du, es kann alles sein: Vielleicht hat sie eine Affäre, vielleicht ist sie psychisch erkrankt. Hattest du nicht einmal erzählt, ihre Mutter sei psychotisch und sie habe deshalb keinen Kontakt mehr zu ihr? Fakt ist, dass sie sich während ihrer Schwangerschaft und der vorausgegangenen Hormonbehandlung stark verändert hat. Wir hatten die Hormone damit in Verbindung gebracht, jedoch hat sich ihr Verhalten ohne hormonelle Implikationen gar verschlimmert. Fakt ist weiterhin, dass ihre Beförderung ins sogenannte *Management* keinerlei positiven Effekt für ihre Persönlichkeit hatte, ganz im Gegenteil. Hat sie schizophrene Allmachtsphantasien?

Wenn ich eingangs fragte, ob sie eine Affäre haben könnte, dachte ich selbstverständlich an Chris. Ist das realistisch? Sie schmachtet ihn an wie ein Teenager, das habe selbst ich gesehen, aber wäre Chris der Typ dafür? Ich denke nicht. Ich halte ihn menschlich gesehen für einen ziemlichen Schwächling im Sinne von Angsthase. Er würde seine kleine Welt nicht so ohne Weiteres in Gefahr bringen und außerdem – ehrlich gesagt – bitte verstehe mich nicht falsch, Lona ist nicht wirklich anziehend, sie hat keinen Charme, sie ist vielleicht mittelmäßig intelligent, naja, da ist nichts. Also ich sehe das natürlich aus einer anderen Perspektive als du … Theo, was denkst du? Verstehst du, was ich sagen will? Wir können einfach nicht wissen, was die Gründe sind, und deshalb hat es keinen Sinn, darüber zu debattieren. Dass du für dich Gründe suchst und brauchst, verstehe ich jedoch vollkommen."

Ich dachte eine Weile über das Gesagte nach und begann allmählich mehr und mehr zu begreifen, in welche Situation ich geraten war. Meine Mutter unterbrach mein Grübeln. „Theo, wir verstehen dich, aber wir sehen auch, vielleicht eher als du selbst, wohin dich das alles gebracht hat. Bitte lass uns weiter reden und versuchen, die Dinge zu verbessern." „Ja, das will ich auch, aber Papa, du hast gesagt, du willst erklären, warum unsere Situation so wenig beeinflussbar ist ...?"

„Ja, dazu komme ich jetzt: Einmal liegt es natürlich in der Natur der Dinge, sprich: Wir wissen nicht warum. Nun könnte man durchaus argumentieren, du gehst jetzt zur Polizei und zeigst die Misshandlung an. Nur – wer würde dir glauben? Du hast wegen Alkoholkonsums deinen Führerschein verloren. Das ist der einzige, leider eklatante Fehler, den du begangen hast. Die Polizisten werden sich sicherlich noch an die Szene vor eurer Haustür erinnern. Und was passiert, wenn dein Umfeld befragt wird? Dein Arzt ist besorgt, die Kita über deinen vermeintlichen Alkoholkonsum und die Folgen für dein bedauernswertes Kind informiert, in der Kanzlei schwirren Gerüchte über deine Alkoholsucht herum, der Arbeitgeber deiner Frau kennt diese Gerüchte ebenfalls und war Zeuge einer höchst unangenehmen Szene in eurer Küche. *Wahrheiten*, Theo, sind stets subjektiv und diese hier sind nicht mehr zu beherrschen, sie breiten sich aus, vervielfältigen sich und werden schließlich monströse Züge annehmen. Weiterhin könntest du sagen, ach, das wird schon wieder besser, es muss Gründe für ihr Verhalten geben, wir finden einen Weg als Paar, als Familie, wir schaffen das, jeder macht Fehler. Vielleicht hilft eine Paartherapie?

Nun ja, dann lies die Statistiken. Es gibt wenig zu Misshandlung von Männern, jedoch sind die Zahlen eindeutig, was Gewalt und die Wiederholung von Gewalttaten betrifft. Davon einmal abgesehen: Wer oder was sollte uns in die Lage versetzen anzunehmen, dass es wieder besser wird? Das wäre geradezu gefährlich, da diese Annahme zum Tod führen kann. Verstehst du mich? Zu *deinem* Tod führen kann. Du wiegst jetzt noch knapp 50 kg, du bist in jeglicher Weise geschwächt und du kannst und wirst eine 80 kg schwere Megäre nicht davon abhalten, dich zu töten, wenn sie es denn will."

Schweigen lag im Raum, meine Eltern wirkten erschöpft, traurig und verwundet. Ich selbst spürte eigentlich gar nichts mehr, nur eine einzige Frage wollte ich noch stellen.

„Papa, Mama, ich habe das irgendwie verstanden, auch wenn ich gerade nichts fühle. Ich danke euch für eure Unterstützung und für alles, aber was sollen wir jetzt tun? Was ist die Lösung?"

Meine Eltern sahen sich an, schwermütig, draußen zwitscherten die Vögel, ein Eichhörnchen saß träge auf der Terrasse, die Sonne schien.

„Sie muss neutralisiert werden." Das kam von meiner Mutter.

„Sie ... was? Was heißt das? Also nicht wirklich ... äh ...?!"

„Beruhige dich, Theo. Du hast es richtig verstanden, Lona muss sterben, damit du leben kannst, damit Lulu leben kann. Es gibt Organisationen, die diese Arbeit ausführen, es kostet ein wenig Geld, aber man wird nicht behelligt. Sie arbeiten zuverlässig, professionell und effektiv."

Das konnte nicht wahr sein, das durfte nicht wahr sein. Das waren meine Eltern, die mich zu einem empathischen Menschen erzogen hatten, zu einem Menschen mit Zivilcourage, der Recht und Ordnung lebte und immer wieder verteidigen würde ... und sie empfahlen mir, meine Frau mithilfe einer *Organisation* töten zu lassen?

Inmitten meiner sich überschlagenden Gedanken, Gefühle und was weiß ich nicht noch alles sagte meine Mutter: „Es tut mir leid, ich muss diese Sitzung abbrechen. Ich muss Lulu abholen, aber ich bin in einer halben Stunde zurück."

Mein Vater sagte, er verstehe mein Entsetzen. Danach schwiegen wir, ich war gefangen in einem Kreislauf von Angst, Verdrängen, Ratlosigkeit und Selbstaufgabe.

Dann hörte ich meine Mutter rufen, draußen vor dem Haus: „Lulu ist weg, sie ist weg." Wir liefen zu ihr, sie war verstört. *Lona hat sie abgeholt, Lona war ganz seltsam, aber in der Kita dachten sie, es hatte wieder einen häuslichen Vorfall gegeben, oh nein, wo ist sie nur ...*

Mein Vater beschloss, ruhig zu bleiben. Warum war Lona so früh zurück von ihrer Geschäftsreise? Er schlug vor, Chris anzurufen und ihn zu fragen, mit dem Hinweis, dass sie Lulu betreuten.

Chris war seltsam, er klang verwirrt und ein wenig betrunken. Ja, er sei zu Hause. Er wusste nicht, dass Lulu bei den Großeltern sein sollte. Er und Lona hätten eine Meinungsverschiedenheit gehabt und hätten beschlossen, früher wieder zu fahren.

Wir hatten das Gefühl, etwas war ihm ausgesprochen peinlich. Also peinlich, nicht unangenehm.

„Und wenn ich jetzt zu Lona fahre und nachschaue, was da los ist? Ich kann ihr sagen, dass ich in der Kita war ... sie wird mir nichts tun." Meine Mutter klang überzeugt und brach auf.

Vater und ich saßen in der Stille, er zündete sich eine Pfeife an. Wir schwiegen.

Mutter kam zurück, unzufrieden und unruhig.

„Ich war im Haus. Lona sieht schrecklich aus, sie hat wohl lange geweint, ihre Augen sind vollkommen verquollen. Aber Lulu geht es gut. Lona wirkt sehr gereizt, wenn nicht gar wütend, sie war kurz angebunden und unfreundlich. Ich hätte Lulu ja gerne mitgenommen, aber das wollte sie nicht. Sie wollte einen Mutter-Tochter-Abend, wie sie das bezeichnete. Außerdem fragte sie mich, ob Theo heute Abend da sein würde ... Ich weiß nicht, was ich von dem allen halten soll." Meine Mutter klang bedrückt.

„Ich gehe jetzt nach Hause. Es hat keinen Sinn mehr, hier momentan zu diskutieren. Ich will bei Lulu sein und ich werde mich bei euch melden."

Was hätte ich tun sollen? Ich stand auf und ging.

Als ich zuhause ankam, war das Haus mit Duft erfüllt: Lona und Lulu waren in der Küche und kochten. Als ich durch die Tür trat, war ich einfach glücklich – vielleicht konnten wir es ja doch schaffen, vielleicht konnten wir heilen? Allerdings wirkte Lona derangiert und seltsam, aber sie lächelte mich zumindest an.

Es gab Lasagne und ich nahm mir tatsächlich auch ein Stück und hinterher Eis, ich hatte richtig Freude daran, mit allen am Küchentisch zu sitzen und zu speisen.

Vielleicht könnten wir heute, später ... „Theo?" „Ja, Lona?" „Ich gehe heute mit Mimi ins Kino. Kannst du auf Lulu aufpassen? Ich bin gegen 23:00 Uhr zurück."

Oh, das war schade, das hatte ich nicht erwartet. Und mit Mimi? Naja, so war es eben. „Ja, geht klar."

Lulu und ich verbrachten einen schönen Abend mit Aufräumen, Spielen, Geschichten erzählen. „Aber jetzt musst du ins Bett, kleiner Schatz, denn morgen fängt die Kita wieder an. Gute Nacht, mein Liebling." „Gute Nacht, Papi."

Ich wollte mir noch ein wenig die Füße vertreten und ging zur Terrasse. Der Mond schien und beleuchtete die Treppe hinunter zum Garten und dann ... Schmerz.

Ich wurde wach, weil jemand an mir zog und weinte: „PAPI, was ist denn? Warum liegst du hier im Garten? Du blutest. PAPI??? Was ist denn?"

Lulu lag schluchzend auf mir. Ich lag im Garten. War die Treppe herabgestürzt. Ich hatte Schmerzen. War ich wirklich gestürzt?

„Papi, was ist denn? Ist das, weil du immer zu viel trinkst? Mama hat gesagt, ich soll auf dich aufpassen ..."

Das war der Schock, das war die Entscheidung.

Wie sehr würde mein Kind leiden, ich würde vermutlich sterben und ich hatte in meinem jetzigen Zustand keinerlei Möglichkeit, dies in irgendeiner Form abzuwenden.

Ich rief meinen Vater an, er holte uns ab (Wie unangenehm war es mir, dass er mich ins Auto tragen musste unter den ängstlichen Blicken meiner kleinen Tochter).

Noch in dieser Nacht wurde die Organisation beauftragt, Lona zu neutralisieren.

Theodor Alexander Buk

Ich stand auf, es war spät geworden. „Liebster Schorsch, was denkst du jetzt?"

Was fürn Alptraum. Der Kleine war das Opfer, das muss man sich mal vorstellen ... Aber jetzt isses ja so klar wie Kloßbrühe. Aber dass das Akne-Weib den Typ so vermöbelt hat?! Nee, echt. Zum Kotzen. Bin froh, dass ich tot bin. Trude kommt ja auch bald.

Aber Mariechen: Wir hatten recht, wir waren auf der Spur. Ist jetzt zwar Mist, aber wir hättens fast geknackt. Son Drama für das Kind und auch für den Mann. Armes Schwein, würd ich sagen, aber dann treff ich den ja bald.

Ich ging in die Küche, holte mir ein neues Glas Wein und entzündete den Kamin. Selbst in Italien wurde es im Dezember kühl:

Die Atmosphäre war beinahe feierlich, genau das wünschte ich mir.

Langsam übergab ich Blatt für Blatt des Geständnisses den Flammen.

Joa, hätt ich auch so gemacht.

NACHWORT

Theo starb elf Monate nach seinem Geständnis in den Armen seiner Frau.

Marie und Chris sahen einander nie wieder.

Trude und Marie konnten ihre Bindung verfestigen: Regelmäßig fuhr Marie nach Koblenz und blieb einige Tage. Sie hatten es sich zur Gewohnheit gemacht, ihren Kaffee morgens im Garten zu trinken, auf der kleinen Bank bei den Tieren. Meist saßen ein Hund und eine Katze auf ihrem Schoß. Sie schwiegen oft, nur unterbrochen von Trudes Erinnerungen, einem Lächeln oder festen Händedruck. Gegen Mittag kamen die Kinder aus der Schule. Trude hatte Sahim und seine Familie eingeladen, bei ihr zu wohnen, und so waren Haus und Garten wieder mit Leben und Gelächter erfüllt. Sahims Frau Damira und Trude kochten jeden Tag, während Marie die Schulaufgaben der drei Kinder überwachte. Es war – trotz allem – ein schönes Leben, denn es war voller Licht, Wärme, Freundschaft und Freude. Manchmal, wenn Trude Tränen in den Augen hatte, nahmen sie eine Flasche Riesling und setzten sich an Schorschs Grab. Sie teilten die Flasche mit ihm (ein Schlückchen für sie, eines auf das Grab) und redeten mit ihm, teilten ihm ihre Neuigkeiten mit und dass sie ihn liebten. Danach gingen sie einigermaßen gestärkt nach Hause. Wenn Marie wieder weg musste, wusste sie, dass Trude in Sahims Familie geborgen war.

Chris' Firma war abgewickelt worden, er hatte alles verloren. Am Tag seiner Privatinsolvenz reichte Mimi die Scheidung ein und zog zurück zu ihrem Vater.

Es waren Tanja und Babette, die ihn retteten: Als sie ankamen, saß er apathisch, betrunken und völlig verwahrlost in seinem Haus, alle Möbelstücke, die noch übrig geblieben waren, hatte Mimi abholen lassen. Sie brachten ihn kurzerhand bei sich unter, suchten ihm eine Wohnung in Koblenz und stellten die Kaution. Danach bestanden sie darauf, dass er seinen Arzt aufsuchte und eine Psychotherapie in Angriff nahm. Das rettete ihm vermutlich das Leben.

CHRIS

Der Wecker klingelte und Chris öffnete verdutzt die Augen: *Schon? Ich habe so gut geschlafen, wie herrlich.*

Er machte sich auf den Weg in seine winzige Küche und beschloss, einen kleinen Kaffee zu trinken, und dann ging es an den Rhein. Inzwischen wanderte er jeden Morgen mindestens eine Stunde schnellen Schrittes am Ufer entlang, es tat ihm gut.

Knapp ein Jahr nach seinem Zusammenbruch spürte er zum ersten Mal wieder so etwas wie Lebenslust, Neugier auf die Zukunft und Energie.

Er ging einmal pro Woche zu seinem Psychotherapeuten, er hatte viel über sich selbst erfahren. *Ich war so wütend, so kaputt und ich wusste nicht einmal warum. Inzwischen habe ich verstanden, dass ich meine Bedürfnisse, meine Gefühle immer unterdrückt habe, dass ich mich keinem Streit stellen wollte, dass ich wirklich alles immer geschluckt habe. Auch Tabletten und Alk. Ich war nie in der Lage, Grenzen zu ziehen, habe mich nur geduckt. Meine Ehe war eine Katastrophe, ein Knast. Ich hatte überhaupt kein Leben. Und das ist dann dabei herausgekommen.*

Er schüttelte den Kopf. Heute würde er wieder in die Stadtbibliothek gehen, er hatte Lesen wieder neu für sich entdeckt.

Ich habe zwar kein Geld, aber ich habe endlich Zeit. Ich kann zum ersten Mal seit mindestens 25 Jahren entscheiden, was ich machen will. Vielleicht bewerbe ich mich demnächst irgendwo. Und vielleicht schaut mich die hübsche Frau in der Bibliothek nicht aus Zufall so lange an, vielleicht kann ich sie mal zu einem Kaffee einladen.

Er war noch nicht so weit, doch der Gedanke gefiel ihm.

Die Autorin

FÜR AUTOREN A HEART FOR AUTHORS À L'ÉCOUTE DES AUTEURS MIA KAPAIA ΓΙΑ ΣΥΓΓ
POR FORFATTARE UN CORAZON POR LOS AUTORES YAZARLARIMIZA GÖNÜL VERELIM SΖΙ
AUTORI ET HJERTE FOR FORFATTERE EEN HART VOOR SCHRIJVERS TEMIDOS OS AUTO
SERCE DLA AUTORÓW EIN HERZ FÜR AUTOREN A HEART FOR AUTHORS À L'ÉCOU
БОБЛ ДΥШΟЙ К АВТОРАМ ETT HJÄRTA FOR FORFATTARE À LA ESCUCHA DE LOS AUTO
DA ΣΥΓΓΡΑΦΕΙΣ EN CUORE POR AUTORI ET HJERTE FOR FORFATTERE EEN
SERCE DLA AUTORÓW EIN HERZ FÜR
БОБЛ ДΥШΟЙ К АВТОРАМ ETT HJÄRTA FO

Betina Alexandra Lavender, Jahrgang 1969, arbeitete viele Jahre als psychologischer Coach und
interkulturelle Trainerin in weltweit agierenden
Unternehmen. Sie war Vorstandsmitglied eines
mittelständischen Verbandes und leitete dessen
Akademie. Heute lebt sie mit Mann, Hunden und
Hühnern auf Fuerteventura.

Mit dem Kriminalroman „Vom Erlöschen des
Lichts" legt Betina Alexandra Lavender ihr erstes
Buch vor, in dem sie aus Kenntnissen sowohl über
ihre ursprüngliche Heimat in der Nähe von Koblenz
als auch über Zustände und Abgründe in Unternehmen schöpft.

Die Autorin zeichnen eine hohe Empathie und ein
unkonventionelles Mindset aus. Ihre Lieblingsaktivi-
täten sind Lesen, Gartenarbeit und Kochen.

Milton Keynes UK
Ingram Content Group UK Ltd.
UKHW022209240424
441727UK00005B/62

9 783991 304654